銀翼的伊卡洛斯

半澤直樹 4

池井戶潤
Jun Ikeido

半澤直樹系列4

銀翼的伊卡洛斯・目次

書中主要人物

【東京中央銀行】

半澤直樹……第二營業部次長
渡真利忍……融資部企劃組次長
近藤直弼……公關部次長
中野渡謙……董事長
內藤寬……第二營業部部長
紀本平八……常務董事
牧野治……前副董事長
曾根崎雄也…審查部次長
田島春……第二營業部調查役
富岡義則……檢查部部長代理

＊＊＊

乃原正太……帝國航空重建專案小組組長

三國宏………帝國航空重建專案小組副組長

白井亞希子…進政黨政權的國土交通大臣

箕部啟治……進政黨議員

山久登………帝國航空財務部長

谷川幸代……開發投資銀行企業金融部第四部次長

黑崎駿一……金融廳金檢官

妙子：

謝謝妳四十年來一直支持我。

在艱苦或悲傷的時候，妳也總是陪伴著我。

今天的晚餐很好吃。

如果能夠一直吃到妳親手做的料理、開心地生活，不知道會有多麼幸福。

我真的很希望，可以永遠、永遠過著那樣的生活。

早紀：

直到現在，只要閉上眼睛，腦海中就會浮現小時候的妳。當時的妳很可愛、很愛哭、又很調皮。在公園被其他小孩欺負時，妳就會馬上奔向我，躲在我的背後。這樣的回憶是我無可取代的至寶。

雖然我要離開了，但是妳今後也要美麗地、端正地活下去。然後妳要成為溫柔而聰明的母親。我原本希望能夠親手抱抱將來誕生的嬰兒。只有這一點，是我心中最大的遺憾。妳要和敏夫過著幸福的生活，並且幫我照顧妳那怕寂寞的母親。

公司的各位同仁：長久以來，承蒙大家的照顧。在銀行這樣的戰場，能夠日日在工作上精益求精，都要多虧各位的指導與督促。

中途拋下自己的職務，我深感慚愧。

然而我已經筋疲力竭。

我由衷祈禱，新銀行的未來洋溢著夢想與希望的光芒。

牧野治

遺書悄悄地放在書齋的桌上。

分成兩張信紙寫的文章，感覺太過乾脆而從容。死亡難道就是這麼簡單的一回事嗎？

對於這個男人而言，人生究竟是什麼？

而這個男人的死，又有什麼樣的內情？

更重要的是，這封信上沒有寫出所有人都想知道的關鍵資訊。

也因此，這個男人的死雖然引起種種臆測與懷疑，但這些喧擾面對死亡這樣的絕對現實，也被迫沉默下來。

從朝南的書齋，可以看到鄰近公園盛開的櫻花。在櫻花花瓣送行之下，男人於東方天空尚未完全變亮的早春凌晨，為自己的人生畫下句點。

這場死亡，看似將男人獨自承攬的苦惱永久封印——

序章　最後機會

1

十月某日下午快五點時，半澤直樹被第二營業部長內藤寬叫去。

從早上就一直下的冰冷的雨剛好停了，晚秋的夕陽從烏雲之間露出臉，為市中心的辦公大樓染上生鏽般的色彩。半澤從辦公座位瞥了一眼這幅景象，為其美麗屏息，彷彿被奪走靈魂般停止動作，不過他立刻移開視線，快步走向辦公室最裡面的部長室。

「剛剛的董事會議決定，要由第二營業部再多負責一家公司，所以要拜託你。我雖然也試著拒絕，推說本部目前的工作量已經太多，不過因為董事長的希望，所以還是被迫接受。」

「董事長？」

聽到這個意外的理由，半澤不禁抬起頭。董事長很少會對特定企業的負責部門表示意見。正當半澤直覺到有特別的隱情時，內藤說出這家公司的名字：

「事實上，這家公司就是帝國航空。」

「帝國航空……」部長室內有好一陣子陷入苦悶的沉默。「那家公司不是在審查部『住院中』嗎？而且還是重症病患。」

審查部專門負責處理業績不振的大企業，通稱「醫院」。業績不振的帝國航空長年以來都是審查部負責的客戶。

「為什麼要本部門來處理？以該公司的業績來說，由審查部承辦更妥當吧？」半澤以責難的語氣質問。

「審查部沒辦法阻止帝國航空公司的業績惡化。」內藤絲毫沒有改變表情，淡淡地繼續說。「這一點在董事會議被指出來——不，說得直接一點，就是失去了董事長的信任，於是就變成由第二營業部來負責。還有，雖然還是祕密，不過聽說『商事』在考慮要對該公司出資。這樣的話，由本部門來承辦也有道理了。」

在東京中央銀行，提到「商事」指的就是相關企業的「東京中央商事」。

「『商事』要出資？我完全沒有聽說過。」這個消息非同小可。「請問是怎麼回事？」

「大概是希望能夠支援物流部門吧。如果對帝國航空出資，強化彼此的關係，『商事』在空運部門的體制就會堅若磐石。」

的確有傳言說，商事在探討和帝國航空建立關係，不過負責實務的半澤等人並沒有得到具體消息。話說回來，商事在某些業務上有可能和銀行彼此競爭，因此即使是和錢有關的事，也未必都會找銀行討論。

「商事要出資是他們的自由，可是本部門有必要連他們考慮出資的帝國航空都一起照顧嗎？」半澤質疑。

「沒有必要。」內藤很乾脆地承認。「只是——有一些內情。」

內藤把身體離開椅背，表情忽然變得嚴肅。「首先，就如你所知，帝國航空的業績非常差。他們今年八月才剛發表新的重建計畫，不過事實上已經很難達成目標。和這個相關的結果就是，他們在短期內資金周轉有可能會惡化。」

「他們有向本行請求支援嗎？」

「目前沒有。」內藤的話意有所指。「不過如果無法履行重建計畫，就很難進行追加支援了。」

對虧損公司融資必須要看重建計畫。如果業績按照計畫改善就沒有問題，但如果低於目標，下一次融資就必須慎重檢討。像帝國航空這樣被逼到窮途末路的公司，就更是如此。

「重建計畫太天真了嗎？」半澤問。

「沒錯。」內藤很肯定地回答。「當初審查部認定這項重建計畫可行，因此在董事會議中成了眾矢之的。而且在過去幾年內，帝國航空曾經兩度在提出計畫之後下修目標。就算被指責解決方案太過天真，也在所難免。」

「可是只能達到低於重建計畫的業績，是帝國航空的問題。即使由本部門來承辦，也無濟於事。」

「說得沒錯。」內藤想必已經預期到半澤會如此反駁。「所以我希望你能監督帝國航空接下來著手的修正重建案，擬定值得信賴的計畫。這就是董事會——不，是中野渡董事長的要求。你會接受吧？」

內藤如此詢問，半澤便深深嘆了一口氣。

「基本上，我有權選擇要不要接受嗎？」

「很遺憾，你沒有選擇權。」

半澤不禁仰望天花板。

「可是審查部的存在目的是什麼？我們第二營業部的主要客戶是大型關係企業——」

「不用再說了，我知道你想說什麼。」內藤打斷半澤，眉心擠出縱紋。「現在不是討論組織的時候。不是我誇大其詞，帝國航空的重建是本行最重要的課題之一。

為了竭盡全力，必須找到最佳人選。沒有比這個更理所當然的經營判斷了。」

半澤沉默不語，內藤繼續說：「帝國航空的資金周轉預期到明年夏天就會岌岌可危。順帶一提，上次融資的時候，他們原本向往來銀行申請總額兩千億日圓的長期資金，不過有鑑於業績低於計畫目標的現況，他們從所有銀行調度到的只有一半的一千億日圓，而且還是短期資金，更何況其中八成是附政府保證的。」

「怎麼不乾脆到最後讓政府救援算了。」

憲民黨政權直到六月的現在，才總算開始協助帝國航空。由政府保證的融資應該也是其中一環。反過來說，連短期資金都必須靠政府保證才能借到，由此可見帝國航空業績惡化程度之嚴重。

內藤說：「很遺憾，現在的憲民黨政權已經到了末期，眾議院解散也是遲早的事。考慮到即將舉行選舉，應該很難投入公共資金——不，應該說幾乎不可能。」

「的確，畢竟是『那家』帝國航空。」

對於半澤的挖苦，內藤只是索然無味地把身體靠回椅背。

媒體報導帝國航空公司業績惡化情況的同時，該公司員工超乎尋常的福利也廣為人知，因此輿論相當冷淡。民眾不可能支持用人民的血汗稅金拯救這家公司。如果這麼做的話，原本就已經很低的憲民黨政權支持率就會跌落谷底，勢必對近期想必會舉行的大選造成負面影響。

「以本行的立場來說，帝國航空要是現在倒閉了，我們也會很困擾。前幾天才由政府主導，召集專家會議來改善經營狀況。你知道嗎？」

半澤回應：「我在報紙上看過了，不過我不太理解這個專家會議的性質是什麼。」

「那種東西根本就只是裝飾品。」內藤很直接地批評。「召集學者和財經界知名人士討論些有的沒的，也沒有人能夠費心思去擬定具體計畫。接下來要著手的修正重建案，必須以實務觀點來製作，最後要得到這個專家會議的背書，作為正式計畫來發表。這次一定要排除馬馬虎虎的計畫案才行。」

半澤小心翼翼地問：「如果修正重建案最終沒有成功會怎麼樣？」

「到時候——」內藤吸了一口氣。「帝國航空就會破產，而我們的債權大部分都無法收回，對本行的業績和財務會造成嚴重打擊。」

內藤顯露出平常隱藏在冷靜假面下的熱誠本性。「董事長將這個困難局面交給你，雖然有種種內情，不過討論起來就沒完沒了。關鍵只有一個：能夠確實解決這個難題的只有你，半澤。」

半澤再度深深嘆了一口氣。

「我知道了。不過有個問題：本部門的人目前手上工作都很多，沒有人有足夠的時間可以處理這個案子。如果要我負責承辦帝國航空，那麼我需要熟知該公司的能幹下屬。」

「帝國航空業務的承辦小組會由我們部門完全接收。這樣如何？」

這是特例的處置方式，不過很恰當，想必是內藤提出的點子。「負責領導的次長除外，總共有五人。人事命令已經準備好了。我聽說他們是很優秀的成員。」

「順便問一下，之前領導的次長是誰？」

「曾根崎次長。你認識嗎？」

半澤想起大概有一百九十公分高的巨大身軀。聽說他大學時期是相撲社的，態度雖然強勢，但卻不懂得變通。

「這個曾根崎不久之後就會到這裡。請你立刻進行交接。」

內藤剛說完，就聽到敲門聲，接著出現的是半澤也看過的大臉。

「我們正在等你。請進。」

內藤將曾根崎雄也迎入室內。他的後面跟著另一個男人。和身材高大、面貌兇惡的曾根崎剛好相反，這個男人身材矮胖，給人幽默的印象。

「好久不見，田島。」半澤對曾根崎背後的男人打招呼。「原來你也在承辦小組裡面。」

「好久不見，請多多指教。」

客氣回禮的男人名叫田島春。幾年前，他曾經短暫地和半澤待在同一個部門。他的性格就如外表一般和善，不過工作能力很強。

「部長對我說要換承辦單位，所以我就來了。」曾根崎一臉不滿地開口，然後「喂」了一聲，粗魯地用下巴向田島示意。

「這是帝國航空的檔案。」田島把厚厚的信用檔案放在桌上。「相關資料的量非常龐大，之後才會拿過來。」

「曾根崎，你也辛苦了。」內藤以從容的表情說話，但曾根崎臉上沒有笑容。「被迫中途離開，想必你也很遺憾，不過接下來就交給我們吧。」

曾根崎仍舊板著臉，只有稍稍點頭。這次的事對曾根崎來說，等於是實質上的「革職」宣言，他當然沒有談笑的心情。

在此同時，內藤雖然沒有說出口，但半澤也領悟到，這件事並不只是單純地更換承辦單位。

東京中央銀行是舊產業中央銀行與舊東京第一銀行合併後誕生的。特別在高層之間，仍舊存在著出身銀行之間的派系鬥爭。在銀行內部，不同銀行出身的行員分別稱呼對方為舊產業（舊產業中央銀行）及舊東京（舊東京第一銀行），在各種場面展開看不見的爭鬥。

合併之後，持有大量不良債權的舊東京人才主要被安排在債權管理領域，審查部的主要職位也都由舊東京出身的人擔任。

曾根崎當然也是其中之一，再加上帝國航空原本就是舊東京的主要客戶，更具有特別的意義。

這個客戶可說關係到舊東京的威望，如今卻被轉移到半澤等舊產業的人主導的第二營業部，等於是重重地傷害到舊東京的面子。

內藤繼續說：「在董事會議上，紀本先生提出異議，可是董事長說是緊急狀態，因此堅持通過。就本部門來說，原本也覺得接下審查部的客戶不太妥當，不過這回也沒辦法拒絕了。」

紀本平八是舊東京人脈的重要人物之一，擔任債權管理常務董事，主要任務是回收不良債權。曾根崎想必也聽說過事情的經過，只能不甘地咬著嘴脣。

中野渡謙董事長就任以來，就致力於銀行內部融合，這次之所以會跨越不成文的界線更換承辦單位，想必是對於審查部的處理方式有極大的不信任與焦躁。

「我聽說第二營業部可以做得比我們更好。雖然我們也是情非得已，不過既然是為了銀行，那也沒辦法了。我就放心地交給你們吧。」

曾根崎蒼白的額頭上冒著青筋，臉上擺出拘束的假笑。言不由衷的話語，暗示著「你們做得到嗎」的疑問與嘲諷。

「很高興聽你這麼說。」內藤似乎毫不理會曾根崎的想法，面帶笑容說，「那麼首先可以請你開始和在場的半澤進行交接嗎？營業本部的會客室是空著的，就在那裡進行吧。」

準備周到的內藤簡短地結束談話。

2

「看來是我認識不足，沒想到產業中央銀行的得意招式，就是這種扯後腿的勾當。」

曾根崎一屁股坐在扶手椅上，靠著椅背，開口就是酸言酸語。

在合併銀行，嚴禁露骨地中傷對方銀行，不過曾根崎似乎沒有這樣的敏感度。

他原本就是以強勢、粗獷為自豪特色的男人，不是深謀遠慮的參謀類型，而是宛若開著推土機猛衝的武打派。從他的表情中，能夠看出他對於更換承辦單位當然有極大的不滿。

「我不認為這是扯後腿，而是看不下去才更換承辦部門吧。雖然說下屬應該很優秀才對……」

被半澤提及的田島惶恐地繃緊臉頰。

「優秀的下屬？你是指他們？別開玩笑。」曾根崎的話中帶刺。「如果下屬有做好該做的事，帝國航空的業務就可以由審查部來處理了。希望他們能夠稍微反省一下。」

「把過錯推給下屬，是舊東京的得意招式嗎？」半澤也酸回去。「你是實務的負責人吧？那麼至少應該說一句，『一切都是自己的責任』，不是嗎？」

「什麼？」

曾根崎凶狠地瞪半澤，彷彿隨時要出手推人，不過半澤卻視若無睹地進入正題。

「我剛剛聽部長說明簡單的經過了。我們的工作是要追蹤帝國航空新擬定的重建計畫——」

「請讓我先來說明該公司目前無法履行的這個重建案。」

田島說完，從捧來的資料當中拿出夾在文件夾的厚重本子。

封面的標題是「帝國航空集團重建中期方案」。概要中記載著本年度起三年內要轉虧為盈，獲得一千兩百億日圓的盈餘，可說是相當宏大的重建劇本。這正是現在被銀行與政府評為完全不值得信任的計畫書。田島有條有理地說明這項計畫的概要。

「裁員計畫沒有依照計畫進行，此外預期的營收也仍舊沒有達成，維持低迷狀態。」

「計畫本身或許也有問題，可是為什麼會變成這樣？」

由於計畫與現實差得太遠，半澤鄭重地質問。「本行應該也有追蹤後來的進展吧？」

「當然了。我們有定期監督，並提出改善要求。」

「帝國航空公司的主要往來銀行應該是『開投銀』吧？」半澤邊翻閱資料邊問。

開投銀是指「開發投資銀行」。這幾年來，這家公營銀行對帝國航空公司增加好幾倍的融資，現在已經超越東京中央銀行，成為名副其實的主力銀行。開投銀對帝國航空的融資金額是兩千五百億日圓，雖然說是公營銀行，不過金額卻壓倒性地居多。開投銀與東京中央銀行的融資餘額加起來，就占據帝國航空付息負債的七成以上。

田島說：「開投銀應該也提出過同樣的要求。」

「可是他們卻沒有改善？」

田島臉上浮現苦惱的表情。

「重點是，對於帝國航空來說，營業計畫書只有紙張程度的重量；或者也可以說，只是為了得到金融機關融資的工具。他們沒有打算要確實履行計畫與承諾，簡單地說就是沒有危機意識。」

他的指摘似乎明確地點出這個案子的困難之處。就半澤的經驗來說，相信銀行最後會替自己想辦法的經營者是最惡質的。

「根據先前帝國航空發表的業績展望，繼前年度又會出現五百億日圓左右的虧損。即使要裁員，也遭遇工會強烈的反對；要減少過高的企業年金，也因為退休員工的反對而沒有進展。」

田島的說明觸及帝國航空面對的種種難題。

政治人物與國土交通省對於取消虧損航線施加的壓力、與公司強烈對立的工會、機械老舊化、放眼全世界也顯得特別昂貴的降落費與飛機燃料稅等稅收與公共費用——這一切都無法用尋常手段解決。

「半澤，你知道這代表什麼意思嗎？」曾根崎從旁插嘴。「那些董事以為原因在於我們審查部太沒用，但是實際上並非如此。那種公司不管是誰來處理都一樣。你當然也不例外。」

他說到這裡，用粗壯的食指指著半澤。「聽說是董事長指名要你來處理帝國航空公司的業務——沒問題，不過你別太得意。我們辦不到的事情，沒有企業重建經驗的你不可能辦到。你一定會後悔接下這個工作。」

「我會努力不要變成那樣。」半澤說完，不再理會曾根崎，對田島說：「你可以幫我和帝國航空公司約時間嗎？我想要去打招呼。」

3

「在這麼重要的時期更換承辦單位？」

帝國航空社長神谷巖夫瞥了一眼半澤遞出的名片，便皺起眉頭。

「承辦單位雖然更換了，不過交接方面進行得很徹底，請別擔心。」

半澤慎重地鞠躬，但神谷卻說：「怎麼可能不擔心！」他一邊用手勢請半澤坐在沙發上，一邊神經質地抖動著臉頰。「在這種情況下，銀行卻執著於先前的重建計畫，不肯注視現實。我告訴他們，局勢已經和當時不一樣了，可是銀行卻不肯聽。銀行的使命不就是要支援我們嗎？」

「社長，恕我直言，貴公司的業績有些——」

開口說話的是坐在半澤旁邊的曾根崎。他一反在銀行時盛氣凌人的態度，以令人作嘔的低姿態口吻說話，但神谷的表情卻變得更加嚴峻。

「你雖然口口聲聲提業績，可是現在這種景氣，每一家公司都很辛苦，不可能只有我們的業績成長。」

「您說得很有道理。」曾根崎搓著手表示同意。

神谷甚至提到去年秋天源自美國的金融危機。他要主張的，就是在企業業績惡化情況擴散當中，帝國航空公司也不可能例外。

「前年度決算跌落到赤字的企業的確不少。」半澤趁對話中斷時插嘴。「可是實際上，這些公司現在的業績也已經急速恢復了。貴公司如何？」

神谷一副無奈的態度刻意嘆氣。

「很遺憾，乘客只有恢復到不景氣之前的七成左右。只要個人消費沒有提升，無論如何都很難改善。業績要回升，大概還需要一段時間。」

神谷的口吻和態度彷彿是評論員一般。

他來自財務領域，或許很穩重，但卻缺乏作為公司領導人的危機意識，或是為了求生存而奮不顧身的態度。

「可是貴公司本年度原本預期透過裁員轉虧為盈，現在卻反而預期會有五百億日圓的虧損，未免相差太多了。」

半澤的指摘對於帝國航空的經營層來說，應該是很刺耳的，不過神谷卻一副坦然的態度說：

「那是因為原本期待企業年金改革會有效果，可是退休員工卻強烈反對。這點你應該也知道吧？」

「退休員工的反彈應該是可以預見的。本行是因為相信貴公司的計畫才給予支援，很難接受這樣的解釋。」半澤提出意見。

「那些人的反對超乎預期地強烈。」

神谷不悅地回應。室內的氣氛變得緊繃。

「關於這件事，我們在修正重建案當中也研擬了因應對策。」

這時從旁插嘴的，是帝國航空的財務部長山久登。他的個子不高，但肌肉很結實，頭髮拘謹地梳成七三分，或許是因為操心過度，才剛過五十歲就有明顯的白髮。山久負責與銀行交涉，此刻也露出困惑的表情，額頭上冒著汗珠。

半澤問：「什麼樣的因應對策？」

「這點我們正在研議中。」山久含糊其辭。

「具體而言，你們打算在什麼時候完成修正重建案？」問話的是坐在末座的田島。

「可以再等一下嗎？」對於接二連三的問題，山久顯露出不耐。「社長剛剛也說明過了，退休員工對於企業年金改革的反對格外強烈，甚至還不惜打官司。本公司也苦於應對，目前正在摸索有效的方案。修正重建案也會在這樣的基礎之上——」

「我已經了解現況。」

半澤這時已經感受到迷途的巨大航空公司的障礙。他湊向前說：「可是和計畫相較，實際業績與展望差距太大了。假設現在貴公司需要資金，我們也無法立即提供支援。希望貴公司可以儘快擬定符合現實的修正重建案。這就是本行的條件。」

「我了解你們的說法。」神谷身段柔軟地說話，喝了一口茶。「不過我們想要遵守重建計畫的態度並無虛假，只是社會局勢的變化更劇烈。希望你們也能考慮一下圍繞本公司的變動因素，不能只要求結果。」

「那麼可以讓我們也來幫忙擬定修正重建案嗎？」

對於半澤的提議，神谷猶豫地停頓了一下。

「由東京中央銀行？你說要幫忙是要怎麼幫？」

狐疑的語氣中，也透露出擔心被干涉的憂慮。

「我們想要從銀行的觀點討論貴公司的問題，包括企業年金問題在內。希望貴公司能夠納入修正重建案當中。」

神谷的表情變得苦澀。

如果是由帝國航空公司自行擬定，就可以任意操縱數字，但如果銀行也參與其中就無法這麼做了。銀行有銀行的理論，而神谷警戒的就是被迫接受他們的理論。

「我很感謝你們想要協助擬定修正重建案的心意，不過有一件事我想要先請教你們——半澤先生，你了解我們帝國航空公司的社會意義嗎？」神谷以鄭重的口吻說，「本公司擔負航空業界的重任，致力於日本空中運輸的發展。你或許會以虧損為理由裁撤航線，但是對於地方來說，帝國航空的定期航班是不可或缺的空中交通。在貨物運輸方面也是一樣的道理。如果本公司陷入困境，國內空中運輸就等於失去單邊的翅膀。」

「我明白營運公共交通機關的為難，但是貴公司是民營航空公司。」半澤直視神谷。「認清這樣的現實來因應，才是經營者該做的事吧？實際利益本來就應該擺在冠冕堂皇的大道理之前。」

「喂，半澤——」

坐在半澤旁邊的曾根崎坐立不安地蠕動著巨大的身軀，面色變得蒼白。曾根崎想必沒有說過這麼直接的話。

神谷鄙夷地說：「真不愧是銀行員，重視利益勝過公義。你們的腦袋裡只有錢嗎？我們是承擔乘客安全責任的交通機關，那些飛機承載著很多不能只用成本來計算的東西。連這種事都無法理解、只想著賺錢的人，怎麼能夠擬出有用的修正案？」

半澤回應：「現在應該以重建公司為第一要務才對。不能因為對社會有益，就認為即使虧損也沒關係。這種想法是錯誤的。」

「以降低成本為名、要我們捨棄靈魂的提案，我是絕對不會接受的。」神谷憤怒地把臉轉開。

「請聽我說，神谷社長。」半澤湊向前。「目前貴公司所需要的，是腳踏實地並且徹底的裁員計畫；不是紙上談兵，也不是為了從銀行得到資金的姿態，而是為了重建必須履行的絕對目標。如果錯過現在，就很難拯救貴公司了。我得明白地告訴您，對於貴公司來說，這是最後的機會。」

半澤斷言。「已經沒有退路了。」

4

「我得告訴你，我們一直和帝國航空保持親密的關係。尤其是神谷社長，在他還是財務部長的時候就和本行有往來。破壞這樣的關係絕對沒有好處。」

剛走出位於天王洲的帝國航空總公司大廈，曾根崎便指責半澤。半澤沒有看他，臉上浮現冷笑。

「你們只是維持和稀泥的關係罷了。如果是親密而重要的客戶，那就應該確實提出該做的建議，協助他們正常經營。就是因為面對社長時只說些好聽的話，才會變成這樣。審查部什麼時候變成奴才了？」

「可是也不能用那麼無禮的態度說話吧？關於你這次的態度，我一定會向紀本常務報告。等著瞧吧。」

曾根崎說完，拒絕半澤邀他一起吃午餐的提議，獨自走下車站的階梯。

「他在銀行明明老是耍威風，在外面卻膽小得跟什麼一樣。」半澤目送他的背影，搖頭嘆息。「他應該把在銀行的強勢態度展現給帝國航空看才對。」

「不過他似乎也有不得已的苦衷。」

聽到田島這麼說，半澤便以感到新奇的眼光看他。田島繼續說：「東京第一銀行曾經是帝國航空的主要往來銀行，聽說帝國航空的經營層和紀本常務私交很好。紀本常務是曾根崎的前直屬上司，可以說是他的後盾。」

「真無聊。」半澤很直接地批評。「基本上，他以為搬出常務的名字就會嚇到對手，實在是太窩囊了。」

「關於這一點，我也有同感。」田島嘆息。「不過經由今天的面談，次長應該也了解帝國航空的問題了吧？神谷社長的確是理論派，也善於客觀觀察，可是就僅止於此。」

帝國航空的前任社長辭職之後，公司爆發內部鬥爭，最後由待在堪稱安全領域的財務部門的神谷得到社長職位，可說是天上掉下來的最高職位。

「帝國航空的歷史就是權力鬥爭的歷史，而且經營層大概也期待東京中央商事會出資吧。」田島指出這一點。「那邊的實際情況如何？」

「我稍微問了一下商事的承辦人員，不過對方說現在還不能對外公開。根據傳言，會有五百億日圓的巨額出資。」

「神谷社長或許已經認定，可以憑這筆錢解決當下的資金需求。」

「他以為遇到困難就會有人來幫忙。」半澤輕輕咂舌。「就是因為這樣，所以才一直沒有徹底重振業績的氣概。」

企業重建是非常辛苦的過程，當事人必須要有相當大的體認，但神谷和山久是否具備這樣的體認，則令人感到懷疑。

「老實說，與其改變他們的意識，還不如蓋一座機場比較簡單。」田島的表情似乎已經放棄了一半。「次長，你打算怎麼做？」

半澤說：「總不能就這樣撤退。先擬出納入我方要求的修正重建案草案吧。帝國航空要不要採用又另當別論，首先必須要有東西出來，才能開始討論。請你儘快擬定。」

「資料都已經有了，所以沒有問題。」

長年經營不振的帝國航空隨時都會提供銀行財務、業務、資產相關的詳細資料。憑田島等人的帝國航空承辦小組，絕對足以建立起解決問題、迅速重建的路線。

「拜託你了。」

半澤說完，開始走在沁涼而舒適的秋風中。

直到前幾天，天氣還炎熱到令人受不了，不知何時季節卻已經轉變。帝國航空的業績宛若與氣候連動般日漸衰弱，進入寒冬。

時間稍縱即逝。

「這次的重建不能等了。」半澤感受到深刻的危機。「如果沒有在年底前成形，就會很麻煩。」

「我會儘快擬出草案。」

田島的表情變得嚴肅。

十一月初，承辦小組在經過慎重的討論之後，擬定了修正重建案的骨架。

5

「山久先生，您有什麼看法？」

半澤將修正案的各項要點說明完畢，停頓一下之後詢問。「可以將這些內容反映在貴公司正在擬定的計畫裡嗎？」

「這個嘛……」

山久以模稜兩可的態度用手指摸著下巴，陷入沉思。

從帝國航空總公司的小會議室窗戶，可以看見東京灣與林立在碼頭的起重機。在晚秋下午和煦的陽光照射之下，水面閃耀到刺眼的地步。

過了片刻，山久回答：「老實說，我認為會有些困難。」

他的表情和明亮的戶外相反，顯得相當陰沉。「我可以理解貴行的立場與想法，本公司也同樣想要儘快重建，但是要進行如此劇烈的改變，是不可能的。」

「沒有這回事。」田島湊向前。「這項提案的哪一部分會有困難？可以請您具體說明理由嗎？」

「你問我理由，我也很難回答……基本上，這上面的數字和本公司擬定的計畫差太多了。開投銀應該也不會支持這麼強硬的提案。」

面對山久的態度，田島瞥了半澤一眼。

「如果開投銀要承擔今後所有融資，那麼我也沒有意見；但是如果貴公司希望本行也加入，這份修正案的內容就是最低限度的條件。」

半澤也有毫不退讓的決心。

山久的表情中明顯閃過種種思慮。

想要避免過激裁員措施的經營階層想法、與願意配合的開投銀之間的攻防、還有對於東京中央商事這個新出資者的期待。在這當中，東京中央銀行提出的修正案，或許等於是對帝國航空設下更高的障礙。

「也許很嚴苛，但是如果真心想要重建，這些都是必須達成的條件。」半澤很有耐心地解釋。

「你的意思是，如果不履行這些內容，就沒有辦法申請到追加融資嗎？」山久單刀直入地問。

「至少照目前的情況看是如此。」半澤回答。

「那就沒辦法了。」

山久似乎豁出去的這句話，讓半澤與田島都警覺地抬起頭。此刻這名財務部長眼中浮現的是明顯的叛逆。

「如果東京中央銀行不願意融資，那麼我們也只能找其他家了。」

「您的意思是，即使我們不融資也沒問題嗎？」

山久沒有回應。

「不論如何——」這時山久拍了一下膝蓋，以堅決的口吻說，「像這麼激烈的裁員和廢除航線，根本不可能辦到，也沒有必要。而且你剛剛說沒辦法追加融資，難道貴行這麼輕易就要拋棄我們嗎？」

他的質問具有挑釁意味。「貴行提出這麼激烈的內容，還說辦不到就要停止融資，難道不是銀行的蠻行嗎？我們絕對不會接受。」

山久說完，就單方面地結束這次的面談。

6

「唉，一點危機意識都沒有，只會坐以待斃。」

渡真利忍仰頭喝下杯中的啤酒，然後誇張地嘆一口氣。

渡真利是半澤的大學同學，也是同梯的同事。兩人除了是好朋友之外，也是動不動就找理由聚餐喝酒的「酒友」。渡真利的頭銜是融資部企劃組次長，常誇口說東京中央銀行有一半的人他都認識，是行內首屈一指的順風耳。

這天晚上，兩人來到渡真利宣稱最近「開發」的銀座一家馬肉料理店，隔著餐桌面對面坐著。由於時間較晚，客人都喝得酒酣耳熱，沒有人注意聽半澤他們這桌的談話。店內最裡面的牆壁高掛著電視，剛剛開始播放九點的整點新聞。他們不用看標題，也知道這天的頭條新聞是什麼——眾議院解散。

「即使是公營的開投銀，也不可能憑一家銀行之力來照顧帝國航空的資金需求。」

渡真利的啤酒杯很快就空了。他向吧檯內側點了續杯。

電視螢幕上，正在現場轉播即將迎接大選的各政黨情況。長期執政的憲民黨政權近來接連失策，再加上官商勾結遭受批判，因而處於劣勢；視情況有可能出現政黨輪替——不，就半澤的觀察，以目前的情勢來看，政黨輪替無可避免，負責監督帝國航空的國土交通省也陷入無法動彈的狀況。

渡真利說：「政府原本大概不惜投入稅金、也要拯救帝國航空吧。畢竟過去一直拿來當政治工具。」

目前日本總共建了將近一百座地方機場。雖然沒有詳細公開財務內容，不過有許多機場無疑都難以招攬旅客，連連虧損。蓋機場是政治議題，政治人物與地方機場之間存在著難以分開的關係，而將飛機飛到那些機場的帝國航空公司，也存在著類似的關係。

帝國航空業績不振的原因不只一兩個，不過無條件相信監督官署國土交通省粗糙的估算、任意啟用地方航線，也是造成虧損的主要原因之一。

帝國航空公司要是破產而停飛，那麼招攬機場的政治人物、允許建設的國土交通省都會面目無光。不論是否虧損都要保留航線，應該就是政府內心的想法。

「即使政黨輪替，變成進政黨執政，我也不覺得政治的本質會改變。」渡真利說出達觀的意見。「不過如果變成新政權，或許有可能會發動官方支援。」

半澤說：「銀行不用繼續出錢是好事，不過我反對因為公司太大就不能破產的想法。以帝國航空的情況來看，只要徹底執行重建計畫，仍然有充分的重建可能。另外也有出資的提議。」

「話說回來，半澤，『商事』真的會出資嗎？」

不久之後，烤肉鍋端來，渡真利邊把韭菜放入鍋中邊懷疑地問。「不過如果他們真的出資，帝國航空就可以喘一口氣了。」

「這也很難說。」

就在這個瞬間，半澤的手機開始震動。是內藤打來的。

「關於『商事』的事，好像有了新的進展。」

半澤站起來，為了迴避店內的喧囂，走出朝向後巷的門。

半澤豎起耳朵聆聽內藤的話，初冬凜冽的風毫不容情地吹拂著他的頸部。

7

在公司內專門接待重要客戶、稱作「貴賓室」的寬敞會客室裡，鋪著幾乎埋沒鞋底的地毯，上面擺著義大利製的沙發與扶手椅組。窗外是讓人想要一直眺望的港口風景。

這名訪客對於帝國航空的神谷社長來說，無疑是比任何人都期待的對象。

深深坐在沙發上的，是東京中央商事的社長，櫻井善次。

「很抱歉勞駕您特地蒞臨。如果您事先告知的話，我就會親自造訪貴公司了。」

「不，請別在意。」櫻井輕描淡寫地回應，然後轉移話題問：「現在的業績怎麼樣？」

「乘客人數還是難免受到景氣影響。」神谷委婉地表達困境。「所以我們特別感謝貴公司這次的提議。如果能夠強化物流部門，對於本公司來說，就能成為彌補旅客運輸的收入支柱。請您務必要幫忙。」

神谷表現出對出資的期待，但是他看到坐在對面的櫻井社長表情忽然變得嚴肅，便收起了臉上的笑容。

「老實說，今天我之所以拜訪，就是為了出資的事。」櫻井切入正題。「經過公司內部詳細調查與討論，很遺憾地決定取消出資計畫。」

神谷沒有回答。

不，應該說是無法回答。

他說不出話，啞口無言地盯著櫻井，臉上的表情看起來好像靈魂虛脫一般。

「呃，櫻井社長，請問理由是什麼呢？」一旁的山久以顫抖的聲音開口。「就我們的認知，貴公司先前應該對這項計畫抱持肯定的態度才對。」

「如果能夠透過投資貴公司的物流部門，補足本公司的業務，的確會有很大的利益。不過恕我直言，在仔細調查過貴公司財務狀況與業績之後，結論是風險會高於利益。不用我贅言，生意的投資與回收必須取得平衡才行。這次的出資案很遺憾無法達到這樣的平衡。」

「不、不可能的。沒有任何一家航空公司的運輸網超過我們。可以請貴公司重新考慮嗎？」

神谷好不容易開口，臉色泛紅。他的表情之所以顯得急迫，是因為對於資金周轉感到不安。

不論是多大的公司，只要沒錢就會走投無路。

即使是曾經有「日本之翼」稱號的帝國航空也不例外。過去的榮譽、歷史與驕傲，面對資金不足的現實，都只有等同廢物的價值。

神谷此刻的表情，顯示出他比任何人都要深刻感受到這一點。

「可以請你們改變出資金額，重新進行研議嗎？」

山久急忙插嘴，但櫻井看著他的眼中帶著憐憫。

「還是一樣，山久部長。」櫻井說。「貴公司的事業雖然很有魅力，但風險太高了。」

「沒有重新檢討的空間了嗎？」神谷以沉重的語調詢問。

「沒有了。」櫻井直言。「很遺憾無法滿足您的期待。」

櫻井雙手放在膝上低下頭，室內便陷入令人窒息的沉默中。

「如果沒辦法對本公司出資——」不久之後，神谷像是打開沉重的門一般開口。

「那麼如果改用業務合作的模式呢？可以請你們先以這種方式進行觀察，判斷足以信賴之後再考慮出資。這樣如何？」

「這點我們已經討論過了。」櫻井的眼神顯露出心意已決。「可是一旦要進行業務合作，就必須能夠確實維持管理這個體制。恕我直言，在不久的將來連資金周轉都有危險的貴公司，能夠做到這一點嗎？我聽說目前貴公司連重建計畫都無法履行。」

「關於這一點，我們正在擬定修正案。」神谷努力辯解。「可以請貴公司協助我們的重建計畫嗎？」

「重建計畫是貴公司的問題。」櫻井打斷意圖反駁的神谷，強悍的眼神預示著訣別。「我們沒有任何理由要冒著風險予以協助。本公司也必須持續成長，必須要對自己的經營狀況負責。我可以理解您的心情，但是沒有任何一家公司能夠為了人情而決定投資或合作。」

神谷此刻心中充滿絕望，用力咬住嘴脣。

結束短暫的面談之後，神谷感到全身上下的力氣彷彿都消失了。他無力地癱坐在椅子上，盯著牆上空無一物的一點。

為了拯救帝國航空公司，此刻的自己能夠做什麼——

這時神谷心中忽然浮現一名銀行員說過的話。

「目前貴公司所需要的，是腳踏實地並且徹底的裁員計畫。」、「對於貴公司來說，這是最後機會。」

「——山久。」神谷擠出好似隨時要乾枯的細微聲音。「你不是說過，東京中央銀行提出了修正案嗎？」

山久以驚訝的眼神看著他。

「馬上拿來給我看。」

8

十二月——

眾議院選舉投票日來臨。當天開票的結果，進政黨獲得壓倒性的勝利。

9

騷動的記者會現場在一瞬之間變得安靜。

然而靜默也只維持片刻。在此起彼落的閃光燈中，身著深藍色套裝的一名女性快步走向準備好的記者會場。

她的頭髮盤起，年齡大約三十多歲但充滿自信，鞠躬之後走向記者會用的講臺，堂而皇之的態度和幾年前還是民營電視臺人氣女主播時相同。

「我是這次獲任命為國土交通大臣（註1）的白井亞希子，請多多指教。」

白井面對排列在眼前的麥克風自我介紹，並簡單地說明信念，接著開始仔細回答記者的提問。

「感覺好像很難應付。」

田島在銀行總部的電視看著記者會，信口發表評論。這時有一名記者問：

——我想請教關於業績惡化的帝國航空的問題。

半澤聽了便將視線移回電視。

1　國土交通大臣——日本國土交通省的首長，國務大臣之一。

——先前在專家會議通過了修正重建案，並開始進行自主重建。今後有可能會投入稅金嗎？

原本一直淡淡回答問題的白井表情有瞬間變得僵硬，並且在此時做出令人意想不到的發言：

「先前專家會議的修正重建案，將會完全撤回。」

半澤不禁懷疑自己的耳朵。他驚訝地屏住氣，一旁的田島則大聲喊：

「什麼！她在說什麼傻話？該不會是發瘋了？」

半澤舉手制止田島。白井繼續發言：

「先前的專家會議是在憲民黨政權之下設立的，對於當時提出的重建案，我們很懷疑其實現的可能性。」

麥克風收錄到記者會現場的騷動聲。與其說是意外，簡直就是爆炸性發言。

「——也因此，我們進政黨政權將重新徹查帝國航空的現況，然後再研討重建方案。」

——這意味著會投入稅金嗎？

「目前還無法回答這個問題。」

白井迴避了記者的問題。

——聽說帝國航空的資金調度近期就會出現問題。請問您是否考慮要進行救援？

「帝國航空是民營企業。對於是否要救援這家企業之類的問題，我無法在這裡回應。」

——也就是說，也有可能不救援嗎？

「針對該公司的調查還沒有開始進行，因此對於這個問題，現在也無法回答。」

——憲民黨政權設置的專家會議要怎麼處理？

另一個記者發問。

「關於這一點，會請他們迅速解散。我們要告別憲民黨政權模糊不清的航空施政，由進政黨以新的觀點研議重建對策。這就是我們的想法。」

白井繼續說：「具體而言，會成立直屬於我的『帝國航空公司重建專案小組』。這個專案小組將由企業重建領域的專家組成，可以看作是為了擬定適切重建案而成立的團隊。」

「專案小組？」田島發出異常的叫聲。這等於是晴天霹靂。

白井的目的與其說是要重建帝國航空，反倒比較像是要完全否定前任政權，並藉此向國民宣揚進政黨的優越性，以及與憲民黨的差異。她是否只為了這個目的，就想要葬送專家會議與修正重建案？如果是的話，就等於是把帝國航空當作政治工具。

「什麼專案小組嘛！」

田島把因憤怒而通紅的臉轉向半澤。「這實在是太蠢了。我們先前的辛苦到底算什麼？我們那麼努力才好不容易通過修正案。什麼進政黨政權嘛！什麼都不知道，就在那裡懷疑重建計畫的實現可能性，根本就是在找碴。」

這個大臣的眼中，看不見帝國航空接受修正重建案的苦惱，也看不見為了重建該公司而拚命努力的銀行人員的熱誠。她只想要和前任政權做出區隔，並滿足自己追求功名的私心。

把企業命運當作政治工具的人，不可能重建帝國航空——

對於得意洋洋繼續回答問題的白井，半澤心中產生徹底的不信任感。

第一章　霞關的刺客

1

「你就是東京中央銀行的承辦人嗎？」

這裡是帝國航空總公司的二十五樓辦公室。重建專案小組的臨時辦公室就設在這裡。

正式名稱為「帝國航空重建專案小組」的陣容，是在新的一年的一月上旬發布，也就是距今大約三個月前。

組長是擁有豐富的大型企業重建實績的知名律師，乃原正太。他的體型宛若酒桶般肥胖，戴著黑框眼鏡，鏡片後方小小的眼睛投射出像針一般銳利的視線。另一方面，副組長三國宏則擁有從外務省菁英官僚轉任外資投資信託公司的特殊經歷，外表風雅，因為在企業收購與企業重建領域的實績而獲得拔擢。

兩人過去曾經在重建案件合作過。以他們為首的主要成員共有五人。另外還有監察法人與法律事務所的註冊會計師、律師等多達百人的相關成員。

專案小組成立以來，這三個月左右都耗費在評定帝國航空的資產，導致資金周轉等其他交涉完全停滯的異常狀況。

等到專案小組終於向往來銀行提出重建案相關的面談要求，是在三天前。

此刻半澤在與銀行面談用的辦公室中，和組長乃原面對面。

「我是半澤。」

乃原只瞥了一眼半澤遞出的名片，就把它拋進放在桌上的紙盒。盒子裡無秩序地放著大概是在半澤之前來訪的各相關公司承辦人名片。乃原似乎不打算遞出名片，相反地他遞出的是專案小組各調查領域負責人的直通電話清單。

「我方有一些問題要詢問，回答時請撥打上面的電話。」乃原迅速說完，接著以索然無味的態度問：「先前的修正重建案，聽說是硬推你們擬定的草案吧？」

「硬推？」

半澤盯著看樣子稱不上友善的對象。這名男子夾雜著白髮的頭髮沒有撫平，雜亂地翹起來，一副實務出身的氣質。

「我們自認是以合理的判斷擬定計畫。請把那份計畫看作今後提供支援的最低限度必要條件。」

半澤是在暗示不接受條件更低的計畫，但是乃原卻嗤之以鼻。

「本專案小組絕對不是為了銀行設置的，請你不要誤解。這是由白井大臣特別任命、為了重建帝國航空公司而成立的團隊。你了解嗎？」

這兩人是業界著名的「重建業者」，不過從他們的態度可以明顯感受到對銀行的鄙視。

「我之所以請你特地來一趟，是要確認貴行能夠協助我們製作報告。」一旁的三國以公務性的口吻說。「沒問題吧？」

「在那之前，我想要請教你們對於專家會議決定的修正重建計畫有什麼看法。」

半澤提出質問，但乃原卻單方面回答：「那個計畫已經完全撤回了。」

「請等一下，那是我們也同意的計畫，怎麼可以隨隨便便就說要完全撤回？我無法理解為什麼要特地撤回那麼完善的計畫案。」

「完善的計畫案？是嗎？就我來看，那種東西根本不值得信賴。」

乃原一邊點燃香菸，一邊翹起二郎腿。「基本上，銀行過去對於帝國航空的業績惡化，只是袖手旁觀吧？到現在才拿計畫案來指指點點，我們也很困擾。」

「你知道帝國航空公司的資金周轉情況吧？」半澤對乃原說。「到了八月，各往來銀行的過渡融資就會到期。在那之前，如果沒有我們能夠接受的重建案，就很難提供追加融資。關於這樣的交涉內容，山久部長應該也有對你們說明過才對。」

「我們不會承接銀行交涉。」乃原一口否定。「我們只是為了讓帝國航空公司在最短時間內重建，提出相關的處方箋，並不打算和銀行直接交涉。」

「你們要在排除債權人的情況下決定重建計畫嗎？」

乃原與三國臉上浮現嘲諷的笑容。

「沒錯。」三國挺起胸膛回答。「而且不用詢問，我們也知道銀行的內情，希望銀行也能理解這一點。」

這些大人物真是搞不清楚狀況。

「本行對於帝國航空公司，有超過七百億日圓的債權。」半澤以嚴肅的口吻指摘。「身為規模僅次於開投銀的債權者，有必要監督融資對象的狀況。雖然不知道計畫內容會變成什麼樣子，但如果無法贊同，就沒有辦法進行支援。這一點兩位應該理解吧？」

「現在不是銀行說贊不贊同的時候。」乃原不耐煩地邊說邊捻熄香菸。「銀行在這方面終究是外行，只要在一旁看著就行了。你們根本沒有足以評論我們做法的專業知識。」

「但至少也有身為債權者的權利。」半澤按捺內心的焦躁回答。「帝國航空應該有義務回應我方的要求說明狀況。」

「那就去問帝國航空公司吧。跟銀行交易的不是我們。」三國冷冷地說。

「我當然會去問，可是根據剛剛的說法，掌握帝國航空命運的重建計畫不是由帝國航空、而是由貴專案小組來制定，所以我才會在這裡提出來。這麼重要的事項，卻完全沒有接收到相關訊息，我們也會很困擾。」

「所以說，你們會不會困擾根本就不是重點。」乃原格外大聲地說話。他從香菸盒又抽出一根菸夾在指間，湊向前注視半澤。他從鼻孔吹出大量八字型的煙，看起來簡直就像怪獸。「這是國土交通大臣的指示。」

「那麼我想請問，專案小組的法源基礎是什麼？」半澤終於開始反駁。「我們是根據契約提供帝國航空公司融資，並進行管理。你剛剛說是根據國土交通大臣的指示，但是大臣的私人諮詢機構來到民間企業、對往來銀行下達指示命令，是根據什麼樣的法律？」

乃原的臉逐漸泛紅。不管專案小組是不是白井大臣設立的，這個小組沒有任何法源依據。這是專案小組致命的弱點。

「你記得之前的選舉吧？」乃原把小小的眼睛瞪大，看著半澤。「壓倒性多數的國民支持進政黨政權。我們是這個政權的大臣設置的機構，因此我們的存在是國民的全體意志。在自以為很懂地提法源依據之前，先回想一下過去銀行接受稅金救援的事實吧。自己毫不客氣地接受救助，有資格對其他公司說三道四嗎？」他以毛毛蟲般粗短的手指指著半澤。

「這是完全不同的兩回事，請不要轉移話題。」半澤非常冷靜地說。「我們只是在主張理所當然的權利。你們要撤回專家會議通過的計畫，但其中包含了不可避免的主要裁員計畫。企業年金制度改革不能等，縮減班次、廢除航線，還有刪減人事費，這些項目當然都會納入討論吧？」

「這種事哪能現在回答。」乃原粗魯地說，然後像是要趕蒼蠅般在面前揮手。「我說過，我們不是來這裡和銀行交涉的。」

「你只是想要挑剔我們的活動吧？」一旁的三國露出不懷好意的笑容。「銀行或許認為是帝國航空公司太散漫，才會陷入這種狀況，可是我們並不這麼認為。帝國航空雖然也很散漫，但是要說的話，往來銀行不也一樣嗎？帝國航空的業績惡化已經幾年了？在這段期間銀行束手無策，現在也不可能做出什麼。國土交通省也不能袖手旁觀，讓帝國航空無計可施而踏上倒閉之路。」

「那麼可以讓我確認一件事嗎？」

半澤這麼說，然後詢問凶狠地瞪著自己的乃原：「姑且先不論計畫的細節，至少會堅持自主重建的路線吧？」

乃原沒有回應。他把前屈的身體靠回沙發，捻熄剛剛點燃的香菸之後，又重新點燃一根。他是個菸槍。

「我們有我們的作法。」乃原嘴角下垂，如此回答。「你擔心的是法定清算免除債權會讓銀行吃虧吧？這種事根本不是關鍵。而且別忘了，並不是只有法定清算才能要求放棄債權。即使是自主重建，如果有必要的話，當然也會要求放棄債權。」

「所以說——」三國把一份文件遞給半澤。「請你過目。」

半澤在他的催促之下打開文件，看到其中的內容不禁抬起頭。

「這是什麼意思？」

「就如你看到的。」乃原以粗魯的口吻說，臉上泛起卑劣的笑容。「關於帝國航空的成本縮減，今後會再深入討論細節，不過在此同時，我們決定請求銀行一律放棄七成的債權。理由寫在上面。希望你們能夠立即討論債權放棄案，在下個月中提出正式的答覆。答覆時間會再進行通知。」

這個要求實在是太荒謬了。這份簡單的文件上，完全沒有放棄債權的具體根據，只寫著在擺脫巨額虧損之後、三年內轉虧為盈這種令人啞口無言的劇本。

「我們的目標是要儘速重建帝國航空。為此必須壓縮成為重建絆腳石的巨額債務才行，而你們銀行有伸出援手的道義理由。畢竟你們長期以來，一直把帝國航空當作搖錢樹。」

「這種要求根本不值得討論。」半澤果斷地拒絕。「只要按照修正重建計畫執行，帝國航空一定能夠重建。我不管是要儘速重建或怎麼樣，可是在非必要的情況下要求放棄債權，根本不合情理。」

面對直視自己的半澤，乃原不知為何露出從容的表情。

「這只是你個人的意見吧？你應該沒有權限當場拒絕專案小組的提案。快回銀行討論吧。」乃原吐出一團煙霧，泛起微笑意有所指地說：「我期待肯定的答覆。」

2

「一波未平一波又起，請節哀順變！」

渡真利自稱有事來第二營業部，順便來找半澤。兩人前往辦公樓層一角的休息區。渡真利在自動販賣機買了紙杯裝的咖啡，喝了一口就因為太甜而皺起眉頭，遞出去問「你要喝嗎」，但半澤搖頭，自己選了無糖無奶精的咖啡。

「話說回來，要我們放棄百分之七十的債權，再怎麼說也太過分了。那個叫乃原的歐吉桑根本就是不擇手段、想要自己攬功吧？」

渡真利絲毫不隱藏內心的嫌惡，皺起鼻子。對於銀行員來說，沒有比隨隨便便要求放棄債權的對象更令人不愉快的。

銀行的融資實際上是薄利多銷的生意。

即使融資一億日圓，銀行每年收取的利息頂多只有幾百萬日圓。扣除人事費等種種成本，實際盈餘非常微薄。

另一方面，即使是幾百萬日圓的融資，如果失去的話，為了填補損失就得進行好幾億日圓的融資。

也就是說，隨隨便便要求放棄債權，等於是對銀行業的挑戰。

「你該不會打算接受吧？」

渡真利以懷疑的口吻問，半澤便搖頭說：

「別開玩笑。我已經向上層提出希望拒絕的報告了。」

「那當然。」渡真利點頭說。「你要狠狠地告訴那個莫名其妙的專案小組。像那種搞不清狀況的傢伙，一定要有人給他們嚴厲的教訓才行。」

渡真利氣呼呼地這麼說。半澤朝他舉起拿著咖啡紙杯的右手，然後回到第二營業部自己的座位。就在這時，常務董事紀本把他叫去。

「關於你在報告上的意見，真的沒問題嗎？」

紀本的辦公室已經有先到的訪客。是曾根崎。半澤寫的「對於專案小組的回應」報告被印出來，夾在檔案夾裡放在桌上。

「請問是什麼意思？」半澤無法探知對方的本意，便這麼問。

「你確認過其他往來銀行的意願了嗎？」紀本問他。

紀本有「舊東京王牌」的稱譽。他身穿深藍色西裝，搭配淺色領帶，看似很懂得分寸，內心卻不知道在想什麼。基本上，半澤最討厭這種裝腔作勢的傢伙。

「還沒有。」半澤回答。「我認為應該先確立本行的態度。」

「不過你至少可以猜到其他銀行會如何應對吧？你覺得呢？」曾根崎以高高在上的口吻從旁詢問。

「當然不會贊成。不可能會有任何一家銀行樂意放棄債權。」

半澤忍耐住想叫他閉嘴的衝動回答，曾根崎卻煞有介事地表示疑問：

「是嗎？開投銀不是很認真地在考慮放棄債權嗎？」

他大概是從某處得到消息。半澤沉默不語，曾根崎便得意地繼續說：

「身為主要往來銀行的開投銀都在考慮，排名較後面的銀行或許也會跟隨，結果有可能只因為本行拒絕，就讓專案小組的重建案無法實行。」

「那又怎麼樣？難道你想要接受這麼愚蠢的提議？」半澤感到錯愕。
「我沒有這麼說，只是希望你不要像這份報告一樣，先下結論再編理由。應該要好好研議才行。」曾根崎提出有模有樣的反駁。
「半澤，我想這件事應該有折衷點。」紀本接續曾根崎的話，臉上堆起假笑。「你過去面對的都是健全企業，或許沒有這樣的體會，不過在債權回收的實務上，有時候也必須注重銀行團內部的協調。」
「那麼你的意思是要考慮放棄債權嗎？」
半澤對常務意外的想法暗自感到驚訝，如此詢問。
「我的意思是，或許可以嘗試從大局來看。」
紀本以裝模作樣的口吻笑咪咪地說，然而他的眼睛沒有笑意。他直盯著半澤的眼睛，沒有移開視線。
「專案小組或許正如你說的，是個沒有法律基礎的組織，不過好歹也是直屬於國土交通大臣的機構，發言也很有份量。關於本案，金融廳目前採取靜觀其變的態度，不過必須要考慮到對於航空施政、甚至社會秩序的影響。這份報告似乎欠缺這種宏觀的視角，你認為呢？」
「常務，這樣不會太軟弱了嗎？」

半澤這麼說，曾根崎便立刻攻擊他：

「喂，你對紀本常務說這種話，太沒禮貌了！」

這傢伙簡直就像是看門狗。

「你別說話。你已經不是帝國航空的承辦人了。」

曾根崎的臉色瞬間漲紅，但因為是事實，他也無從反駁。半澤繼續說：

「我在那份報告中也寫到，專案小組要求放棄債權的依據非常不明確，只說是為了快速重建的有效手段；更何況在擬定關鍵的重建案時，將我們銀行排除在外，提出不負責任的主張。我們沒有接受這種要求的道理。」

「你要知道，對方是國土交通大臣。」紀本平靜地擺出威嚴的態度。「我不認為現在是堅持這些道理的時候。」

半澤問：「董事長對於這份報告有什麼意見？」

「這點要問董事長才知道。」紀本沒有直接回答。「我只是以負責債權回收的董事身分，對你提出著眼於現實的意見。我希望你能夠理解我剛剛所說的，重新研議報告內容。」

與紀本簡短的談話就這樣結束。不過到了次日，輪到內藤部長出現在半澤的辦公桌前，壓低聲音說：

「半澤，關於那份報告的事——」

內藤把夾在檔案夾中的文件放回桌上，面帶苦澀的表情說：

「中野渡董事長給了意見，希望不要以拒絕為前提，應該再稍微衡量一下局勢。」

半澤不可置信地聽他說話。

「那麼愚蠢的提案，還有必要繼續研究嗎？」

「我也有同感。可是——董事之間的意見似乎不太一樣。」

「對了，昨天紀本常務找我過去。」

內藤察覺到半澤話中隱含的訊息，換上警戒的表情。

「看來似乎有些複雜的內情。」

內藤似乎也不知道究竟是什麼樣的內情，頂多是身為銀行員的嗅覺，讓他做出這樣的評論。

「真是不愉快。」

面對意想不到的不穩局面，半澤皺起了眉頭。

3

次日，半澤前往開投銀造訪帝國航空業務的承辦人。

他被帶到會客室等了一陣子，聽到敲門的聲音。進入室內的人物意外地是一名嬌小的女性。

「讓你久等了。我是承辦人，敝姓谷川。」

她遞出的名片上印著「開發投資銀行企業金融部第四部次長谷川幸代」。她的年紀大約四十歲前後，臉上沒有化濃妝，首飾只有耳朵上小小的耳環，吸引人的強烈目光給人深刻印象。

這位谷川就是領導開投銀帝國航空小組的實務層面負責人。

半澤鞠躬說：「很抱歉在百忙當中打擾。」

「不會，我原本也打算要儘快進行對談。」谷川說完，請他坐在沙發上。

「專案小組找你們談過了嗎？」谷川率先詢問。

「他們打算要求所有銀行放棄七成債權。請問開投銀要如何回應？」

根據曾根崎的說法，開投銀在認真考慮放棄債權。他或許有特定的情報來源，不過此刻谷川卻顯現出些許疑惑。

「目前銀行內部正在討論中。」

「我聽說你們對此抱持肯定的態度，這是真的嗎？」

「算不算肯定也很難說……」谷川含糊其辭。

半澤說：「我們認為帝國航空公司應該能夠自主重建。上次的修正重建案，貴行最終也同意了，因此我原本以為貴行也有同樣的想法。」

然而谷川卻提出意想不到的異議：

「關於這一點，目前本行內部也有反省的聲浪。」

「反省？什麼意思？」

「雖然說已經同意上次的重建案才提這些，的確有些不恰當，不過有人質疑，本行會不會太草率地接受了東京中央銀行主導的修正重建案，認為應該更強烈地主張作為公營金融機構的想法。」

「作為公營金融機構的想法？可以舉例說明嗎？」

半澤感到難以釋懷。不論是公營或民營，銀行就是銀行，借錢之後請對方還錢的工作內容應該沒有太大的差異。

谷川回答：「首先，有人認為上次的修正重建案對於旅客運輸的影響太大，質疑在之前的方案中，虧損路線的乘客都會被犧牲，這樣的內容會不會太過分了。」

半澤目不轉睛地盯著谷川的臉。

「另外也有人指摘，減少班次或廢除航線或許應該花多一點時間來進行。以帝國航空的情況來說，每一種職能都有專業人員，如果變更廢除航線的時期，裁員時期也會隨之延後。」

「這樣的意見，應該在憲民黨時代提出來吧？」

半澤的這句話，讓谷川臉上的表情消失了。

半澤又說：「容我反駁一點，妳剛剛提到每一種職能都有分配專業人員，可是我們原本就認為這種做法會有結構性的問題。在修正案中也有主張，應該要培養多能工。」

「也有人主張這是輕視安全飛行的做法，你知道嗎？」

半澤盯著谷川，想要探測她發言背後的本意。

「這是誰提出的意見？」

「這是一般性的意見。」

「這樣的議論是說不通的。」半澤提出反駁。「帝國航空公司的競爭對手『大日本空輸』早就已經培養多能工的員工，並且成功提升效率。妳的說法等於是在批評大日本空輸輕視安全。谷川小姐——」

半澤鄭重地輪流檢視名片與谷川的臉。「請問妳自己是怎麼想的？」

「我——」

谷川直視半澤，果斷地說：「我完全贊成那份修正重建案的內容。我也認為，這次要求放棄債權的提案本身就是錯誤的。就如你所說的，明明有自主重建的可能性，金融機構不應該輕易接受放棄債權的要求。然而我的意見無法直接代表本行的全體意見。」

「也就是說，妳在對抗銀行內的反對意見？」

對於半澤的問題，谷川反過來問：

「那麼你又是如何？半澤先生，你似乎反對放棄債權，但這也不是東京中央銀行的結論吧？乃原先生說過，東京中央銀行一定會讓步，所以沒問題。」

「這是怎麼回事？」

聽到這個意外的消息，半澤不禁反問。

谷川搖頭說：「我也不知道。我當時只想到，貴行大概也有貴行的內情吧。就如本行也有本行的內情。」

「內情？」這個詞讓半澤感到在意，便問：「什麼樣的內情？」

谷川移開視線，輕輕咬住嘴脣，臉上閃過與她毅然的態度相反的一絲悔恨。

「這麼說吧：這是關係到開投銀存在的問題。」

不久之後，谷川說出令人費解的回答。半澤凝視著谷川，沉默了好一陣子。

「我不了解妳的意思。」

半澤提出疑問，但谷川的回答仍舊像謎一般：

「我只能說，本行作為官營金融機構，能夠進行民間企業無法提供的支援，而且今後也將持續下去。」

谷川如此斷言，似乎在表明她說的就是肯定放棄債權案的態度。

「聽起來很奇妙。到底是怎麼回事？」

半澤回到公司，簡要地敘說談話內容之後，田島歪頭表示不解。

「我也不知道。我想要打聽詳情，但是她到最後都沒有透露。那個人感覺滿頑固的。」

「因為她是鐵娘子啊。」田島以開玩笑的口吻說。

「鐵娘子？什麼意思？」

「那是谷川的綽號，大家都這樣稱呼她。她雖然外表看起來那樣，可是在談判的時候非常強硬。」

谷川在說明組織想法的同時，也能清楚陳述自己的意見，半澤對她的印象並不差。而這同時也意味著谷川在開投銀這個組織內，也有她自己的糾葛。

「開投銀行從以前就有些讓人搞不懂的地方。」田島無奈地嘆息，然後表情變得嚴肅。「乃原說本行一定會退讓這件事，感覺也很有問題。現階段就輕易說出這種話，實在是太奇怪了，搞不好有什麼內情。仔細想想，本行董事會不認同拒絕放棄債權的報告，也讓人無法理解。」

這一點半澤也感受到了。

「董事長是那種人嗎？」田島語氣中帶著懷疑。

「不是——」半澤搖頭。

中野渡的融資態度極為正統而講究尊嚴，然而另一方面，他也會過度考量到銀行內部融合，往往導致他做出令人難以預測的經營判斷。而且他這個人絕對不只是清廉乾淨的銀行家。他既是個策略家，也是個清濁並包、充滿人情味的男人。

「以他的個性，原本應該會斬釘截鐵地拒絕那樣的要求。」

知道中野渡過去工作態度的半澤如此評論。雖然發生過許多事，但是老實說半澤並不討厭中野渡，甚至以他作為值得尊敬的銀行員榜樣。

「是因為顧慮到舊東京嗎？」田島的語氣顯得失望。「即使如此，也不應該答應這種放棄債權的計畫吧？我越來越沒辦法相信銀行的原則了。就好像被我們不知道的規則驅使一樣，感覺很莫名其妙。」

半澤也覺得他說得沒錯。

正當的理論不知何時被拋在一旁，被詭辯取代。在組織中，往往會因為想太多而做出笨蛋也不會做的事。

「這該不會就是專案小組的魔法吧？太可疑了。」

半澤慎重地說：「關於放棄債權的議題，距離正式回覆還有時間，再稍微觀察一下情況吧。」

然而幾天後，他就意外得到帝國航空的山久聯絡。

「我們取得了專案小組重建案的部分內容，不知道你有沒有興趣？」

在打來的電話另一端，山久壓低聲音說話。

4

「就是這個。」

在帝國航空的會客室，山久遞出一份文件。

這是專案小組正在擬定的重建案部分內容，總共有十五頁，主要是關於縮減班次與廢除路線的內容影本。

「飛航本部的負責人員在下午被叫去，說要按照這個內容進行，命令他確認細節數字有沒有錯誤。據說他們交代不可以對外洩漏，所以希望你們能夠保守祕密。」

山久等帝國航空的員工此刻對於專案小組抱持著相當大的反感。

當初山久原本對半澤擺出頑強的態度，但或許是因為專案小組這個共同敵人的出現，這三個月以來，兩人的關係已經改善許多，只能說是微妙的勢力關係造成的結果。

「半澤先生，請你看看。他們雖然說要撤回專家會議充分討論過的修正重建案，可是關於縮減班次和撤銷路線的內容，幾乎都保留原狀，完全沒有嶄新的點子。為了國土交通大臣的自我滿足，把那些蠻橫的傢伙送來，而且還要由本公司來付帳，根本就只是累贅而已。」

專案小組因為是集結專家的團隊，人事費金額相當龐大，而令人難以置信的是，國土交通省竟然把這筆費用記在帝國航空的帳上，總額預估會超過十億日圓，因此山久也顯得相當憤慨。這比強迫推銷還要惡質。

「話說回來，這個內容還真是讓人難以置信。」田島看了文件之後表示驚愕。「就如山久先生說的，內容幾乎完全相同。這樣的話，就沒有否定我們提出的修正重建案的意義了。」

「不對，有一部分不一樣。你看——」

田島看到半澤指出的地方，也發出「啊」的叫聲，露出無法理解的表情。

「原來是羽田－舞橋航線。草案中應該包含在應廢除航線當中，可是在專案小組的重建案裡，卻被排除在廢除清單之外。為什麼？」半澤也感到不解。

「會不會是因為——」開口的是山久。「舞橋市是箕部啟治的地盤。大概就是為了這個理由吧？」

半澤不禁和田島面面相覷。進政黨的箕部是前憲民黨的重量級議員。他離開憲民黨並創立了進政黨，成為該黨的指導者，而國土交通大臣白井則定位為箕部派的年輕領袖。

山久說：「基本上，這座機場本身就是箕部還在憲民黨的時代建造的。舞橋機場甚至還有『箕部機場』的別名。專案小組不可能會刪掉這個航線。」

「也就是說，這個裁減案除了經濟合理性之外，還有別的因素會牽扯進來。」

田島忿忿地看著半澤。「他們之所以在密室中擬定重建案，會不會是為了要隱藏不能被人知道的事情？」

「真是太扯了。」

半澤啐了一聲，狠狠地這麼說。

5

「債權放棄案的討論進行得如何？」

在帝國航空總公司大樓二十五樓（現在已經成為專案小組專屬樓層）的會客室，乃原照例以不客氣的口吻詢問。時間是星期五下午，到了四月總算開始出現春天的氣息。

乃原手中拿著仍舊點燃的香菸，領帶鬆開，襯衫釦子也解開，邋遢地坐在扶手椅上，怎麼看都不像是國土交通大臣挑中的人選。

半澤回答：「目前正在研議中。」

「到底要等到什麼時候？從提出要求到現在，已經超過一個星期了。」

乃原一雙混濁的眼睛盯著半澤，以粗暴的口氣說。

「回覆期限應該是這個月底。基本上，如果要放棄授信總額七成的債權，不可能那麼輕易地就做出結論。」

半澤毅然回答，一旁的田島則瞪著乃原。

「就算沒有做出結論，至少也在進行討論吧？」坐在乃原旁邊的副組長三國詢問。「可以告訴我們目前討論的狀況嗎？」

「這是銀行內部的事。」

半澤委婉地拒絕回答，三國便從一旁的檔案夾拿出文件，放在桌上傳給半澤。

在「帝國航空公司財務預測」的標題之下，列出了預計資產負債表及預計損益表。

「如果貴行放棄債權，帝國航空重建後的預期財務狀況就像這樣。這樣的內容不愧為承擔日本航空運輸重任的公司吧？」三國似乎已經認定放棄債權案會通過，得意洋洋地說。「之前就是因為一直繞著能不能借錢這種瑣事在討論，才會遲遲無法重建。帝國航空應該更早申請放棄債權。半澤先生，看到這份資料，你應該也會有同感。」

半澤聽了三國的發言感到很蠢，便對他說：

「那麼請你讓我看看不放棄債權的業績預測。」

「什麼？」三國的表情變了。

「我們銀行的工作，就是要借錢出去，再收回來。」半澤繼續說。「拿出這種『把借款一筆勾銷會如何』的資料，也沒有任何意義。關鍵在於為什麼必須要把借款一筆勾銷。兩位理解銀行業務是怎麼回事嗎？」

半澤以懷疑的眼神看著他們。乃原氣沖沖地說：

「那當然。反倒是你，真的了解企業重建是怎麼回事嗎？」

「當然了解。」半澤沉著地回應。「有息負債高的企業如果要重建，不可能沒有銀行的協助而成功。」

「所以就要看你們的臉色嗎？你說的只是個人意見而已。」乃原斷言。「銀行高層絕對沒有反對放棄債權。沒錯吧？」

半澤稍稍瞇起眼睛。他在乃原的話中察覺到某種確信。乃原繼續說：「銀行不論做什麼都要指南，唯一沒有的就是放棄債權的指南。這也是理所當然的，因為這種業務是以不存在為前提。也就是說，你們這些被既定框架束縛的銀行員不論討論多久，都沒辦法提出解答。既然如此，對於我們專案小組的要求，你該做的不是主張自己無聊的意見，而是寫出符合董事會意見的請示書才對。」

「這就不對了。有借有還是天經地義的事。」半澤果斷地說。「如果把這樣的道理說成無聊，世上的金融業就無法成立了。」

「我要聽的不是表面上的大道理。」乃原冷冷地駁斥。「專案小組是國土交通大臣的諮詢機關。也就是說，我們要求放棄債權，就等於是國土交通大臣的要求。我聽說你在銀行是個老是惹麻煩的問題員工。像這樣的態度，今後會替自己招來麻煩吧？」

半澤審視對方的表情。姑且不論內容正確與否，乃原在東京中央銀行內一定有情報來源。

「像你這樣的人，不只幫不上帝國航空公司，對東京中央銀行也沒有好處。」乃原靠在椅背上，點燃另一根香菸，邊吐出煙邊說。

「那麼我可以請問一下，你們又幫了帝國航空什麼忙？」半澤以諷刺的語氣反擊。「你們說是為了帝國航空，卻把政治人物的需求反應在重建案中，保留該撤銷的航線。這樣難道能夠說是為了帝國航空公司嗎？」

乃原一定沒有預期到這樣的指摘。他的臉色大變，以凶狠的神情瞪著半澤。

「我不知道你在說什麼，不過最好別胡亂誣指，免得惹禍上身。」乃原恐嚇他。

一旁的三國也探出上半身，拉高聲量說：

「你以為自己是什麼東西？你一定會後悔。現在立刻收回剛剛的發言道歉吧！」

「你們既然得到國土交通大臣的背書，就儘管發布強制命令、叫銀行放棄債權不就行了？」半澤平靜地注視兩人。「之所以辦不到，是因為我們有選擇權。那麼就請遵守我們的規則。如果要提議放棄債權，就應該出示更明確的依據來拜託銀行。你們不問對方是否方便就把人叫來，然後擺架子要我們把借款一筆勾銷，這年頭連黑道都不會做這種事。」

「結果乃原大叔怎麼說？」

渡真利等半澤的話告一段落之後，笑嘻嘻地詢問。

「他臨走時踢了座位，撂一句狠話說『我一定會把你幹掉』。果然是黑道。」

半澤右手拿著燒酒的酒杯，想起當時的情景，忿忿地說。

這裡是位於銀座Corridor街的壽司店吧檯座位。燒酒是老闆為了常客半澤特地進貨的栗燒酒，喝法是加冰塊。位於地下的這家店對面是Live House，雖然不知道是誰在演出，不過每當客人進出時，就會傳來昭和四十年代的民謠歌聲。

「這一來，就要展開全面對決了。」渡真利說完，嘆了一口氣說：「話說回來，包括關於你的垃圾情報在內，究竟是誰傳出去的？」

「我也不知道。反正一定是銀行裡看我不順眼的某個人吧。」

半澤毫不在意地說，並且將芥末盛在白肉魚的生魚片上。

「舊東京的確背負了大量不良債權。如果當時為了處理不良債權，和乃原曾經接觸過，也不足為奇。」

渡真利試圖提出解釋，接著他忽然提出疑問：「萬一其他銀行贊成放棄債權，你也會贊成嗎？」

「怎麼可能。」半澤把喝到一半的栗燒酒酒杯「咚」的一聲放回白木吧檯。「如果沒有合理的理由，我會『拒絕』到底。向其他銀行看齊有什麼意義？」

「這才像話。這樣才是本行第二營業部的半澤次長大人。不愧是被大家討厭的人物。」

「不要開玩笑。我是很認真的。」

半澤瞪渡真利一眼，渡真利便拍拍半澤的肩膀說：

「我知道。這個工作果然只能交給你。如果我是董事長，一定也會拜託你——來，繼續喝吧。」

渡真利看半澤的杯子已經空了，便點了續杯。

6

乃原到達日比谷公園附近大廈內的義大利餐廳時，店門口已經停了全黑的公務車。

這天晚上是他們第二次在白井自稱常來的這家餐廳用餐。店內裝潢華麗，但對於乃原來說根本不重要。光是店內禁菸這一點，就讓他在這家店的時間痛苦不堪。

「你來得真早。」

乃原刻意看了看手錶，確認距離約定時間還有十分鐘。他原本想要在對方來到之前先抽一根菸，但計畫卻被打亂了。

「先前的行程提早結束，所以我就想在約定時間之前先喝茶思考些事情。」

「那麼我先在外面等一下吧。」

這樣他就可以在外面抽菸了。可是白井卻說：

「不不不，不用了。和老師談話更有意義。」

說完她就等著乃原坐到餐桌的另一邊。

兩人雖然是舊識，但並不是很親近。

白井和乃原生活的世界原本就不同。白井在華麗的電視圈累積資歷進入政壇，剛好碰上政黨輪替，搭上潮流順利爬上大臣的位子，堪稱平步青雲。

另一方面，乃原靠半工半讀進入關西地方的國立大學、取得公認會計師的資格，但是卻被捲入監察法人的糾紛，二十多歲時境遇坎坷。後來他下定決心準備司法考試，獲得律師資格，在泡沫經濟崩壞後激增的企業整頓領域展開事業，憑著草根的交涉手段與奸謀詭計嶄露頭角，成為知名的鐵腕「重建業者」。

經歷不同，生長環境也不同。

白井的父親是高級官員，母親是在都心開店的老字號百貨公司社長獨生女，家庭富裕。另一方面，乃原是大阪出身，幼年時期父親事業失敗，在貧困中半工半讀往上爬，是自認與公認吃苦過來的人。

外表和經歷截然相反的兩人，唯一擁有的共同點，就是絕不滿足於現有地位、想要更上一層樓的貪欲。

白井暗中冀求的，是政界核心人物的地位與名譽。作為她原動力的，是不輸給任何人的權利欲。另一方面，乃原的目標則是擺脫「重建業者」這個不甚體面的世人評價，還有更重要的——就是錢。

白井最早認識乃原這號人物是在十年前左右，當時她還在核心電視臺擔任主播。乃原來上電視臺的專題節目，白井則負責訪問他。乃原以經手大企業重建的鐵腕律師開始打響名號，看上去就是個野心勃勃的人物。當時白井表面上專心聽他說話，內心卻極度厭惡這個人。

基本上，即使聽說對方是個厲害人物，對企業重建完全外行的白井也不可能欣賞乃原的實力。日後在派對等場合見到時，兩人也會稍微閒聊幾句，不過反過來說，他們的關係也就一直保持在點頭之交。

後來白井雖然被揶揄為「攬客貓熊（註2）」，不過仍舊在某年的眾議院選舉首度當選，開啟了從政的事業。

過了五年，白井身為在野黨議員累積一定的資歷，成為進政黨新政權的女性代表，獲得總理的場一郎任命為國土交通大臣。

然而當白井如願以償坐上大臣位子時，橫亙在眼前的卻是大臣必須處理的種種問題。其中被認為最困難的，就是對於業績惡化的帝國航空公司的處置方案。

該如何處理被評為即將破產的帝國航空公司？

面對這個難題，白井腦中首先浮現的，竟然是她原本討厭的乃原正太。在此同時，她也開始轉換思考方式：或許這不是危機，而是千載難逢的好機會。

憲民黨無法實現的帝國航空重建工作，由進政黨——不，是由白井亞希子的專案小組一氣呵成地完成。

這一來就再也不會有人稱她是「攬客貓熊」了。

在就任記者會上突襲式地宣布要設立專案小組，連她都自認是傑出的一手。接

2　攬客貓熊——客寄せパンダ，指稱專門用來吸引顧客上門的人氣明星、商品等。

下來只要能夠成功重建，世人對白井的評價一定會一舉提升。

「乃原先生，進展狀況如何？」

白井等到一開始的葡萄酒端上來之後才問。

「就像我在書面報告提到的：財務內容經過百人團隊徹查，總算在前幾天完成。目前已經著手擬定具體的重建案，應該可以算是按照預定計畫在進行。」

「重建工作能夠順利進行嗎？」

白井也知道，想要立刻得到結論是在電視業界染上的惡習，不過她此刻還是忍不住問出口。

「雖然狀況很糟，不過畢竟是那麼大的公司，只要減輕負債，一定可以重新振作。剩下的就是要適時注入資金，避免營運資金短缺。」

乃原說得很簡單。

白井問：「真的有辦法減輕負債嗎？」

「那當然。」乃原冷笑著說。「只要讓銀行放棄債權就行了。我提出了放棄七成的要求。」

白井似乎毫不在意這樣的成數代表的內容及重大性。「只要能夠得到銀行援助，帝國航空也能安心了。」她說的話顯示對於實務完全缺乏認知。

「沒錯。尤其是帝國航空公司的往來銀行，每一家都靠融資給該公司賺了不少錢，幫這一點忙也是應該的。輿論對於銀行也很嚴厲。叫他們放棄七成債權，所有國民都會接受，甚至還可能拍手叫好。不會有人反對的。」

「畢竟銀行動不動就吝於放款或抽銀根，為所欲為。」白井明明對實際狀況不甚了解，卻如此斷言。「前政權決定的修正重建案已經廢止了嗎？事實上，箕部先生前天才拜託我要好好關照。」

「那當然。」乃原露出狡詐的笑容。「請別擔心，不會有問題的。」

「有沒有人提出反對意見——」白井有些謹慎地窺探對方的表情。

「沒有。或者應該說，我不會讓他們反對。那條航線是因為有必要才保留的，不是嗎？」

乃原可靠的回應讓白井展露笑顏。

「沒錯，乃原先生。這個重建案一定會很棒。」

「當然很棒，這會是最令人興奮的重建案。」乃原露出被香菸的焦油染黃的牙齒說。「原本低空飛行、隨時都要墜落的帝國航空，透過我們的重建案而在短時間內復活。雖然還只是個想法，不過我打算在回覆期限來臨時，召集所有往來銀行，採取聯合報告會的形式。」

「也就是當成慶典吧。」

「沒錯。在那之後就召開記者會，堂而皇之地宣告勝利。讓我們向大家誇口，『這就是白井魔法』。」

「白井魔法……真不錯。」白井的眼中流露出陶醉的神情。「這一來，總理也會確實體會到專案小組的必要性。」

白井說到這裡，表情忽然變得憂鬱。這是因為她想起的場總理之前對她說，「請妳慎重一點，不要太過急躁」，話中暗含對於設置專案小組的規諫。的場似乎不滿她在就任記者會上發表設置專案小組。白井雖然先前就表示過會對帝國航空採取必要措施，但的場似乎認為白井是在譁眾取寵。

白井感到意外而遺憾。

「有任何阻礙嗎？」白井問。「如果有的話，請告訴我。只要是我能做的，一定會盡量幫忙。」

「這個嘛……」乃原思考片刻。「最大的問題還是和金融機關交涉放棄債權的事。這是和時間的賽跑。雖然設定了回覆期限，不過還是希望能夠儘快得到結論。如果大臣能夠催促銀行，就會幫上很大的忙了。」

「銀行嗎？」白井的表情似乎有些難言之隱。「你也知道，因為不是我的管轄，所以會有些不太方便的地方，不過我會試試看。」

「身為國土交通大臣，為了航空施政的健全化而盡力，應該是理所當然的。」乃原說。「帝國航空是日本的天空不可或缺的存在。只要秉持這個大道理，就算對象是銀行也不用客氣。」

「關於放棄債權，銀行有什麼反應？」

「當然不會很高興。」乃原不以為意地回答。「不過作為主要往來銀行的開投銀從以前就很支持帝國航空，對於放棄債權的提議也朝著肯定的方向進行研議。有異議的是民間銀行，尤其是準主力銀行的東京中央銀行，必須要及早解決才行。」

關於東京中央銀行，白井只知道是一間巨型銀行，而該銀行的前身屬於財閥系統。話說回來，她對銀行業務的知識也只有存款與匯款而已，對於企業融資方面沒有任何具體知識。

「先前我向銀行提出放棄債權的比例，東京中央銀行的人竟然強硬地問專案小組的法源根據是什麼。把自己銀行的利益看得比帝國航空重建還要重要，絕對不可原諒。」

「那真是太過分了。」白井皺起眉頭，毅然地說。「對乃原先生說那種話，就等於是直接向我挑戰。」

「豈止是挑戰，甚至稱作否定也不為過。」乃原趁機火上加油。「這是對選民的挑戰，也是破壞民意的行為。」

白井憤怒到臉色蒼白。乃原又以果斷的語氣說：

「大臣，那幫人畢竟是骯髒的放債人。自己遇到麻煩時拿國家的稅金紓困，可是卻把這段過去忘得一乾二淨，到現在還擺出菁英的態度，以為自己很了不起。沒有比銀行員更棘手的傢伙了。放縱他們只會讓他們得寸進尺而已。」

乃原舌鋒銳利地批判銀行，白井也深感同意地點頭。

「讓他們知道，要是違逆專案小組、阻礙帝國航空重建，會有什麼樣的下場。」

在乃原的煽動下，白井的眼中燃起怒火。

乃原朝著這雙憤怒的眼睛高高舉起酒杯。

「民意是站在我們這一邊的。」

7

位於開發投資銀行八樓的辦公室，只有一半的燈光是亮的。

晚上十一點多，在生意閒散的月中，幾乎所有行員都回家了，職場顯得很空曠。此刻這裡只有一個人影背對著窗戶，在座位上陷入沉思。

她就是負責帝國航空業務的谷川次長。

擺滿桌上的，是該公司的信用檔案及印出來的請示書。剛剛買來的咖啡幾乎完全沒喝就已經冷掉了。

她不知沉思了多久，偶然抬起頭，看到牆上的時鐘指著比預期更晚的時間，感到有些驚訝，把手放在變得僵硬的脖子上。

這一陣子繁重的工作，讓她體內累積了沉鬱的疲勞，不過只有腦筋卻異常清晰，完全不想休息。

兩年前，谷川在升上次長的同時，接下了帝國航空的業務。原本連業績不穩都絕口不言的帝國航空首次以社長名義發表緊急狀況，正是在這個時期。

在此同時，神谷社長也對全體員工發出配合改善經營努力的請求，然而帝國航空內部的反應不只是冷淡，還有明顯的敵意。

谷川心想，帝國航空其實就像是鑲嵌企業一般。

經營者和分屬於七個工會的員工，基於各自的打算和利害關係行動，堅持主張權利而不肯退讓。表面上有公司的框架，但是其中的成員卻各自朝著不同的方向。

在缺乏團結的狀況下，業績更加持續惡化。這兩年當中，該公司已經快要下滑到無法挽回的地步。

之前帝國航空的經營層不知來找過銀行討論多少次裁員案，每次銀行在提供援助之後就會遭到背叛。

經營層普遍沒有擺脫昔日公營航空時代的怠慢與輕忽，再加上死抱著既得利益不放、即使嚴重偏離社會常識也毫不在乎的員工，還有不惜為了待遇而提出訴訟的工會。

身為主要往來銀行的承辦人，面對越是認真投入、越覺得自己像傻瓜的一次又一次騷動，最後還被命令要研議放棄巨額債權。

「太可笑了。」

谷川在沒有人的辦公室喃喃自語。

她想到先前面談時，專案小組的乃原所說的話。

「作為主要往來銀行，開投銀應該要體認到放貸方的責任才行。」

當時谷川勉強按捺住想反問「什麼叫放貸方責任」的心情，但是在怒氣過後，剩下的是縈繞不去的自我厭惡。

開投銀過去提供帝國航空過度豐厚的融資，是不可爭的事實。尤其是谷川擔任承辦人後的兩年，積極支援的程度是其他民間銀行無法望其項背的。

這樣的積極支援會不會反而削弱了帝國航空的危機意識？這樣想的話，乃原的指摘或許也沒有錯。

承辦帝國航空業務的這兩年，她不顧一切地猛衝，但心中某個角落一直都懷著「做得太過度」的感覺。乃原這句話，只是使她無意識中壓下的內心這部分呈現出清楚的輪廓。

谷川在迷惘當中，心中又浮現另一個記憶。

「不是有的沒的都融資就行了。」

這是同樣當銀行員的父親曾經對自己說的話。

她的父親任職於民間銀行，終其上班族生涯幾乎都在第一線工作，對中小企業提供融資。他最後的職位是小分行的分行長，隨著泡沫經濟崩壞而背了許多呆帳，形同被炒魷魚般外調到子公司，結束銀行員生涯。

雖然沒有爬到太高的位子，不過現在回想起來，身為銀行員前輩的父親，應該是精通實務工作的戰士。

當時也是她第一次聽到「借錢是好意，不借也是好意」這句話。

「如果是會成為過度投資的設備資金，最好還是不要借。有時拒絕融資，反倒可以救客戶一把。」

年輕時的谷川對父親的處世態度感到排斥。她記得自己當時語帶諷刺地回應：

「那只是替拒絕融資找藉口吧？」

當時的父親只是露出寂寞的笑容，大概是為了避免爭執而沒有繼續回話，不過——

現在谷川清楚理解到，父親當時說的話是正確的。

而自己不知何時違背了父親的教誨，成為只會放款的差勁銀行員，到最後落到這個下場。

她伸手拿起桌上的請示書，快速翻閱內容。

這是針對專案小組所提的債權放棄案、決定開投銀正式答覆的請示書。

開投銀作為帝國航空的主要往來銀行，融資餘額有兩千五百億日圓。專案小組要求放棄相當於七成的一千七百五十億日圓，銀行是否要接受？還有——

先前谷川下的結論是「拒絕」放棄債權。

然而谷川寫的請示書卻被董事會否決，以「退回」的形式，在今天傍晚回到她手邊。

「請妳以放棄債權的結論重寫請示書。」

受到部長的命令，谷川以嘲諷的口吻說：

「這是政治解決嗎？」

「……妳要這麼想也沒關係。」

部長直視谷川的臉沉默良久之後說的這句話，縈繞在她耳邊揮之不去。

依照指示製作接受專案小組方案的請示書很簡單。

但是董事會的決定是錯誤的。

借出不該借的錢犯錯之後，又因為放棄不該放棄的債權再錯一次。

有沒有什麼巧妙的方法，可以推翻董事會的決定？即使在看似死巷的局面，或許也能找出某種解決途徑。

谷川身為一名銀行員，持續摸索這個答案。

第二章　女皇的作風

1

下午兩點多，半澤在第二營業部辦公室接到祕書室的聯絡。

他搭電梯上樓到董事樓層，進入會客室，看見意外的人物。

「嗨，狀況怎麼樣？」

笑嘻嘻地看著半澤的，是審查部的曾根崎。

「你怎麼會在這裡？」

「你當上承辦人還沒多久吧？紀本常務很擔心，為了避免萬一，要我也一起出席。」

「真是體貼。」

半澤在空著的位子坐下，抬頭看牆上的時鐘。沒過多久就有人敲門，接著祕書室的人員探頭進來，說：「他們馬上就要到了，請各位準備迎接。」

在地下停車場等候公務車、將訪客帶到這裡的，是祕書室長與總務部相關次長兩人。宛若女王般威風凜凜走出電梯的，是國土交通大臣白井。她今天穿的是一襲搶先季節的鮮藍色套裝，視線朝著在正面迎接的中野渡董事長。

「歡迎光臨。請進。」

中野渡鄭重地打招呼，站在前方引導白井進入會客室。

跟在白井後方進入室內的，是國土交通省航空局長和大臣官房參事官，接著是兩名白井的公設祕書。擺著臭臉緩緩走在他們後方的，則是半澤也見過的男人——專案小組組長乃原。

乃原沒有打招呼，只以凶狠的表情看著半澤，但沒有說話。白井招呼他「乃原先生，請到這裡」，他便前往中央的座位。

眾人開始交換名片。銀行方面有董事長、副董事長、紀本、內藤等共十名董事，另外還有半澤、曾根崎等次長出席，大型會客室中很快就感覺擁擠悶熱。

「今天很感謝各位撥出寶貴的時間。」白井第一句話的聲音有些高亢而洪亮。「如果有機會，我很想恭聽中野渡董事長對目前經濟狀況的高見，不過很可惜沒有時間。可以立刻進入正題嗎？」

她如此開場之後，不等回應繼續說：「帝國航空重建專案小組應該已經拜託過你們，希望往來銀行能夠全數放棄七成債權，作為帝國航空重建案的支柱。你們應該也持肯定態度在研議吧？」

「姑且不論肯不肯定，我們的確有在研議。」

中野渡的回答聽起來有點像在裝傻，但白井沒有絲毫笑容。

「董事長，請問研議的內容是什麼？」

挑釁般的態度，展現出不惜對戰的決心。

「我們會徹查帝國航空的業績預測，釐清放棄債權的合理性。」

「這個過程要花那麼多時間嗎？」白井歪著頭，窺視中野渡的表情。「我聽專案小組的乃原組長說，貴行很遺憾地打從一開始就抱持否定態度。我想問的是，你們究竟在進行什麼樣的研議。我聽說銀行內部做什麼事都要寫請示書。寫請示書的是哪一位？」

白井這樣問，並環顧坐在桌子對面的銀行人員。

「是我。」半澤舉手。

「請問貴姓？」白井問他。

「我是第二營業部次長，敝姓半澤。我負責處理帝國航空的業務。」

「那麼你寫出放棄債權案的請示書了嗎？」

白井展現強硬的一面，抬起下巴問他。

「還沒有，這個案子還在研議中。」

「研議中？回覆期限都快要到了，你到底要花多少時間？在這段時間裡，帝國航空時時刻刻都陷入更危險的狀況。你沒有危機意識嗎？還是說，銀行根本不在乎重要客戶會變成怎麼樣？董事長，你的看法呢？」

白井毫不容情地將質問的對象轉回董事長，看上去就像女皇在逼問家臣一般。

「畢竟如果要放棄五百億日圓的債權，勢必會影響到銀行的業績，沒辦法那麼輕易地做出結論。」

中野渡沉著冷靜的態度，讓白井漲紅了臉。

「我沒有要求輕易做出結論，只是在質疑反應是不是太遲鈍了。」白井說完又轉頭面對半澤，以責難的語氣問他：「你是站在什麼樣的立場來處理帝國航空的業務？」

「立場嗎？」半澤早已對這名不速之客感到不耐煩，不過還是回答：「硬要說的話，就是遵循銀行程序，從經濟合理性的角度來研議是否該接受放棄債權案。」

白井看起來似乎並不滿意這個答案。果不其然，她說：

「你想要用這種空泛的回答來應付嗎？」

她的發言聽起來像是在譴責。

「半澤先生，請聽好——」半澤正要反駁，白井就用更大的聲量打斷他。「這是關係到我國航空施政的問題。請不要用那種事不關己的態度，可以請你更認真投入嗎？」

一旁的曾根崎側臉上浮現得意的笑容。他因為半澤遭到斥責而幸災樂禍。遠處的紀本則以非難的眼神看著半澤。白井的發言仍舊持續。

「還是說，你一開始就打算拒絕放棄債權，所以才在拖延時間？請你說清楚。」

白井拉高聲量質問，讓全場空氣都為之凝結。雖然董事長也在場，但白井卻毫不客氣。

「關於先前提出的債權放棄案，必須經過研議才能決定要如何回應。不過就如先前所說的，這件事沒辦法輕易下結論，因此希望能夠再等一陣子。」

對於單方面發飆的白井，中野渡的語調非常柔和。

「那麼為什麼在提出放棄債權要求的時候，這個人當場就發言否定？」

白井直指著半澤怒吼。

「這個我就不知道了。」中野渡冷靜地回應。「我不知道他和乃原先生之間的具體對話，不過他應該只是從承辦人的立場提出私人看法。這是常有的事。」

「私人看法？他憑著私人看法說那種話？你是叫半澤先生吧？你是不是太小看國

土交通大臣的私設諮詢機關了？」白井凶狠地以挑釁的眼神瞪著半澤。「請你好好回答。」

「我當然沒有那個意思。」半澤無奈地說。

「別開玩笑！」白井的怒火燒得更旺。「就是因為有像你這樣的銀行員，在這麼重要的時候，帝國航空的重建才會被拖延。你有好好反省嗎？」

「反省？」

半澤原本不想正面回應，只打算撐過這個場面，可是聽到這句話也不能不作聲。「容我直言，身為銀行員，當然會想要設法避免放棄五百億日圓的債權。我也是基於這樣的理由，向乃原先生提出反對意見，不過那並不是必須反省的事。相反地，沒有明確根據就要求放棄巨額債權的專案小組，才比較有問題吧？」

「乃原先生是企業重建的專家！」

白井如此斷言，臉色因憤怒而鐵青。

坐在白井旁邊的乃原也以燃燒著憎惡的眼神看著半澤，好像隨時要咬人。

「我姑且借用這個場合來說清楚。」乃原仍舊盯著半澤，開口說。「我要求所有銀行放棄債權，只有東京中央銀行的回應實在是極度欠缺格調。不論你當時的發言是不是私人看法，對於大臣直屬機關的要求採取那麼輕率的態度，當然應該要反省。」

半澤正要反駁，卻突然有人插嘴道歉：

「那真是非常抱歉。」

是紀本。

紀本此刻皺起眉頭，以嚴肅的表情低頭說：「請原諒我方的失禮。」

半澤嫌他多事，內心啐了一聲，但紀本卻立刻對他說：「你也應該好好道歉吧？」

這時所有人的視線都集中在半澤一人身上。

「半澤！」

紀本出聲斥責，半澤便說：

「如果你因此感到不高興，我會為此道歉，不過對於放棄債權的要求，我只是做出了理所當然的回應。」

一旁的曾根崎屏住氣，眼睛眨也不眨地看著他；紀本滿臉通紅，怒火燃燒得更加旺盛；其他行員則只是膽顫心驚地觀望對話發展。

「乃原先生都說到這個地步，可見是非常嚴重的事情！」白井惱怒地大吼。「可是你這是什麼反應？太無禮了！董事長，貴行到底是怎麼教育行員的？」

「如果惹您不高興，那就抱歉了。」中野渡的語調仍舊很冷靜。「不過這次你們來訪的目的，就是要本行好好研議債權放棄案，不是嗎？」

中野渡詢問白井的態度雖然平靜，但卻充滿著不容反駁的威嚴。

「如果是這樣的話，我們已經充分了解大臣的用意，也會盡最大的努力去研議。這樣就可以了吧？」

「像帝國航空這種規模的公司如果陷入困境，對社會的影響是無法衡量的。」白井凶狠地環顧四周。「貴行或許也有自己的考量，但是希望你們能夠確實記得銀行的社會使命，進行正確的判斷。」

她說完瞥了航空局長等人一眼，似乎在詢問還有什麼事要問。眾人被白井的氣焰震懾住，在仍舊凍結的空氣中，短暫的會談即將迎接唐突的結束。

「時間也不多了，那麼我就在此告辭。」

白井起身之前，再次以銳利的眼神看著半澤。「如果下次再用這種應對方式，到時候我就不會原諒你了。你給我好好記住。」

她撂下這麼一句狠話之後就匆匆離席，隨行人員也連忙追在後方。

中野渡目送她的身影離開房間之後，靜靜地站起來，回到辦公室。

半澤身旁的內藤仍舊坐在椅子上，閉上眼睛一動也不動。

不久之後內藤張開眼睛，拍了一下膝蓋。

「辛苦了。」

他只說了這句話，然後站起來。

「喂，半澤。紀本常務找你。」

就在這個時候，剛剛去送行的曾根崎從電梯間回來告訴他。

2

半澤進入室內，紀本把他叫到桌前，雙眼燃燒著怒火。

「你到底在想什麼？怎麼可以對大臣那樣說話！」

「雖然這麼說——」半澤直視紀本回答。「面對沒有明確根據、單方面要求放棄債權的提議，反駁也是天經地義的。直到現在，專案小組都沒有出示足以判斷必須放棄債權的合理根據。」

「這不是重點！」紀本因為過度激昂而臉頰顫抖。「我是在說你的態度！你的行為已經招致乃原先生批判。該道歉就要道歉，這是社會人士的基本吧？你連這點都做不到嗎？」

「如果我有過失，當然會道歉。」半澤很坦然地說。「這次也不例外。但是乃原先生的發言只是找碴而已。那些話只是為了在交涉中取得優勢的話術而已。」

聽到他的反駁，紀本不禁站起來，伸出右手食指指著半澤胸口。

「你以為這種說法行得通嗎？董事長在白井大臣面前出了醜，你要怎麼負起這個責任？而且白井大臣是進政黨的明星議員，現在又擔任國土交通大臣，到了下一屆內閣搞不好會成為財務大臣。到時候你打算怎麼辦？」

「白井大臣的措施只是獨斷專行，而專案小組的要求等於是對金融秩序的挑戰。」半澤斷言。「如果聽從他們，放棄巨額債權，就會背叛所有認真工作的銀行員。我們不能隨隨便便接受這種提案。」

「你不是債權回收的專家。」紀本高聲斷定。「在債權回收的實例當中，總是會碰到無法憑道理來解決的情況。要是為了堅持你無聊的信念，讓帝國航空倒閉了怎麼辦？那樣的話不只五百億，還會出現更巨額的呆帳。」

「所以你認為應該吞下放棄債權的要求嗎？」

半澤以冷淡的眼神，注視紀本與此刻站在自己身旁的曾根崎兩人。

「常務剛剛提到債權回收的專家之類的，可是就因為這些專家沒辦法解決這個難題，才會交給我們來處理。說得更清楚一點，正是因為審查部既有的方式無法應付，才會撤換承辦單位。既然如此，可以不要對我們的做法提出這麼多意見嗎？」

紀本一時語塞，沒有回答。半澤繼續說：「不論白井大臣說什麼，或是乃原那個不像樣的重建業者怎麼亂吼，我都會以自己的方式來處理這個問題。」

「你說的處理結果，就是前幾天的報告吧？」紀本皺起鼻子，顯露出憎惡的情感。「那份報告太膚淺了，讓我感到失望。完全就是見樹不見林的內容。你應該要更著重大局才行。支撐帝國航空公司的不是只有本行一家銀行。」

「只要專案小組沒有提出足以判斷放棄債權妥當性的材料，我在正式的請示書當中也不打算改變結論。」半澤明白地說。「如果你認為報告內容太膚淺，就不要繞圈子說要參考其他銀行的處理方式重新研議，直接在董事會決議放棄債權不就行了？」

董事會當中存在著各式各樣的算計與想法，絕非鐵板一塊。中野渡應該也會有所猶豫。

「董事會是因為質疑報告中膚淺的理論架構，所以才會退回。」紀本冷冷地說。

「也就是說，你的請示書根本連否決都不值得。不要太自以為是。」

「那個人到底是怎麼搞的？」

白井一坐進公務車的後座，便狠狠地問。「他以為自己是什麼東西？真火大！」

「那種人根本就是無賴。」

乃原坐在隔壁的座位，從西裝外套的內口袋掏出香菸，不過想起這是白井的公務車，便又收回去。「不顧社會責任、只想著自己的利益，就只是個放債人而已。從他連禮貌都不懂這一點就可以證明。」

「讓那種人來負責帝國航空這麼重要的公司業務，到底是什麼樣的銀行！」

看到白井如此憤慨，乃原內心竊喜，但臉上也裝出怒容。

「銀行就是這樣的地方。縱容他們，就會得寸進尺。明明沒什麼本事，自尊心卻高人一等，所以才很難搞。」

「真希望他們在泡沫時期就倒閉了。這樣的話，他們應該就會更謙虛一些。」

白井說出極端的話語。沒有攝影機時的白井很毒舌。這是她不讓世人看到的真面目。

「這一切都是憲民黨的錯。」

乃原試著把白井的注意力轉移到政治。「都是因為他們以金融秩序為藉口，讓沒有必要存在的銀行苟延殘喘。歸根究柢，憲民黨的政治人物和銀行只是彼此互相依存罷了。」

「現在正應該讓國民知道，憲民黨政權把日本這個國家侵蝕到什麼程度。」

白井毅然地說，並以蘊含決心的眼眸，注視著大型企業總公司大樓林立的大手町街景。

「話說回來，銀行員終究是可悲的一群人。」乃原又開口。「現在雖然氣焰很高，但不是每個人都能當上幹部或董事長。當同梯入行組有人當上幹部，其他人就只能等候被外調的命運。到那時候，原本依附銀行招牌、自視甚高的銀行員，也會發覺到自己終究只是上班族。這就是他們的鍍金剝落的瞬間。這時越是倚仗著銀行招牌趾高氣揚的傢伙，越會翻臉開始批判銀行。實在是難看到了極點。」

白井讚嘆地說：「不愧是乃原先生，對金融界的內情這麼熟悉。」

「做這種工作，就算不喜歡也得跟他們打交道。」乃原回答。「聽到可憎的傢伙在那邊找一堆藉口，就會讓我想吐。」

乃原銳利的舌鋒讓白井也感到畏懼。這時白井的祕書在前座說：「乃原先生是出了名地討厭銀行。」

「平日都要和那種人打交道，當然會討厭了。」

白井表示共鳴，但乃原只是瞇起眼睛，沉默不語。這時白井忽然詫異地看著乃原的側臉，或許是女性特有的敏銳感受力察覺到了什麼。

「乃原先生？」

聽到白井呼喚，有幾秒鐘好似望著遠方的乃原回到現實。

「總之——」乃原鄭重地開口。「不論那個叫半澤的傢伙說什麼，最後銀行還是得乖乖放棄債權。這已經是既定的命運了，沒有人能夠反抗。」

乃原顯得格外充滿自信，再度把手伸到內口袋要拿香菸盒，然後又忍住了。

3

「我聽說那件事了。紀本先生怎麼可以這樣？他到底站在哪一邊？」

白井大臣「來襲」的消息立刻傳遍總部，自認並公認為銀行內消息最靈通的渡真利當然也聽說了。他在這天晚上九點多，打電話到半澤的辦公桌，問他：「什麼時候可以下班？去喝一杯吧。」

兩人來到位於神田的比利時啤酒專門店。他們並肩坐在剛好空了兩個位子的吧檯座位，共享大瓶的 Moinette 啤酒。

「到那種地步，已經明顯懷有惡意了。」渡真利斷言。「還是說，他知道乃原討厭銀行，想要拍他馬屁？」

「那傢伙討厭銀行嗎？」

半澤以無所謂的口吻悠哉地問。

「我也對那個叫乃原的傢伙有興趣，所以就去向熟人打聽。你也認識我們銀行融資管理部的戶村吧？」

半澤點了點頭。戶村是比他小兩屆的調查役（註3），在總行開內部會議時，曾經見過幾次。

「我聽說他專門經營倒閉相關的案件，一問之下果然和乃原交手過幾次。」

融資管理部專門處理變成呆帳的融資，可以說和乃原屬於同一個業界。

「乃原那傢伙似乎從以前就為所欲為，不過有一次，戶村聽到和乃原一起工作過的律師談起乃原開始討厭銀行的理由。」

「什麼理由？」半澤喝了一口帶有苦味的啤酒，催促他繼續說下去。

「理由就是——小時候遭受到的罷凌。」

半澤聽到這個意想不到的答案，不禁抬起頭。渡真利繼續說：「乃原小時候家裡很窮，穿的衣服都是哥哥穿過的舊衣。他在大阪市長大，不過沒錢去補習，也沒辦法跟朋友一起去玩。當時有個同學老是欺負乃原，而那傢伙的父親好像就是銀行的

3　日本公司內部職級名稱，位階高於沒有頭銜的新進行員，但通常沒有下屬。

分行長。乃原雖然外表不起眼，不過很會念書，分行長的小孩因此感到不高興，動不動就欺負乃原，順便還拿父親的職業來炫耀。乃原感到最受傷的，就是他家裡經營的小工廠倒閉的事被同學抖出來。」

「原來如此。」半澤喃喃地說。「哪裡都有搞不清楚狀況的銀行員。」

半澤心中鮮明地浮現兒時的記憶。半澤的父親經營一家很小的工廠，曾經因為被銀行背叛而陷入經營危機。父親苦惱的身影和銀行員冷冰冰的態度，至今仍是他心中無法抹滅的痛苦記憶。

渡真利說：「總之，遭遇那種事，會討厭銀行也在所難免。可是把小時候的怨恨一直藏在心裡、到現在還持續懷抱著敵對心態，感覺也滿不正常的。這樣不會太小心眼了嗎？」

「加害者即使忘記，被害者也很難忘懷。」

渡真利聽半澤這麼說，以奇妙的態度盯著他，然後說了一句「也許吧」，同時把啤酒杯端到嘴前。

「半澤，所以你打算怎麼樣？」渡真利舉起拿著啤酒杯的手問。「關於這次的事，一定會有人開始批評你有的沒的，畢竟你讓那位白井大臣不開心。不只是紀本先生，甚至有人已經在預言，如果順利的話，她有可能成為第一位女總理。果真那樣，這世界也完蛋了。」

半澤理解渡真利想說的話。

對方是氣勢正旺的新政權明星大臣，自己則是一介銀行員，勝負可說一開始就分出來了。不僅如此，銀行高層對半澤的指責想必也會更加激烈。

半澤當然知道情況對自己不利。

「不論如何，也只能去做自己相信是正確的事了。」

就連半澤也難免焦躁，有些自暴自棄地低聲說。

4

「箕部先生，您來得真早。」

白井來到位於麴町的會員制餐廳，一打開包廂的門就看到招待者已經到了，便表現出驚訝的神情，接著深深鞠躬說：「非常感謝您的邀請。」

這裡是位於靜謐小巷中的法國料理餐廳。

一樓是賣麵包的門市，只有會員才能經由這家店內部前往二樓餐廳。從大街拐入巷子的這一帶非常安靜，令人很難想像位於東京都心。

「我太期待跟妳用餐了。來，請坐。」

坐在內側座位的箕部啟治以毫無顧忌的口吻邀白井坐在近處的座位，然後問：

「要喝酒還是碳酸飲料？」白井過去和箕部用餐過幾次，因為顧慮到不能失態，因此總是選擇碳酸飲料，看來箕部也記得這一點。從這裡也可以看出箕部這個人的細心。據說曾經有和他同鄉的人在新幹線剛好坐在他旁邊，到東京結束工作後回到住宿飯店，竟然就收到他送來的花束。

不過白井此時卻說：「我今天的心情想要點香檳。」

她在年齡差距可以當祖孫的派系領袖面前，擺出不愉快的表情。

「大臣的職位，在習慣之前也很辛苦。對了，帝國航空怎麼樣了？進行得還順利嗎？」

「還好。前幾天我去拜訪了銀行。」

白井喝了端上來的香檳，如此回答。

「然後呢？」箕部仍舊拿著杯子，以混濁的眼眸注視白井。

「我去找過主力的開投銀和準主力的東京中央銀行兩家銀行的董事長，老實說，面談過程並不愉快。尤其是東京中央銀行，或許因為是民營，態度真的很差，根本就沒有把國土交通省放在眼裡。」

白井想起當時的情景，皺起眉頭。

「妳是指專案小組提出的債權放棄案嗎？這件事乃原先生似乎也感到很棘手。」

「沒錯。他對此非常生氣。」

箕部是在自己涉入的企業重建案中認識乃原，曾受到他的幫忙。基於這樣的關係，白井指派乃原擔任專案小組的組長時，箕部也表示同意。也因此，當的場首相為了突襲發表成立專案小組一事勸戒白井，箕部卻站在白井這一邊替她說話。白井獲得進政黨創黨元老箕部支持，黨內就沒有公開反對她的人了。

「提出一堆意見的，反正也只是銀行下級員工吧？妳貴為大臣，不用理會那些小角色。」

「我也希望如此，可是真的不要緊嗎？承辦的行員態度固然惡劣，不過董事長也很難捉摸……」

「好吧，我知道了。事實上，我明天要去見東京中央銀行的人，到時候就跟他們說一聲吧。我不會讓他們提出反駁。」

箕部表情從容，以笑聲驅走白井的不安。

次日——

紀本的手機在接待對象即將來臨時發出震動聲。

他從胸前的口袋掏出手機，看到螢幕顯示臉色大變，站起來離開座位。

這裡是銀座的西餐廳，雖然是包廂卻是沒有門的半包廂，因此曾根崎可以片斷地聽到紀本在白牆另一邊對話的聲音。

「快要……我知道……我這邊也……」

曾根崎判斷不是銀行打來的。會不會是情婦？

「……所以說，請示書……」

不對，沒有人會和情婦談請示書的事。

「我知道了。現在沒有空。」

或許是因為紀本此時把臉轉向這裡，只有這句話聽得格外清楚。接著他回到包廂，不知為何板著臉，臉頰呈現毫無生氣的土黃色。

曾根崎詢問：「常務，不要緊嗎？」

但紀本只是以不悅的神情看著他，發出不成語言的低沉聲音而沒有說明。曾根崎想要打破難耐的沉默，正要開口，就看到出現在入口處的人影，連忙站起來。

「感謝您大駕光臨！」

紀本像變了一個人般展露笑顏，從椅子站起來，深深折腰鞠躬。曾根崎繞到他身後，同樣深深鞠躬。這時一股香菸與仁丹混合的氣味飄過他前方，並聽見有人說：「別客氣，不用那麼拘束地打招呼。」

客人在紀本的招呼之下坐到內側的座位，晒黑的臉上泛著笑容，說：「紀本，你看起來很有精神嘛！」

他就是進政黨的大老——箕部啟治本人。

「多虧您的福，勉強還過得去。謝謝您的關心。」

紀本鄭重地回應，雙眉變成八字眉，露出順從的笑容。先前不愉快的表情不知跑到哪裡去了。

紀本與箕部的交情已經很久——不，與其說是紀本，不如說是舊東京第一銀行與箕部的交情很久。箕部還在昔日執政的憲民黨時，曾擔任建設與運輸大臣等職位，在了解內情的人之間被稱作「利權百貨公司」。土地開發、鋪路、公共工程招標情報——各式各樣的情報都與金錢連結，成為產生巨額利潤的煉金術。

賺錢需要有錢——買低賣高的生意要成立，最重要的就是本錢。這個出資者正是昔日的東京第一銀行，而銀行與箕部之間當然也存在過親密的關係。負責與箕部交涉的，就是東京第一銀行歷代董事。

箕部的這種「利權生意」結構從來沒有被揭穿，進行得非常順利。他具有在政界長年存活下去的技能。

「今天帶來了本行明日之星，想要向您介紹。」

紀本說完，曾根崎就從椅子站起來，挺直背脊。

「很抱歉這麼晚才自我介紹。我是審查部的曾根崎，敬請多多指教。」

箕部端詳著他遞上來的名片，然後抬起視線說：「進政黨達成宿願得到政權，今後會變得更忙。我和紀本一樣，期待你的表現。」他雖然說得很親切，但目光卻相當銳利，好似在評估曾根崎的實力。

「我會全力以赴。」曾根崎再度鞠躬，但箕部卻改變話題：「對了，紀本，那件事怎麼樣了？聽說進展不太順利。」

「這個嘛——」紀本收起臉上的笑容，謹慎地選擇說話方式。「我還沒向您報告，負責單位已經換了。」

紀本瞥了一眼，曾根崎便理解到他們在談的是帝國航空。紀本繼續說：「中野渡憑一己之見，改由營業總部承辦。我雖然反對，但是也沒辦法……」

曾根崎偷偷窺視紀本的表情。對話的發展有些微妙。

「這麼說，白井上次見的就是營業總部的人嗎？」

「我們也在場。當時讓白井大臣感到不愉快，真的很抱歉。」

紀本把雙手放在膝上低頭，然後謹慎地問：「請問她在生氣嗎？」

「她氣壞了。」箕部很直接地說。「基本上，你身為常務，只要把那傢伙調走就行了。」他提出粗暴的意見。

「真是太慚愧了。」紀本非常惶恐地道歉。

箕部瞪他一眼，問：「然後呢？什麼時候要做出結論？」

「目前正在研議中，應該會在近期內做出結論。」

紀本回答得很含糊，讓箕部露出不悅的表情。

「近期內？說得真悠閒。你以為帝國航空還剩下多少時間？如果拖太久，就會對乃原先生造成困擾。」

「我也明白。可是就如我剛剛說的，承辦單位已經更換——」

「那是銀行內部的問題。」

箕部以銳利的一句話打斷紀本的藉口。房間裡的空氣宛若「啪」一聲出現裂痕。面對政界大人物的威嚴，紀本顯得相當渺小。

「總之，請你立刻談妥放棄債權的事。」箕部以不由分說的口吻命令。「舞橋市的經濟界也非常期待帝國航空的重建。進政黨剛剛實現奪取政權的宏願，你應該不會讓我在這種時候丟臉吧？」

「當然不會。」紀本幾乎要把額頭貼到餐桌上。「我會儘快討論出結果，希望能夠再給我們一些時間——」

這時箕部順勢擺出施恩的態度說：

「別忘了，我讓貴行嘗到很多甜頭。雖然我也有自己的狀況，但是卻設法克服困難，提供你們好處。這點你應該也知道才對。」

「是。」紀本雖然如此回答，但卻咬住嘴脣。箕部繼續說：「帝國航空長年以來都是由你負責的。我不知道是董事長還是誰的意思，可是你被奪走重要的客戶，難道不會不甘心嗎？還是說換了承辦單位，你就懶得管了？」

紀本垂頭聆聽箕部說教。「如果你承認欠我人情，那就該好好回報；如果有異議的話，現在就在這裡說出來。」

紀本當然不可能提出異議。

「剛剛的談話真嚴苛。常務，您打算怎麼辦？」

紀本目送箕部乘坐的公務車尾燈消失在遠方時，曾根崎如此問他。不知何時開始下起雨，雨點打濕兩人的肩膀。

「走吧。」

紀本沒有回答，只說了這句話就轉身回到店裡。

回到先前餐敘的餐桌，紀本深深嘆一口氣並陷入沉思。

他想必是在思索，該如何讓半澤寫出贊同放棄債權的請示書。然而要讓那個半澤聽話，絕對不是容易的事。

「不能說服董事長做出政治決定嗎？」

曾根崎謹慎地問，但紀本以嚴肅的表情搖頭。

「不可能。董事長內心也想要拒絕專案小組的提案。雖然為了表示尊重我們的意見，對於上次的報告給了『必須和其他銀行協調』的意見，不過頂多就是這樣了。比方說，有可能因為開投銀的動向，做出無法預期的決定。」

「開投銀應該傾向於接受專案小組的提議吧？」

「前幾天我和他們的董事談話，聽說承辦人員提出很強硬的反對意見。」

紀本說出意想不到的情報，讓曾根崎感到驚訝。他想起了谷川那張臉。如果是這樣的話，狀況就越來越混沌不明了。

「那麼先不管開投銀，只要第二營業部贊成放棄債權，董事長應該也會改變想法吧？」

紀本以探測曾根崎真實心意的視線看著他。

「你以為第二營業部會提出贊成放棄債權的請示書嗎？難道你要去說服半澤？」

「不是的。」曾根崎搖頭。「同樣在第二營業部，半澤以外的人應該比較容易被說動，去寫反應常務看法的請示書吧？」

「你到底在說什麼？難道你要讓他們更改帝國航空的承辦人？」紀本嘆氣。「不可能毫無理由那麼做。他是董事長直接指名的。」

「如果有理由就沒問題了。」

曾根崎抬起嘴角微笑。

「什麼意思？」

「事實上，在來到這裡之前，我從企劃部的人那裡得到情報。有鑑於這次的情況，金融廳準備針對帝國航空的授信狀況進行詢問調查。」

「金融廳的詢問調查？」紀本不禁反問。如果是真的，可以說是特例。「有多少人知道這件事？」

「目前只有一小部分人知道。包括我們在內。」

對於銀行員來說，情報就是武器。曾根崎得意洋洋地回答，並且直視紀本，好似在說接下來才是重頭戲。

「聽說——被指派來調查的是黑崎金檢官。」

紀本抬起頭，盯著曾根崎的臉。

他似乎終於理解曾根崎的意圖。

「黑崎？就是那個黑崎嗎？以前跟半澤曾經有過一段過節的那個──」

紀本也記得這件事。不久前，半澤和黑崎才為了大宗融資客戶伊勢島飯店的融資案，展開激烈的攻防。當時黑崎對半澤表現的憎惡簡直就像燃燒的火焰。那個偏執的男人如果再度與半澤相逢──

「真有趣。」紀本泛起冷笑。

曾根崎繼續說：「黑崎金檢官一定會設法徹底擊敗半澤。這次詢問調查，金融廳會提出意見。視其結果，董事長或許也不得不換掉半澤。」

「這場詢問調查是在什麼時候？」

「聽說金融廳很快就會通知具體的時間與日期了。」曾根崎壓抑湧上來的笑意。

「一定會很精采，常務，老天還沒有捨棄我們。」

「原來如此，太好了。」

在牆壁包圍的半包廂中，紀本發出低沉的笑聲，接著逐漸轉為高聲大笑。

「金融廳的詢問調查？」

半澤忍不住反問，接著沉默片刻，思索話中的意圖。「不是檢查？」

「不是。」內藤沉重地搖頭，以嚴肅的表情從椅子起身。「雖然是特例，不過他們似乎想要詢問帝國航空的授信狀況。調查期間是兩天。關於授信判斷的正當與否，大概會討論得相當深入。」

授信判斷這個詞聽起來很艱澀，不過簡單來說，可以想成是決定要不要借錢。

「這麼說，也會判定是不是正常債權嗎？」半澤問了之後，又接著說：「可是我不明白，在這個時間點特地來調查帝國航空一家公司，不可能只有這麼單純的目的。」

「你的推測沒錯。」內藤表現出明顯的警戒。「恐怕是某種政治力量介入的結果。」

他們不知道這是什麼樣的力量。基本上他們根本不想知道那些官僚內部的情況，不過如果其結果就是要進行詢問調查，那麼迎擊的就是半澤等第一線的承辦人員。

「上次檢查的時候，帝國航空勉強被認定為正常債權，銀行內部評價也歸功於審查部的傑出表現。」內藤的話中，暗示著接下來半澤等人必須承擔的責任之重。「不能在這時候被推翻上次的結果。」

「但是上次金融廳檢查和這次之間，帝國航空的財務內容有相當大的差異，沒辦法否定被『分類』的可能性。」

「分類」的意思，就是對某件融資貼上「危險放款」的標籤。危險放款因為有可能被倒帳，因此規定要預先確保填補資金。這樣的填補資金稱作備抵呆帳。備抵呆帳是預期會損失的錢，因此當然必須從獲利扣除。也就是說，如果對帝國航空的巨額融資被視為危險放款，就必須提撥同樣巨額的備抵呆帳，勢必會減少銀行的獲利。

「的確──」內藤緊閉嘴脣，點了一次頭。「的確是這樣，不過還是必須迴避那種狀況。半澤，這就要靠你的能力了。」

「我覺得自己好像老是被迫接受麻煩事，該不會是我多心吧？」半澤的話中充滿諷刺。「我們的工作什麼時候變成替審查部擦屁股？」

「那些原則理論就揉成一團丟掉吧。」內藤果斷地說。「不管怎樣都行，總之，一定要撐過這次的調查。」

「調查什麼時候開始？」

半澤無奈地問。內藤回答的日期是三天後。已經沒有時間了。

「我知道了。我會做好最佳的準備。」

「拜託你了。」內藤沉重地說完，停頓片刻之後壓低聲音說：「還有一件事，對你來說是壞消息。」

內藤的語氣聽起來非同小可。他繼續說：「金融廳負責調查的金檢官——似乎是黑崎駿一。」

「是那個黑崎……」

半澤倒抽一口氣，有好一陣子無言地注視內藤。「如果是他，這次的調查就很棘手了。」

半澤心中湧起不祥的預感，皺起了眉頭。

第三章　金融廳的討厭鬼

1

只要看那個男人一眼，所有人都會產生些許厭惡感，並感到難以拂去的壓力。他雖然舉止優雅而散發菁英氣息，但是一看到他的眼睛，就會感受到無法完全隱藏的惡毒與冷酷。

黑崎駿一此刻占據東京中央銀行的會議室，以如刀鋒般銳利的視線掃視會議桌周圍的行員，倏地將上半身離開椅背。

「帝國航空業務的承辦人是誰？」

黑崎沒有打招呼便問。他的言語與其說是單刀直入，不如說是粗魯，總是像在發脾氣般焦躁，而且又使用令人聽不下去的男大姊口吻，到現在已經成為黑崎的代名詞。

「是我。」

黑崎聽到聲音，便突然將執拗的視線移向發言者。他的眼睛就好像看到獵物的爬蟲類。

「唉呀，原來是你。」

黑崎的嘴角浮現黑暗的笑容，盯上半澤的眼睛深處好似閃過光芒。

「你叫什麼名字？」

黑崎應該知道，但卻刻意不說出口。他的自尊心無法容許他記得一介行員的名字。

「我是第二營業部的半澤。」半澤站起來說。

「第二營業部？」黑崎不高興地複述一次。「貴行的第二營業部，不是都在處理已上市的相關企業嗎？」

「承辦單位換過了。」半澤還沒回答，紀本便插嘴。他坐在靠近黑崎的上座。「從審查部換到第二營業部。」

「哦，業績惡化的客戶，應該很適合你吧！」

黑崎為自己的嘲諷哈哈大笑，晃動著下垂的肩膀。接著他突然停下來，切入正題：「首先要來談談，上次對帝國航空追加融資的時候，就應該研議重建計畫的可行性吧？怎樣？討論過了嗎？」

這個問題直接質問半澤。

「當時還不是由我承辦——」

坐在會議桌周圍的，還有前任承辦人曾根崎。原本應該由當時承辦的曾根崎來回答，但是他卻裝作什麼都不知道的樣子。真不曉得他為什麼會列席。

「那又怎麼樣！」

這時黑崎以銳利的口吻怒吼並拍打桌子，讓會議室的空氣瞬間凍結。

銀行由政府核發銀行業執照，必須依照監督官署金融廳的方針營運。

也因此，金融廳無疑是銀行無法違逆的對象，但有不少金檢官仗恃著這一點而耍威風，展現出卑劣的官僚個性。

黑崎在其中也屬於特別的存在。首先，他曾經將AFJ銀行逼到破產，在銀行業界成為惡名昭彰的金檢官；接著又有傳言說，他父親曾任舊大藏省高級公務員，因為被銀行陷害而遭到貶職，因此他是基於私人恩怨在報復。從這樣的傳言，也足見其調查態度之嚴苛激烈。也因此，他成為銀行業界討厭的對象。

「你剛剛說你現在負責帝國航空的業務吧？」黑崎銳利地質問。「怎麼可以說以前不是你承辦，就什麼都不知道？」

他們在討論曾根崎經手時期的事，但他卻完全置身事外。半澤瞥了他的側臉，然後無奈地道歉：

「很抱歉。關於重建計畫的可行性，當時確實研議過了。」

「研議了什麼？」

黑崎或許是基於扭曲的個性，故意提出難以了解其真意的問題。

「你說的『什麼』是指——」

「所以說，研議之後，帝國航空的業績變得怎麼樣了？有沒有按照計畫進行？」

「不——很遺憾。」

半澤如此回答，黑崎有一瞬間露出得意的表情。

「所以說，事情就是這樣吧：上次追加融資的時候，你們研議過帝國航空的重建計畫，相信有很高的可行性才給予融資。可是在那之後不到幾個月，帝國航空的業績就大幅低於計畫中的數值。原因是什麼？」

「有幾點原因。」

半澤拿起手邊的資料。

「首先是源自美國的金融不景氣，造成無法預測的景氣衰退，連帶使得旅客無預期地減少；另外還有廉價航空等新競爭對手，使得國內旅客減少；再加上裁員進度緩慢，拖延到成本改善的進度——」

「你這些藉口真讓人聽不下去。不會感到丟臉嗎？」黑崎打斷他的話，故意誇張地擺出驚呆的態度。「金融不景氣的確導致景氣衰退，但是卻意外地提早平息了。看看其他上市公司，雖然有暫時性的業績惡化，可是之後就快速恢復，影響停留在最低限度。拿這個當藉口的，就只有經營能力有問題的企業。另外廉價航空的加入，也是很早以前就知道的，不是嗎？」

「你說得沒錯。」

半澤只能承認。連他自己也認為當時帝國航空擬定的重建計畫太天真，但是當時的承辦人曾根崎卻認為沒有問題，通過了融資案。被指摘這一點，半澤也無法反駁。

「還有，拿裁員進度遲緩當藉口是什麼意思？你們不是相信這是有效方案嗎？也就是說——」

黑崎說到這裡，掃視了排列在左右的十名下屬金檢官，以及會議桌周圍近二十名銀行員。

「你們檢視重建計畫的眼光太爛了！有什麼反駁意見，現在就提出來吧！」

接著黑崎又以嚴肅的口吻說：「你們沒有審查企業重建案的能力，可是卻斷定先前發表的專家會議重建案有效，並且反對專案小組的重建案。我會好好記住這樣的矛盾，徹底進行這次的調查。你們最好要有心理準備！」

黑崎發表完暴君般的演說之後，接著又喊：「島田！」

他身旁一名體格壯碩的男子倏地站起來。這名強健的男子有一張長方形的臉，令人聯想到復活島的摩艾像。

「請你們拿出資料。」

島田用威壓而低沉的聲音提出要求，田島便站起來，把裝有帝國航空相關資料的紙箱逐一搬到島田面前。

「我先來看看你們的工作成果。」黑崎一邊拿起島田擺放在桌上的資料一邊說。「接著我再來聽你們的見解——雖然不知道你們能不能提出稱得上見解的東西。你們最好要有心理準備。解散！」

他一大早就闖入銀行並召集相關人員，連自我介紹都沒做，此刻又單方面宣告解散。

「那個人到底是怎麼搞的？」

離開會議室的時候，田島以難以置信的口氣發牢騷。

「他是銀行業界大家討厭的對象。田島，你也要小心點。」半澤來到走廊上說。「他真正的目的不是銀行業的正常化，而是要毀掉這家銀行。一不小心，就會被他暗算。」

「怎麼可以這樣？太亂來了。」田島感到不滿，這時有人從後方說：「辛苦了，半澤。」

半澤回頭，看到曾根崎嘻皮笑臉地站在後方。

「祝你能夠好好表現。」

他拍了拍半澤的肩膀就要離開，一副事不關己的態度。

「喂，曾根崎。」半澤朝著他的背影說。「你剛剛為什麼沒有回答？上次的融資是你負責的吧？」

「是啊。」曾根崎用裝傻的表情說。「不過現在的承辦人不是我，是你，半澤。剛剛黑崎金檢官不是才說過嗎？不能因為當時不是自己承辦，就說不知道。這不是藉口。」

「你什麼時候變成金融廳的人了？」

半澤這麼問，曾根崎臉上的笑容消失了，隱藏在臉皮底下的敵意浮現出來。

「不論金融廳說什麼，銀行的規則就是要對自己做的工作負責。即使被調離任務，也不能推託說不知道。」

「這麼快就開始找藉口了，真難看。」曾根崎不服輸地回嘴。

「是不是藉口，很快就會知道了。我會讓你為一塌糊塗的工作負起責任，你最好要有心理準備。」

「這句話我可不能當作沒聽見。我做的工作哪裡一塌糊塗了？你這種說法是對審查部的挑戰。」

「挑戰？這個詞是針對同等以上的對手用的吧？」半澤冷冷地說，「你至少也該正確使用日語。就是因為這樣，我們才會被迫接收你們的客戶。」

「你說什麼？我等著看你的藉口在這次調查當中能撐多久。」曾根崎充滿嘲諷地回應。

「那麼你就安靜地旁觀吧。還有，你如果不打算發言，以後就不要出席。很礙眼。」

半澤說完，以眼神對緊張地旁觀兩人對談的田島示意「該走了」，然後匆匆走向電梯。

2

「這個裁員人數的根據是什麼？」

黑崎的詢問調查從下午三點開始，已經花了將近兩小時。從剛剛開始，他就很瑣碎地質問東京中央銀行在上次追加融資時擬定的重建計畫。

「重建計畫首先策劃透過撤銷航線等方式縮小事業規模，接著探討如此一來各單位會產生多少冗員，將全公司彙整起來就是這個數字。」

聽了半澤的回答，黑崎的表情仍舊顯得不悅。

「然後呢？得到工會認可了嗎？」

「沒有——」黑崎攻擊到了痛處。「必須先擬定計畫，才能進行交涉。」

「你應該知道帝國航空有多少個工會吧？」

「當然。」

「那麼你知道那些工會跟公司對立嗎？」

「我知道。」

「既然如此——」黑崎突然拉高音調，眼光變得銳利。「你們應該也能輕易預期到，工會不可能會輕易接受這種裁員案。還是說，你們認為這個計畫可行？太天真了！」

「公司方面也打算全力和工會溝通。雖然知道會很艱難，但是也不能因此就把裁員案當作禁區——」

「誰說要當作禁區！」黑崎把指尖壓在桌上的檔案，打斷他的話。「我是說，問題在於沒有根據。明明是沒有根據的數字，你們卻認為具有可行性。就是因為這樣，才會好幾次誤導帝國航空的重建計畫。先承認這項事實吧！」

黑崎以銳利的視線盯著半澤。

宛若灌入鉛一般沉重的靜默蔓延在會議室內。

與金融廳對峙的銀行方面的座位上，除了半澤等帝國航空業務的承辦小組之外，還有相關部門的主管在場，最上座的紀本從剛剛就一臉嚴肅地交叉雙臂。他們背後的牆邊排列著座椅，包含渡真利在內的相關部門次長級人員也都出席，個個面帶緊張的神色。不知為何，曾根崎也在其中。他在詢問調查即將開始之前緊跟著紀本進來，避開半澤的視線，剛好坐在紀本的身後。半澤雖然沒有回頭特地確認，不過曾根崎想必正為了半澤的困境而竊笑。

對於金融廳的指摘，他原本一直以合理的說明設法迴避攻擊，但是此刻均勢被打破了，形勢傾向於對黑崎有利。在場的所有人應該都能清楚體會到，無形的天秤朝著對方傾斜。

「你們的確錯估了帝國航空的業績預測吧？你們的授信判斷完全沒有作用，不是嗎？」

對於黑崎的詰問，半澤回答：

「過去的授信判斷的確是太天真了。」
在這個瞬間，他可以感覺到背後的銀行員紛紛發出無聲的嘆息。
「快點道歉吧。」黑崎說，「都是因為你們，害我們金融廳被指責放任對帝國航空的授信方針，造成我們很大的困擾。」
半澤旁邊的田島緩緩地抬起頭。對於在這句話中首度浮現輪廓的調查目的，田島顯示出嫌惡的表情。
黑崎之所以來到這裡，既不是因為對東京中央銀行的授信營運感到不安，也不是因為掛念航空施政。
他無疑是為了顧全金融廳的面子。
帝國航空的融資之所以會膨脹到現在的地步、之所以無法遏止該公司的經營惡化，全都是銀行的問題——黑崎在這次調查中意圖的結論只有這一點。
「你說話啊！」
黑崎鞭打般的斥責打破會議室的沉默，所有人的視線都集中在半澤身上。
「非常抱歉。」
半澤一道歉，黑崎便露出勝利的笑容。原本像般若面具（註4）的臉孔，變得像

4　能樂使用的能面之一，是面目猙獰的鬼女面具。

崩壞的女丑面具。

「這還差不多。不過光是在這裡道歉，也沒辦法解決問題。」

那為什麼要叫我在這裡道歉——半澤很想這樣問。他無法理解黑崎發言的意圖。

「關於本案，金融廳會交付針對授信方針的意見書，你們最好要有心理準備。」

針對帝國航空一家公司的授信方針提出意見書，是前所未聞的做法，堪稱特例中的特例。

「在那之前，要請貴行提交關於本案的狀況說明書，而且當然要由董事長具名。」

最後一句話是朝著坐在近處的紀本說的。紀本恭敬地小聲說「是」，不過卻以憤怒的眼神看著半澤。他的表情就好像只因為黑崎在場才勉強忍住沒有怒罵。

然而半澤的一句話，讓黑崎的臉色大變：

「要寫多少狀況說明書都沒問題。」

紀本探出上半身，似乎想要說什麼，但半澤不理會他，繼續說下去：

「可是在我們的認知中，過去金融廳檢查的時候，對帝國航空的授信判斷被認定沒有問題。」

「你在說什麼？是因為你們的資料不正確，才會造成這樣的誤導吧？」黑崎銳利地反駁。「基本上，你剛剛不是才低頭道歉嗎？」

「我道歉的理由，是為了過去太過粗糙的授信判斷。」半澤回應。「但是在檢查中，當時的授信狀況相關資料都有提交給貴廳，而貴廳應該也同意了本行的授信方針。」

「哦。」

黑崎伸出下巴，瞇起眼睛。坐鎮在兩側的金融廳公務員露出利牙，彷彿隨時都要撲上來咬人一般。這些傢伙每個都像黑崎的看門狗一樣。半澤此刻以沉著的態度承受這些公務員挑釁的視線。

「你的意思是，你們有確實把必要資訊都交給我們嗎？」

「沒錯。至少在當時我們得到的資訊，都『正確地』交付給貴廳了。」

半澤特別強調「正確地」這個部分，雙眼直視黑崎，把話題丟給背後的曾根崎：「沒錯吧，曾根崎？」

「呃，這個——」

曾根崎在自己人的圈子態度很囂張，卻不擅長與外界的人交涉。他此刻因為突然被問到而感到惶恐。

「明確回答吧！你有交出正確的資料，對不對？」

半澤斥責之後，曾根崎總算回答：「是、是的。」他看到黑崎慍怒的視線、以及會議室所有人的視線都朝著自己，緊張到面色蒼白。

「事情就是這樣，黑崎先生。」半澤說。「到現在才把當時的判斷推給銀行，我們也會很困擾。關於這件事，我們當然也會詳細寫在狀況說明書當中。」

「是嗎？」黑崎盯著半澤，然後喊了聲「島田」，他身旁那名摩艾男就立刻遞上檔案夾。

「這是當初檢查的時候，貴行交給本廳金檢官的文件。既然你說得這麼肯定，就請你看看吧。」

他把用夾子夾起來的這份文件交給島田，摩艾男便站起來，把文件拿到半澤面前。

這是關於帝國航空的完整檢查資料。

「這份資料上寫了帝國航空當時擬定的重建案內容，包括撤銷航線、減少班次、裁員人數。你可以讀出來嗎？」

「撤銷二十條虧損航線、十條航線減少三成班次、裁員五千人——」

聽到這個數字，黑崎以若無其事的表情點頭。

「沒錯，這就是報告給我們的數字。可是檢查過後，帝國航空公司正式發表的重建案是這樣的——島田。」

摩艾讀出手邊的資料：「帝國航空為因應業績惡化，擬定以下重建案——」

「不要讀多餘的部分！」

摩艾遭到斥責，惶恐地說「對不起」，然後繼續念：

「撤銷十五條虧損航線，並減少一成班次，裁員三千五百人。」

「你應該知道我想要說什麼吧？」黑崎發出親暱到肉麻的聲音，接著突然舉起手，用力拍在桌上。「你們的報告根本是錯誤的！怎麼想都是為了應付金融廳檢查而刻意捏造的數字。你打算怎麼解釋？半澤次長，請你回答我。」

怎麼會——

就連半澤也感到驚訝，以眼神詢問身旁的田島。田島戰戰兢兢地站起來。

「請容我來說明。我是第二營業部調查役田島。上次檢查的時候，我隸屬於帝國航空業務的承辦小組。」

對於當時重建案所記載的數字，半澤當然回答不出來。原本應該由當時主管的次長曾根崎發言，但是此刻曾根崎卻坐在背後牆邊的座位，完全置之不理。他的態度實在是不負責任到了極點。

「報告中的重建內容是從帝國航空得到的報告，我們並沒有進行更動。不過當時重建內容還在研議的階段，很有可能在最終決定時變得不一樣。」

「帝國航空是在什麼時候發表重建案的？」

黑崎沒有指名對象詢問。田島連忙檢視信用檔案，但回答的是摩艾。

「在檢查的一星期後。」

「別開玩笑！」黑崎爆發怒火。「才過一個星期，內容怎麼會變化這麼大？」

「的確是這樣……」

田島感到不知所措，但曾根崎只是默默地從遠方觀望。

「怎麼可能會有這麼荒謬的事！」

黑崎歇斯底里地喊，並用雙手拍打手邊的資料。

「雖然這麼說，可是——」

田島還想要反駁，但這時摩艾打斷他：

「根據我們預先做的調查，帝國航空證實，不可能會臨時變更重建內容。」

局勢意外地往不妙的狀況發展。

「我了解你指摘的問題了。」半澤插入對話。「關於這一點，會在銀行內部確認之後再回答。這樣可以嗎？」

「你以為能找到藉口嗎？」黑崎雖然這麼說，但大概是認定自己的勝利不會改變，便說：「好吧。有辦法的話，你就來反駁看看。」

他說完之後，就單方面結束這天的詢問調查。

3

「在那之後，我也向各方面打聽過了。看來這場調查的幕後，存在著霞關（註5）微妙的勾心鬥角。」

黑崎的調查結束後，晚上八點多，渡真利來到第二營業部的半澤座位找他。

為了針對今天金融廳提出的各種事項與疑問製作回答書，帝國航空業務的承辦小組已經有通宵的心理準備，正在持續工作。

半澤到自動販賣機區買了兩罐百圓咖啡，把其中一罐遞給渡真利，然後來到空著的凳子。窗邊有一張小小的咖啡桌，窗外可以看到東京車站到八重洲一帶的夜景。

「告訴我吧。」

渡真利從大學時期就利用廣泛的人脈得到情報，以消息靈通著稱，在官署也有

5　東京千代田區的地名，中央政府機關所在地。

許多情報來源。

「對於帝國航空公司一連串的事件，政府內部開始有人主張，最根本的問題是金融行政的缺失。黑崎好像也說過類似的話。」

半澤點頭。渡真利繼續說：「進政黨政權不是完全否定前任政權的措施嗎？這次的帝國航空重建案也是如此。更進一步地說，以討論銀行對帝國航空融資的是非為契機，似乎也開始有重新檢視金融廳定位的議論。」

半澤說：「我沒聽過這樣的議論。」

「一直到最近，才有政治人物高聲主張這個議題。」渡真利意有所指地看著半澤。「你知道是誰嗎？」

「該不會是白井？」

半澤想起她上次造訪東京中央銀行時鮮藍色套裝的身影。

「答對了。」

渡真利豎起食指擺出玩笑的態度，然後又恢復嚴肅的表情。

「不過如果只有白井一個人在吵，那還不成問題。基本上，國土交通大臣對管轄外的金融領域提出意見，只會讓人感到不愉快吧。」

「是箕部？」半澤敏銳地問。

「正是如此。」

渡真利說完，很滿意地啜飲一口咖啡。

「白井有箕部作為後盾，展開動搖金融廳的戰略。主管金融廳的金融擔當大臣，是由被評為的場內閣弱點的財務大臣田所義文兼任，不過他沒有能力讓金融廳在政府內部免受批判。於是金融廳為了證明自己的清白，就想到實施這次的詢問調查。也就是說，他們無論如何都要把帝國航空巨額融資責任完全推給銀行。說得更精確一點，就是推給你，半澤。」

渡真利拿著咖啡紙杯，將食指伸向半澤。「在這次的調查當中，如果承認融資態度有問題，那麼過去憑獨自授信判斷持續融資的歷史也會遭到否定。在此同時，銀行對於帝國航空業績展望的評價也會失去可信度。不論你提出多少根據來反對專案小組的提案，輿論都不會再相信銀行，而會認為銀行是為了追求自己的利益，提出子虛烏有的理論。這一來，銀行最終就會被迫接受專案小組的債權放棄案。」

「這樣就稱了白井的意。」半澤喃喃地說完之後笑了，渡真利便皺起眉頭，明顯表露出危機意識對他說：

「喂，這可不是別人的事。我聽到小道消息，金融廳在這次提交意見書的時候，打算找媒體來，舉辦很隆重的儀式。難道你想要讓董事長在全日本矚目當中，鞠躬說『是我們錯了』嗎？」

半澤輕輕「啐」了一聲。

「要知道，剛剛的詢問調查之後，紀本常務就向周圍的人指責你對金融廳的態度有問題。他說都是因為你刺激金融廳，才會被逼入困境。話說回來，我對你有信心，你應該不會這麼輕易就失足，不過還是要小心點。前門有黑崎，後門有紀本，這世間到處都是妖魔鬼怪。」

渡真利離去之後，過了一陣子，外出造訪帝國航空的田島回來了。

在今天的問答之後，他帶著去年八月金融廳檢查時製作的資料，前往帝國航空詢問山久。

「兩邊的說法似乎不太一致。」

半澤詢問談話結果，田島便露出不解的神色回答。「根據山久先生的說法，他提交給本行的重建案和發表的內容相同。這就是當時的資料。」

田島拿出的是帝國航空的內部資料，日期是去年八月。「依照這份資料，我們交給金融廳的數字的確才是錯誤的。我問他們是不是發表前才變更，可是他說沒這回事。」

「你知道是誰收取這份文件嗎？」

「請看這裡。」

田島說完，遞上來的是當時交付資料的簽收證明影本。不過這張簽收證明很難稱得上是正式文件。影本上印的是名片的正反面，正面印的是曾根崎的名字，反面以潦草的文字手寫日期與領取文件名稱。

重建計畫書——

「這不是曾根崎嗎？竟然拿名片當作『收取』證明，太荒謬了。」

半澤憎惡地想起在詢問調查時裝作什麼都不知道的那個巨大身軀。「我當時就覺得有點奇怪，那傢伙今天到底是為了什麼到場的？」

曾根崎很明顯地完全不打算發言。他或許是想要來看半澤被黑崎駁倒，可是半澤總覺得他的意圖不只如此。

「也許他在意某件事情。」

「該不會是——這件事？」田島把手指貼在下巴，陷入沉思。「有可能。上次金融廳檢查的時候，帝國航空公司的融資如果被分類為有問題，就有可能讓曾根崎次長被扣分了。」

曾根崎擔心被分類，不無可能會捏造撐過一時的重建案。

「那傢伙……」

半澤喃喃自語，然後打電話到曾根崎的座位。鈴聲響了兩次，曾根崎便以慵懶的聲音接電話。

「我是第二營業部的半澤。你現在有時間嗎？」

「我很忙。而且如果是帝國航空的事，我應該都已經交接了。你們自己解決吧。」

「關於帝國航空的事——」

「我不是已經拒絕了嗎？」

面對他如此傲慢的態度，半澤說：「那麼我也可以在明天的詢問調查上問你。」

這時電話另一端便陷入沉默。

半澤摔下聽筒，問田島：「你也要來嗎？」

「當然了。」

兩人迅速走出第二營業部的樓層。

4

「有什麼事？我會很困擾耶！」

曾根崎的座位在幾乎所有員工都還在加班的審查部樓層最裡面。半澤直接走到他的桌前。

「感到困擾的是我們，曾根崎。」半澤把雙手放在他的桌上，直視他的眼睛。「帝國航空的重建案應該是你處理的吧？為什麼數字不對？」

「那是由開投銀主導擬定的，我只是報告完成的數字——」

曾根崎說到一半，半澤便把田島帶回來的當時的重建案伸到他面前。這是記載正確數字的文件。

「你以為這種藉口能行得通嗎？」半澤瞪著曾根崎的大圓臉。「帝國航空的山久先生說，他把和這份重建案相同的文件交給了你。你可以解釋一下是怎麼回事嗎？」

曾根崎瞥了一眼半澤遞出來的文件，眼中出現瞬間的動搖，不過他立刻把動搖的情感隱藏到厚顏之下。

「我不記得了。」曾根崎刻意裝蒜，把臉轉開。「審查部跟你們不一樣，每天都是戰場，不可能記得這麼瑣碎的事情。」

「本部門也一樣是戰場。之所以會不記得，純粹是因為你的記憶力很差吧？」

接著半澤把代替簽收證明的名片影本摔在曾根崎的桌上。曾根崎不禁清了清喉嚨，用手擦拭額頭上滲出的汗水。

「看到這個終於想起來了嗎？話說回來，曾根崎，你處理事務還真是粗糙。」

半澤表示傻眼，曾根崎便動怒地說：

「你應該也會偶爾拿名片代替簽收證明吧？」

然而半澤毫不留情地回答：「一次都沒有。就是因為總是用這種亂七八糟的態度工作，才會忘記收過這麼重要的文件吧？不對，是不是真的忘記也很可疑。」

曾根崎坐在椅子上，宛若僵固般一動也不動。他用凶狠的眼神瞪著半澤，但內心似乎正在盤算推託的藉口。

半澤朝著他的眼睛問：「提交給金融廳的數字，是你竄改的嗎？」

「我？」曾根崎擺出意外的表情回答。「我為什麼要做那種事。首先，你連那份文件是不是我製作的都不知道吧？一般來說，金融廳檢查的文件是由調查役製作，次長只負責檢閱。照這樣來說，那份文件應該也是當時的下屬製作的。這點跟第二營業部一樣吧？」

「請等一下。」這時田島忍不住插嘴。「檢查的時候，我們都在進行資產審核的工作，並沒有參與重建案。製作重建案文件的不是別人，應該是曾根崎次長才對。」

「什麼？」曾根崎終於踢了椅子站起來。「你想要陷害我嗎？」

「次長才是，請不要把責任推給下屬。」田島回嘴。「請你老實說，是你自己製作的。」

「可惡！」

曾根崎繞過辦公桌想要抓住田島。看到他這副模樣，原本在周圍觀望的員工紛紛跑上前。

「住手，曾根崎。」半澤迅速插入兩人之間，以不由分說的態度制止曾根崎。「不論是誰製作的，一旦蓋了許可章，你也不能免責。這就是銀行的規矩。即使承辦人換了，過去的責任仍舊會一直跟著自己。」

曾根崎宛若被詛咒般突然停下來。他的眼中摻雜著種種情感：不安、憤怒，以及——動搖。半澤繼續對他說：

「如果是你刻意竄改數字，就在這裡老實說出來吧。要不然，這件事我會徹底調查到滿意為止。」

半澤、田島以及曾根崎屬下的審查部行員——所有人的視線都朝著曾根崎。

「半澤，你以為你是誰？」曾根崎冷笑。「從帝國航空收下重建案的或許是我，可是我並沒有竄改內容。順帶一提，我也沒有指示過下屬竄改。我只是直接報告收到的文件上的數字。如果你認為我在說謊，就證明看看吧。」

曾根崎似乎打算堅持主張自己的清白。

「那就拿出你當時收下的重建案給我看。在哪裡？」

「別說笑了。」曾根崎發出低沉凶狠的聲音。「負責帝國航空業務的是你吧？剩下的文件全都在你那裡才對。要找的話，就去翻遍你們那裡的檔案吧。」

半澤知道這份資料不會在他們手邊的文件當中。

「你想說的就只有這些嗎？」

「不，我還沒說完。」曾根崎此時以充滿憎惡的表情看著半澤。「被金融廳的黑澤盯上的不是我，是你。如果你有空把責任推給別人，不如去想想明天要怎麼辯解，對自己比較有幫助吧？」

「是嗎？我知道了。」半澤平靜地說。「關於這件事，我打算徹底調查。你最好要有心理準備。」

曾根崎的喉結上下移動，但沒有說出話。半澤最後以銳利的眼神瞪他，然後和田島快步走出審查部的辦公室。

「半澤剛剛找上門來了。」

曾根崎在敲門的同時探頭進來，然後到紀本辦公桌前，慌慌張張地報告情況。

「半澤？」

紀本正在收拾文件準備回家，聽到這句話就停下手邊的動作，抬頭看曾根崎。

「他質問交給金融廳的重建案數字是不是刻意竄改過的。」

「你怎麼回答？」

紀本把視線從曾根崎拉回來，再度開始收拾手邊的東西。

「我告訴他，重建案的數字是依照原來的文件寫的。帝國航空的資料已經移轉到第二營業部那裡，所以我要他自己去找。」

「這樣啊。」紀本稍微抬起頭。「這樣就行了。」

然而生性膽小的曾根崎雖然在半澤面前虛張聲勢，卻似乎按捺不住不安的心情。

「可是要是被半澤得知實際的情況怎麼辦？」

紀本緩緩地關上丟入文件的抽屜，以沉著的表情靠在椅背上，然後抬起頭，用有些困擾的眼神看著曾根崎。

「實際的情況是什麼？」紀本一本正經地問。

「竄改重建案的數字，然後——」

「什麼？竄改？」紀本裝出詫異的表情。「曾根崎，是你記錯了吧？還是你做了夢？」

「啊？做夢……」

紀本的答案似乎太過出人意外，讓曾根崎一時語塞。

「根本沒有那種事。重建案的數字大概是帝國航空因為某種錯誤，把討論中的資料交給了你。沒錯吧？」

曾根崎花了好幾秒的時間，才理解到紀本的意圖。此刻他臉上浮現狡猾的笑容。紀本朝著這張扭曲的表情又補充：

「只要去拜託帝國航空的山久幫忙說一句，應該就能輕易解除半澤的懷疑吧。」

「您說得沒錯，常務。很抱歉在您要回去的時候來打擾。」

曾根崎向紀本告辭。紀本目送他離開並關上門，然後說：

「真是愚蠢的傢伙。」

這是他如假包換的真心話。

在銀行這個組織要生存下去，最重要的不是在學業得到的知識，也不是學歷。是智慧。

有智慧的人能夠生存，沒有的人就會逝去。

紀本目送下屬的背影，再次確認這個自明之理。這就是銀行，甚至也是社會

「曾根崎次長到底打算裝蒜到什麼地步？」

回到第二營業部之後，田島依舊忿忿不平地對半澤抱怨。「太不負責任了。」

這裡是帝國航空業務承辦小組的基地。時間雖然很晚了，可是工作繁重的第二營業部除了負責帝國航空業務的小組之外，還有不少行員留下來。

半澤坐在一旁的空位，腦中思考剛剛的對話。

「沒有辦法證明曾根崎竄改數字嗎？」

這個問題與其說是問田島，更接近自問。

「如果有曾根崎次長收到的文件，或許能夠證明，可是就算證明數字遭到竄改，也只會受到金融廳的懲罰，一點好處都沒有。」

「不只如此，如果被認定妨礙檢查，還有可能被起訴。」半澤說。「不論如何，這個問題還是得找到妥協點。」

「頂多就是當成『失誤』吧。」田島小心翼翼地提出頗實際的妥協案。「就說是製作提交用的文件時出錯。」

「黑崎一定會覺得抓到大把柄了。」半澤想像到報告這件事的情景這麼說。「因為銀行失誤，提出錯誤的資料，使得檢查被導向錯誤方向——可以想見他一定會做出這樣的結論。最後本行還是會受到某種處分。」

「不論如何，都會稱了金融廳的意。」田島不甘心地說。「他們得到了一份大禮。他們可以證明，在帝國航空的問題上，自己才是正確的。」

「不論如何，曾根崎一定會全力逃避責任。」半澤說。「不論發生什麼事，他一定會設法保護自己。他就是這種人。他一定會堅持資料是下屬製作的。」

「別開玩笑。」田島憤怒地改變臉色。「這一來，到時候就是我們要背黑鍋了。次長，該怎麼辦？」

不只是田島，所有小組成員都在看半澤。半澤沉思一陣子，但解決這個局面的答案似乎並不容易找到。

5

「好了，首先來解決回家作業吧。」

次日的詢問調查從下午三點開始召開。黑崎和昨天一樣占據會議室上座，旁邊隨侍著摩艾像般的島田，以保鏢般銳利的眼光注視半澤等東京中央銀行的行員。

「詢問調查」的名稱雖然似乎沒什麼害處，可是這場會議的本質就是戰役。

這是金融廳與銀行賭上尊嚴的戰鬥。

在金融行政中，道歉與處分意味著等同於戰敗國的羞辱與懲罰。

然而狀況明顯對半澤不利，即使過了一夜，仍舊無法找出回應金融廳指摘的對策。

這天的詢問調查除了半澤等處理帝國航空業務的小組，還有相關各部門的眾多行員出席。每一張臉上的表情都非常嚴肅，全然是因為暗自預期沒辦法順利度過這次的調查。

在這當中，原本是當事人、現在卻置身事外的曾根崎甚至帶著從容的態度，坐在牆邊和昨天一樣的座位。

「曾根崎次長還真是悠閒。」半澤旁邊的田島憎惡地說。他的聲音很大，曾根崎或許也聽見了，但卻完全無動於衷，只是專注地看著手中的資料。「他覺得自己不會成為關注焦點，所以才擺出那副態度。明明只會在銀行裡逞威風，對外交涉弱到不行。」

對於田島的批評，半澤正要點頭，就聽到黑崎點名：

「半澤次長。」

半澤站起來。黑崎對他說：「可以請你發表嗎？你知道為什麼重建案的數字會出現錯誤了嗎？我認為這是故意的。為什麼會被竄改、目的是什麼——請你一五一十地說出來！」

「關於這一點，直到先前我都還在向相關人員進行確認，目前還沒有找到原因。可以再多給一些時間嗎？」

這是很勉強的辯解之詞。

「你想要拖延時間嗎？」黑崎的表情充滿了漆黑的怒意。「真沒用。那就由我來替你調查吧。上次檢查的時候負責處理帝國航空業務的人，站起來！」

黑崎高聲喝令，半澤身旁的五名成員便畏縮地站起來。然而曾根崎卻假裝什麼都不知道，仍舊坐在椅子上。

「製作帝國航空重建案相關資料的是誰？舉手。」

黑崎這樣問，但這些成員都沒有反應。

「他們當時是負責審核該公司的資產，沒有接觸到重建案。」半澤不得已伸出援手。「重建案應該是由其他人製作的。」

「其他人？立刻把那個人帶到這裡！」

這時有人說：

「是我。」

隨著說話聲，半澤背後有一個身影緩緩站起來。

是曾根崎。

曾根崎突然受到所有人矚目，似乎微微感到膽怯，臉頰附近顫抖著繼續說：

「我是審查部次長曾根崎。在誠摯接受昨日的指責之後，除了第二營業部之外，審查部方面也另外進行調查，查清事實真相，因此想要在此報告。」

會議室中一片譁然。

「真的假的？」

田島小聲地說，半澤也不禁睜大眼睛。

「既然如此，就應該早點說！」

面對黑崎犀利的言詞，曾根崎溫馴地說「很抱歉」，然後又說：

「原本應該在一開始就發表的，不過畢竟這是第二營業部的調查工作，所以我就暫且先保持沉默。」

面對這個意想不到的發展，半澤無法得知曾根崎的意圖，只能屏住氣息。

「那麼是誰故意竄改的？」

這是很明顯的誘導性提問。黑崎已經認定這是造假行為。半澤、田島和其他成員都面帶驚愕表情，聽曾根崎說：

「不，這不是故意竄改的。」曾根崎的表情甚至顯得有些得意，繼續說：「根據審查部調查的結果，發現由於帝國航空方面的失誤，把討論中的草案交給我們。在貴廳檢查時本行製作的資料上記載的重建案數字，應該是根據那份草案的資料——這就是我們做出的結論。」

「討論中的草案？」聽到不曾預期的解釋，黑崎發出怪異的聲音。

「是的。所以這件事純粹是起因於帝國航空方面的事務疏失。」

此刻黑崎明顯露出失望的表情。他原本想要攻擊銀行方面的過失，一口氣把對方逼到無處可退的局勢，但是在這個瞬間，他的盤算落空了。

「黑崎先生，就如您剛剛聽到的，關於您指出的問題，不是本行而是帝國航空方面的疏失。」

一直聽他們對話的紀本似乎看準這個時機插嘴。「既然如此，本行和貴廳會誤判帝國航空的業績預測，也是難以避免的。我想貴廳只是做出在當時最合理的檢查判斷。您意下如何？」

紀本的發言與金融廳追求的方向是一致的。

對於想要把自己的檢查結果合理化的金融廳來說，責任歸屬即使從銀行轉移到帝國航空，也能夠達成原本的目的。

「原因是帝國航空方面的疏失這個結論沒有錯嗎？常務也已經確認過了？」

黑崎以焦躁的口吻追問紀本。

「當然了。」

紀本向他保證。面對占上風的局勢，他得意洋洋地與後方的曾根崎對看一眼。

「好吧。」黑崎說完，在手邊的資料寫了一些字。「不過不論理由是什麼，你們在金融廳檢查資料紀錄了錯誤數字是事實。照理來說，這是重大錯誤——不，應該已經算是妨礙檢查了。關於本次事件的經過，請你們提出正式的書面報告。紀本常務，可以嗎？」

「那當然。」

紀本露出笑容，這時調查會場的氣氛總算變得輕鬆。紀本回頭看曾根崎，囑咐他：「曾根崎，這份報告就由你來製作吧。」

「報告中別忘了附帶帝國航空方面的狀況說明書。知道了嗎？」

黑崎沒有完全接受銀行單方面的主張，而要求同時提出帝國航空的意見，由此可以看出黑崎周延的工作態度。

不論如何，曾根崎挽救了瀕臨險境的局面，是不可否認的事實。

另一方面，半澤卻無法不感受到非現實的疏離感。自己苦於應對的問題，竟然以這麼意外而簡單的形式解決了。

「好的。」

曾根崎在形勢不利的時候不吭一聲，現在自己立了功就特地站起來接受命令。他瞥了半澤一眼，刻意皺起鼻子，好像在說「活該」。

「既然發現到這種事，應該先跟我們說一聲吧？太過分了。」

面對超乎預期的發展，田島小聲抱怨。

「沒錯。不過我還是不理解。昨晚你見到山久部長的時候，他有提過這樣的事嗎？」

「我完全沒有聽說。」田島搖頭，露出狐疑的表情。

如果真的有這種事，山久應該會在田島造訪的時候告訴他，而不是告訴曾根崎。

然而現在沒有時間慢慢去想這個問題。

黑崎說：「那麼就進入今天的正題吧。首先來說說我的第一印象。我研究了一下對於關係企業的授信擔保狀況。你們到底是怎麼做授信管理的？」

帝國航空公司的關係企業總共有兩百家左右，東京中央銀行的融資總額超過五百億日圓。

由於這些公司的主要客戶都是帝國航空公司，因此只要該公司發生萬一，其中多數公司都有可能會破產。

金融廳刻意將這些關係企業當作這天的調查主題，一定是因為其中隱藏著足以討論的問題點。對於仇視半澤的黑崎來說，無疑是最佳的攻擊材料。

「首先是帝國機場服務公司。」黑崎指出的是在機場搭載手提行李與貨物等的地勤業務關係企業。「這家公司的業績展望，在上次檢查時的結論是脫離虧損體質。真的是這樣嗎？」

黑崎的質疑正中標的。

「不。由於母公司帝國航空的業績惡化，不僅展望不佳，該公司的業務也成為整頓對象。今後應該以縮減業務、刪減成本為緊急要務。」

「這樣的話，這裡的自我稽核就應該重新檢討，從正常債權降格吧？」

黑崎的目的，就是要把東京中央銀行判斷為「正常」的融資降格到「危險」。判斷為正常的融資對象如果破產，實施檢查的金融廳就會被追究判斷責任，但如果分類為「危險」，即使發生狀況，金融廳也不會被究責。從這裡可以窺見黑崎身為官僚的保身之術。

半澤勉強找出合理的回答，但是在那之後黑崎也持續進行瑣碎而執拗的指摘。

「接下來是京阪帝國住宅販售。這家公司也很有問題。」

詢問調查已經持續將近兩個小時，但黑崎毫無疲色。

「以帝國航空規模的不動產子公司來說，沒什麼事業發展力，也沒有收益力，可是貴行卻以住宅用土地開發資金的名義，把五十億日圓資金作為十年的長期貸款借給他們。怎麼看都很異常吧？」

半澤正要回答，卻被黑崎打斷。「還有這家公司——」黑崎單方面地繼續說，「目前是還好，可是往來未免太複雜了。」

黑崎不知道有何企圖，以意有所指的眼神看著半澤。

「請問這是什麼意思？」半澤詢問。

「我在問你們，有沒有好好調查這家京阪帝國住宅販賣公司。他們不是有個問題交易對象嗎？你們是怎麼做授信判斷的？——我說的就是舞橋不動產！」

田島在半澤的旁邊連忙檢視該公司的交易對象情報，然後打開信用檔案拿給半澤。

舞橋不動產是京阪帝國住宅販賣的主要交易對象。

「京阪帝國住宅販賣公司建造現成屋的土地，有很多都是舞橋不動產公司轉賣的。也就是說，他們非常依賴舞橋不動產這家公司，可是你們卻沒有對舞橋不動產進行任何調查。到底是怎麼回事？」

誰會去調查這麼瑣碎的細節！

半澤雖然想要這樣回應，但是面對金融廳也不能說這種話。

黑崎的企圖很明顯。在半澤道歉、請求原諒、後悔來到這裡之前，他會一直持續雞蛋裡挑骨頭般的詢問。

半澤承認：「關於這一點，是我們的調查不夠周到。」

黑崎以充滿憎惡的眼神看著他說：「整體的授信依據都太天真了！好好反省吧！道歉呢？」

他歇斯底里地怒吼，嘴脣歪曲，充分表露出扭曲的性格。

不是憑道理、而是刻意強調金融廳與銀行、管理方與被管理方的上下關係來挑毛病——這正是黑崎的本色。

半澤輕輕地嘆了一口氣。

「很抱歉，本行的調查似乎有部分不夠完善之處。我要在此道歉。」

「一開始這樣道歉就好了。」

黑崎喜孜孜地抬起下巴。

「不過別以為這樣就結束了。有關這次的詢問調查，本廳要求針對指摘事項儘速提出回答書。而且對此我們也打算要交付意見書，追溯銀行過去對帝國航空的授信判斷。知道了嗎？有鑑於這次粗糙的答辯過程，意見書內容當然會很嚴厲，你們要有心理準備。」

黑崎像是在折磨對方般繼續說：「再補充一點。意見書會由金融廳長官直接交給貴行的董事長，請多多指教。交付過程當然也會向媒體公開，你們等著瞧吧。」

黑崎以銳利的視線瞥了桌子周圍的銀行員，總算滿意地點點頭。不久之後，漫長的詢問調查終於宣告結束。

6

這是幾近於「敗北」的結果——

「次長，辛苦了。」

半澤垂頭喪氣地回到第二營業部的座位，田島便對他說。其他小組成員也跟隨在田島後方，捧著裝有提交給金融廳的資料的紙箱回來。一群人不約而同地聚集到半澤的座位周圍。

「這根本就是先下結論的調查。」田島不甘心地說。「可是這樣下去的話，我擔心本行會招致社會大眾的誤解。」

不論接下來提交的回答書怎麼寫，金融廳的意見書想必都會對東京中央銀行很嚴厲。他們一定會向媒體宣傳銀行授信判斷的粗糙程度，而內容越是批判，就越能保住金融廳的立場。

在接受這樣的訊息之後，電視與報紙想必都會對銀行群起而攻。如果銀行對帝國航空的融資態度遭到質疑，對於專案小組推動的債權放棄案可說是最佳助攻。

半澤坐在位子上交叉雙臂，為心中湧起的苦澀念頭皺眉。

「很抱歉，這次是我能力不足。」半澤率直地說出想法，接著又說：「不過有件事讓我感到在意。」

「是關於那個重建案嗎？」田島立刻猜到並問。

「山久部長確實說過他把重建案交給曾根崎了吧？當時有沒有提到誤把討論中的草案交給對方——」

「他沒有說過。」田島明確地否定。

「這是很重要的關鍵。我想要親自去見山久部長，向他確認。你可以現在就幫我約時間嗎？」

田島回到自己的座位，聯絡帝國航空的山久。

「他說他正要回去，直接來我們這裡會比較快。」

「你告訴他，我們會恭候光臨。」

半澤說完就閉上眼睛，等候山久到達。

「很抱歉讓您在忙完一天之後還特地過來。」

半澤請山久進入第二營業部旁邊的會客室，拿出昨天田島拿到的重建案簽收證明，放在桌上。這是曾根崎名片的影本。

「我就單刀直入地問吧。山久先生，聽說您當時給曾根崎的是討論中的草案，是嗎？」

「討論中的草案？」山久驚訝地眨眼。半澤察覺到同座的田島瞥了自己一眼。

「這是怎麼回事？」

半澤問：「昨晚您和曾根崎沒有談到這件事嗎？」

「沒有——」山久搖頭。

「曾根崎主張，貴公司誤把討論中的草案交給我們。」

「什麼？」山久的表情顯得很意外。「怎麼可能會有那種事！我們交出的是正確的重建案。」

「沒有錯嗎？」半澤和田島互瞥一眼。

「當然了。本公司交給銀行的文件，都會預先影印往來銀行的份數進行準備，不可能只有交給東京中央銀行的文件會弄錯。曾根崎先生為什麼要這樣亂說？」

「很抱歉。」半澤深深低頭。「害您為了這麼無聊的事跑一趟。看來是我們內部出現了誤會。敬請原諒。」

7

「這次的事有些麻煩。我聽到小道消息，紀本常務正在私下進行遊說。」

「遊說？遊說什麼？」

和半澤同梯的近藤直弼立刻詢問渡真利。擔任公關部次長的近藤為了銀行的最新宣傳企劃，正處於最忙碌的時期，不過在渡真利邀約之下，剛剛過來跟他們會合。

他們坐在銀座小巷中某間酒吧的餐桌座位。這家店在這一帶算滿大間的，他們坐在店內一角，照例不需擔心被人聽到對話。銀行員在討論內部消息的時候，選擇這樣的座位是常識。

渡真利點了波本威士忌加水，半澤點了單一麥芽威士忌加冰塊，近藤喝的則是他自稱最近迷上的莫希托（Mojito）。

「就是這次詢問調查的事。」渡真利說。「紀本到處宣傳，說是曾根崎挽救了被金融廳攻擊的危機，順便也指責半澤的應對有問題。」

「他為什麼要進行這樣的遊說？」

近藤又詢問。他剛剛說肚子餓並點了披薩，專注地聽渡真利說話，看上去完全沒有過去生病的痕跡。

近藤因為心病而倒下，已經是三年多前的事了。在那之後經過一番波折，他終於在兩年前重新回到總部，新工作看來也很上軌道。

渡真利回答：「歸根究柢，紀本先生大概是想要抓準機會，再度把帝國航空的業務移回審查部。或者他也可能只想把半澤調離承辦小組而已。」

近藤聽了抬起頭，注視著酒吧昏暗的空間思考。然後他又問：「為什麼？」

「那當然是因為只要有半澤在，就會很難控制吧？」渡真利說。「對於債權放棄案，半澤很顯然地會在請示書上表明拒絕。在贊成放棄債權的紀本眼中，這一點或許是無法容許的。」

「如果他想要撤換承辦人，我隨時都願意被撤換。」半澤說。

「我可以了解你這麼說的心情，可是很遺憾地，必須要有董事長能夠接受的理由。」渡真利說。「這個理由在這次的金融廳調查中出現了。」

「可是我不了解，就算他大費周章換掉承辦人，放棄債權也會造成巨額虧損吧？怎麼想都不會對銀行有好處。」近藤進一步問：「到底是為了什麼？」

「這是個謎。」渡真利低聲說。「半澤，你懂嗎？」

「我也不知道。或許有什麼必須贊成的理由吧？」

半澤這麼說，渡真利便一副想問問題的態度抬起頭，不過他只說了「可是不知道那個理由是什麼」，然後視線又回到杯子。

近藤問：「金融廳交付的意見書，內容會很嚴厲嗎？」

「大概吧。」同樣參加了詢問調查的渡真利說。「看情況——不，到這個地步，一定會影響到半澤的『下一階段』。」

銀行最重要的就是人事。所有工作都由下一個職位來報償。獲得好評就會升遷，失敗就調到別的單位。次長職位的失敗，就意味著脫離升遷的階梯。

「所以說，我想要問問近藤的意見。這種情況能不能想想辦法？」渡真利問。

「辦法？」

「我猜金融廳在媒體面前交付意見書的同時，也打算把內容概要傳出去。根據我的預測，內容一定是在詆毀我們銀行。如果置之不理，不知道會被媒體寫成什麼樣子。為了避免那樣的狀況，不知道有沒有辦法巧妙地控制情報？」

「也就是說，你想要讓報紙和電視不要發表批判言論嗎？」

渡真利點頭，近藤便低聲沉吟。身為公關部次長，他平常的工作內容就是和媒體人士打交道。公關部的工作相當多元，包括銀行的宣傳、製作新聞稿、應付採訪等。

「先說結論，這種作法有一定的限度。」近藤說。「你們也知道，本行對電視和雜誌付出相當多的廣告宣傳費，的確可以制止部分媒體寫出批判性報導。不過另一方面，也有些媒體沒辦法用這種手段控制，譬如說《週刊潮流》就是這樣的例子。而且各家媒體的報導部門也不能被競爭對手超前，所以交付意見書這件事本身不能不報導。」

「有什麼關係？就讓他們去報導吧。」

半澤這麼說，渡真利差點把正要喝下去的酒噴出來。

「別鬧了，我是因為擔心你才說的。」

「謝啦。不過到頭來，這種事也只能順其自然了。」

「怎麼可以擺出這麼悠閒的態度！」渡真利感到傻眼。「這件事關係到你身為銀行員的前途啊！」

「也不是什麼大不了的前途。而且我得聲明，我沒有擺出悠閒的態度。如果看起來像那樣的話，就是你眼睛的錯覺。」半澤說。「我也做了該做的事，不過能做的也有極限。」

渡真利懷疑地問：「你該不會想要舉雙手投降吧？」

半澤笑著說：「怎麼可能。」

「你真的覺得沒關係嗎？」渡真利改為一本正經的表情問。「本行的董事長會在媒體面前丟臉，而且原因會被當成是你的能力不足。不管怎麼說，都很糟糕吧？」

「也許吧。」

半澤盯著昏暗的酒吧中空無一物的一點，默默地繼續喝酒。

8

金融廳的詢問調查結束的次日，審查部的曾根崎聯絡帝國航空的山久，希望能夠見面。

他沒有在電話中提及要點，事實上這也不是能夠在電話中提及的內容。

曾根崎在約定的下午兩點造訪山久，被帶到擔任承辦人時期常去的財務部會客室。這天的天氣很好，如果沒有這種要事，他會想要一整天待在這裡，望著窗外航行在東京灣的船舶與港灣設施。

「好久不見。在那之後過得還好嗎？」

山久進入房間，看到之前的承辦人曾根崎造訪，臉上浮現些許困惑的表情，不過還是說了制式的客套話。

「託您的福，勉強還可以。今天很感謝您撥空見我。」

曾根崎一邊鞠躬一邊思索著該如何切入正題。雖然他自己絕對不肯承認，不過他是典型的「在家一條龍、出外一條蟲」，一反在銀行內耍威風的態度，在顧客面前顯得乖巧順從。

他們開始聊些無關緊要的話題。山久談的主要是業界整體的事，似乎刻意迴避專案小組等個別的話題。畫清「前承辦人不是承辦人」的界線，不愧是大公司財務部長應有的見識。

「事實上，今天我是為了特別的請求而來的。」

不知閒聊了多久，曾根崎看山久完全沒有詢問來意的跡象，等話題告一段落便下定決心切入正題。

「曾根崎先生說有特別的請求，真令人緊張。」

山久開玩笑地說，但實際上緊張的是曾根崎。他臉上的笑容相當僵硬。

「先前金融廳來到本行，進行與貴公司相關的詢問調查，結果上次金融廳檢查時本行交出的資料被質疑有問題。」

「請問這是怎麼回事？」

聽到有問題，山久收起原本和善的表情。

「看來似乎是我們這邊的數字寫錯了，交出和實際的重建案不同的內容。」

這段發言摻雜了細碎的謊言，不過曾根崎即使撕破嘴巴，也不可能說出他是刻意竄改重建案的。

「金融廳的指摘讓我們很困擾。銀行內部進行種種討論之後，希望能夠請帝國航空公司協助。」

「請問要如何協助？」

山久催促他繼續說下去，曾根崎終於說出關鍵的要點：「不知道是否能夠當作是帝國航空方面的疏失，不小心提出重建案完成之前的草案呢？」

山久有好一陣子沒有回答。他盯著曾根崎思索，沒有顯示感情。曾根崎不知道他在想什麼。

「你的意思是，想要對金融廳這樣說明嗎？」不久之後，山久以緊繃的聲音問。
「如果是這樣的權宜之計，也不需要一一來詢問本公司吧？你們自己去做就好了。
剛剛的話，我就假裝沒聽過。」
「不不不。」
曾根崎在胸前揮動雙手。
「我們也有不能這麼做的理由。金融廳要求提出貴公司的狀況說明書，所以必須請您給我們這樣的文件。」
「狀況說明書？」山久皺起眉頭。「那是什麼樣的東西？」
「就是以貴公司名義，解釋因為某某理由，誤將重建案的草案交付給銀行——這樣的報告書。」
「請等一下。」山久有些驚訝地說。「我當時確實把重建案交給你了。那份內容有錯嗎？」
曾根崎畏縮地說「沒有」，並咬住嘴唇。
「明明沒有錯，我不能寫有錯。」
山久說的話非常合理，但曾根崎卻面色蒼白。
「您說得沒錯，但是我們沒辦法向金融廳報告說是本行的數字錯誤。」

「這是貴行的問題吧？為什麼會弄錯那樣的數字？不可能會弄錯的。」山久以無法釋然的表情問。

「為了應付金融廳檢查，我們也很辛苦。像這樣的數字如果老老實實交出去，就有可能被『分類』為危險債權。這一切都是為了保護帝國航空公司。」

「真的是為了本公司嗎？」山久懷疑地問。「不是為了你們自己嗎？我不知道這是刻意竄改還是疏失，可是如果是疏失，任何人都會出錯吧？為什麼沒有辦法承認是自己的疏失呢？」

「您問我為什麼……我也只能說就是這樣。」

「我完全無法了解。」

山久的態度表現出嫌惡，讓曾根崎傷透腦筋。山久繼續說：「只要說是自己的疏失，不就行了嗎？這份狀況說明書是要呈交給金融廳的吧？也就是正式的文件。如果由本公司製作這樣的文件，本公司也等於是協助造假。我們沒有辦法做這種事。」

曾根崎感到慌張，絞盡腦汁想要找到讓山久改變心意的方法。然而他只能說：

「我們不是一直都提供融資嗎？我們今後也想要同樣地進行融資，貴公司想必也有同樣的想法。」

這是絕對不能說出口的話。

他向來是個膽小的人，不過或許就因為膽小，因此在緊要關頭會做出極端的發言。

果不其然，山久的臉色立刻變了。

「這樣已經算是濫用優勢地位了吧？」

然而失去冷靜的曾根崎卻說出火上加油的話：

「隨您怎麼想。要不要融資當然是經過簽報審核決定，不過如果帝國航空願意在這件事上予以協助，在銀行內部的印象也會提升，今後的融資應該會更順利。」

「哦。」山久把探出去的上半身重新靠回扶手椅的椅背上，以摻雜憤怒與輕蔑的眼神看著曾根崎。

「曾根崎先生，我想要問你一件事。你已經回來負責本公司業務了嗎？」

山久以鄭重的口吻詢問。

「沒有，不是這樣的。」

「那麼你提融資的事不是很奇怪嗎？融資應該是由半澤先生負責，沒有你的事。我會和半澤先生討論。」

聽到半澤的名字，曾根崎就慌了。

「不不不，請等一下。關於這件事，不是由半澤、而是由當時負責的我來處理。

和半澤無關。」

「和半澤先生無關？」山久露出詫異的表情。「那麼剛剛提到融資的話題是什麼意思？」

「不，這個──那個──」

曾根崎一改先前高壓的態度，變得慌張而吞吞吐吐。「我的意思並不是說，這會成為融資條件，只是──」

「曾根崎先生，我完全無法理解你在說什麼。」山久顯得傻眼，然後拍了一下膝蓋。「不論如何，我沒辦法交出那樣的文件，請回吧。」

9

曾根崎走出帝國航空的總公司大廈，表情虛脫，彷彿把靈魂留在別的地方了。走向車站的步伐好似在浮游一般輕飄飄的，甚至不太有踩在地面上的感覺。每踏出一步，身體的能量好像就要被地面吸走。

老實說，曾根崎太小看帝國航空這家公司了。這家企業的業績惡化到這個地步，沒有銀行的支援就難以繼續運轉，因此他原本以為只要命令對方「寫出來」，對方就會輕易寫出這類的文件。

然而沒想到事情卻發展成這樣——

如果拿不到帝國航空的狀況說明書，先前被捧為救世主的曾根崎評價就會跌到谷底。不，如果只是這樣還算好的。金融廳詢問調查時的那段發言如果被發現都是謊言，大概就不只是接受斥責程度的懲罰。弄不好還有可能會被刑事起訴。

太糟糕了。

原本光明燦爛的銀行員前途此刻籠罩著不祥的烏雲。在這個絕望的狀況中，曾根崎能夠依賴的只剩下一個人。

他回到審查部，立刻聯絡董事室，確認紀本在那裡之後，沒有坐下就走出辦公室。

「常務，可以打擾一下嗎？」

曾根崎進入室內，紀本便默默無言地站起來，以手勢示意他坐在沙發上。

「事情是這樣的，我為了那份文件的事造訪了帝國航空公司，可是山久部長不願意製作文件。」

紀本眼中突然失去光芒。那對眼睛就好像空洞一般，讓人看了就覺得不自在。

「我努力嘗試過說服他，可是他怎麼樣都不肯答應。」

紀本的眼神變得凶狠，以摻雜著怒火的聲音說：

「怎麼現在才說這種話？這種事應該在當時發表之前就先說好吧？」

「很抱歉。」

曾根崎站起來深深鞠躬。

紀本沒有回答。

曾根崎戰戰兢兢地抬起頭，看到紀本把臉朝向窗戶的方向，以嚴肅到可怕的表情默默思考。曾根崎朝著紀本的側臉繼續說：

「很抱歉在您忙碌的時候提出這種要求。常務，可以請您幫忙交涉嗎？」

然而紀本只是翹著二郎腿、用手抓著下巴，沒有回答，彷彿沒聽到曾根崎說話。

不久之後，紀本發出沙啞的聲音。

「別說這麼蠢的話。」

聽到如此冷淡的一句話，曾根崎彷彿被箭射穿般僵直不動。

「你要我幫你一起說謊嗎？」

紀本看起來很神經質，太陽穴附近的血管浮起來。

「根據今天和山久部長談過的印象，光憑我一個人負擔太沉重了。希望常務能夠務必出馬——」

如果是在平常，曾根崎應該會知難而退，但這次他難得堅持到底。除了依靠紀本之外，他已經沒有其他解決方案。

紀本憤怒地沉思。

紀本先前到處宣傳曾根崎在金融廳調查時的應對，主張是他將東京中央銀行從最險惡的局面拯救回來。假設被發現這是子虛烏有的謊言，就連吹捧曾根崎的紀本都會臉上無光。即使紀本在這裡發飆，沒有狀況說明書的話，他也一樣會遇到麻煩。也因此，曾根崎懷抱期待，不論在這裡受到紀本多麼嚴厲的斥責，紀本最終應該都會去幫忙安撫山久。

「山久部長怎麼說？」

果不其然，經過好一陣子的沉默，紀本開口問。

「他說不能寫下謊言——」

紀本用右手敲了椅子的扶手發出聲音。

「我們之前不是幫了他們很多嗎？」

「山久部長似乎不了解這一點，應該說他很頑固吧。我有試著指出企業與銀行的關係，可是他卻反而暴怒，根本沒辦法好好談。」

曾根崎以對自己有利的方式進行報告。紀本聽了開始思考。

他大概是在思索去勸說山久會帶來什麼樣的結果。能夠臨機應變的處世之道，正是紀本的強項。

「如果去找神谷社長拜託這件事，感覺有些勉強。要說服的話，還是得針對山久部長。」

「拜託您了。」

曾根崎再度鞠躬。只要紀本出面，一定會有辦法。紀本長年待在審查領域，度過一次又一次的難關，可說是身經百戰。而且有東京中央銀行常務頭銜的威望加持，即使是帝國航空，應該也無法違逆紀本。

紀本仍舊側臉對著曾根崎，只轉動眼珠子看他，下達指示：「現在立刻幫我約時間。這件事很緊急。」

內藤找半澤過去，剛好是曾根崎和紀本在密談的時候。

位於同一樓層的內藤辦公室彷彿是獨立於外界、籠罩在靜謐中的蒼鬱森林。營造出這種氣氛的，是厚厚的地毯與排列在書架上的眾多書籍。這是在其他董事辦公室看不到的景象。原本以為書架上都是艱澀的書籍，但仔細瀏覽，卻會發現在管理學、行銷學泰斗的原文書之間，也擺著艾可的《玫瑰的名字》等外國推理小說，增添些許文藝氣息。這樣的選書展現了內藤這個氣質洗練的銀行員具備的深度與廣度。

「本部門擬定的回答書原案就照那樣吧。」

半澤比預定時間提早整理好交給金融廳的文件，今天早上就將原案寄給內藤。

「剩下的就是帝國航空要給的文件了。進度如何？」

「我正在等審查部提出來。」

半澤如此回答，但他已經猜到內藤找他來另有別的原因。

「我就單刀直入跟你說吧。看金融廳意見書內容，帝國航空業務的承辦人有可能會被更換。你知道理由吧？如果只是這樣，還算是好的。」

內藤欲言又止，難得表現出遲疑的態度。

「是人事案嗎？」

半澤先替他說出來。內藤的表情變得苦澀。

「有部分董事主張，你在金融廳詢問調查中的應對有問題。」

內藤雖然沒有說出名字，不過半澤可以輕易猜到這個董事就是紀本。

「部長，你有什麼想法？」

「曾根崎的說明的確迴避了最糟糕的情況，不過即使事情是那樣，也是有問題的。」內藤話中隱約帶有不滿。「結果他現在竟然成了董事會的英雄。」

「那只是譁眾取寵而已。」

「沒錯。可是英雄是可以被製造出來的。」

內藤的語調中帶有些許焦躁。他的焦躁或許不是針對半澤，而是針對東京中央銀行——不，應該說是公司組織的性質。

「不過視今後的發展，必須要有人負起責任。」

內藤既然說到這個地步，想必某處已經開始進行具體討論了。

「雖然在意也沒用，不過姑且還是告訴你吧。禍到臨頭，必須積極迴避才行——當然要靠自己的力量。」

半澤默默地站起來，稍稍鞠躬，然後離開這間安靜的個人辦公室。

10

紀本和曾根崎被帶到和昨天不同的會客室。這間會客室位於董事樓層。

「山久部長，好久不見。」

山久一進入會客室，紀本便站起來打招呼並深深鞠躬。

「好久不見。今天非常感謝紀本常務大駕光臨。您看起來氣色很好。」

帝國航空業務的負責單位改為第二營業部之後，紀本就已經不是主管人員了，不過對於這種不符合常規的會談，山久也沒有表現出詫異的表情，大概是對於長年往來的對象保持敬意吧。這一點和他昨天面對曾根崎的態度迥然不同。

「請問專案小組那邊怎麼樣了？」

紀本單刀直入地切入帝國航空公司最大的議題。

「就如您所知，他們根本就是胡作非為。」

山久擺出無奈的表情，但言語中湧現無法隱藏的不滿。

「雖然業界不同，但是我們都得面對難纏的官署。為了生存下去，就得克服這個難題。」

紀本湊向前方，注視著山久說：「今天之所以特地請你撥出時間，是因為我有一項請求。昨天曾根崎也拜託過——希望貴公司能夠扮黑臉。」

他說得很直接，讓山久也不禁屏住氣，沉默了片刻。

「您的意思是要本公司製作造假的文件？」

「正是如此。」紀本點頭。「不過我們一定會報答貴公司的協助。彼此有難的時候就是要互相幫忙。拜託！」

他說完後，把手放在桌上低下頭。

「就當作是幫本公司一個忙——喂，曾根崎。」

曾根崎在紀本催促之下，從公事包拿出一封文件放在桌上。

「我們事先製作了狀況說明書。只要蓋上貴公司的印章，彼此就能得到幸福。拜託您了，部長。」

紀本說完，就把桌上的文件推向山久面前。

然而山久遲遲沒有伸手去拿。

「部長——」

正當紀本想要進一步催促的時候，山久說出意想不到的話。

「我們已經製作狀況說明書，所以不用了。」

紀本無法理解這句話的意思，只是盯著山久。

「已經製作了？」代替他詢問的是曾根崎。「請問這是什麼意思？」

「我沒辦法說謊，所以我寫了正確的日期以及交付的文件內容等等。要不要採用，就由貴行來判斷。」

這樣就沒有意義了。

在沮喪的曾根崎面前，山久從放在一旁的檔案夾拿出釘書針固定的文件，遞給紀本。這份文件是狀況說明書。

「備份……？」

紀本喃喃地說，曾根崎也發現了。文件的右上角確實蓋了「備份」的橡皮章。

紀本的表情逐漸變得僵硬。

「請問正本怎麼了？」

「剛剛交出去了。」

「交出去了？」面對不曾預期的發展，紀本明顯露出驚訝的神情。「可、可是，交給誰——」

「給半澤先生。」

紀本啞口無言，目不轉睛地看著山久，不過不到片刻，他就連忙開始閱讀這份說明書。曾根崎看到他的側臉越來越蒼白，胃部感覺到好像被緊緊掐住般的痛楚。

「為什麼要交給半澤？」

紀本的聲音中帶有無法壓抑的憤怒。

「他剛好不久前來了，所以就順便請他帶走。」

文件從紀本手中無力地掉在桌上。

「抱歉——」

曾根崎伸出手，飢渴般地閱讀這份文件。

本公司的重建案同時發布給所有往來銀行。關於所詢問之文件，也依照一般程序，將正式文件交付給當時負責承辦的貴行審查部曾根崎雄也次長，其內容並未經過特別修正。至於向金融廳報告的數字有誤一事，與本公司完全無關。

記載了日期的狀況說明書中，還非常周延地附了代替簽收證明的曾根崎名片影本。

曾根崎不知不覺地站起來。

在瞬間變成一片白色的視野中，他看到山久驚訝地抬頭看著自己。

為什麼——

當暫時失去的意識恢復時，他逐漸開始理解這個狀況的意義。

是半澤。

這份文件一定是半澤叫山久寫的——半澤知道一切，想要打擊曾根崎。

曾根崎在絕望的深淵中，內心對半澤湧起激烈的憎惡。

11

「你到底在幹什麼？」

曾根崎闖入第二營業部辦公室，大步走到正中央，看到半澤在座位上的身影便高聲質問。

「你在說哪件事？」

半澤若無其事地回應，曾根崎越加激動，憤怒地喊：

「帝國航空公司的狀況說明書！給我拿出來！」

他激動的程度讓整個營業總部辦公室都悄然無聲，眾人的眼光集中在兩人身上。

「你叫我拿出來，我也沒辦法。那份文件已經不在我手邊。」

曾根崎用彷彿要鑽孔般的視線瞪著半澤。半澤朝著這雙眼睛說：「我已經往上呈報了。」

「別開玩笑，半澤！」

曾根崎以隨時要撲上來的氣勢，用拳頭搥了半澤的辦公桌。「你難道不顧本行會遭遇什麼後果嗎？山久是因為不想承認自己的疏失，才會寫出那樣的文件。絕對是這樣沒錯！」

「曾根崎，你說的話還真有趣。」半澤的嘴角泛起愉悅的笑容。「可以跟我說明是怎麼回事嗎？」

「帝國航空只是不想承認自己的疏失，以免讓金融廳對他們印象不佳！所以他們才會捏造那種不存在的說明書內容，交給你而不是交給知道真相的我。你竟然還真的相信了！」

這是紀本在回銀行的路上想出來的故事，堪稱是頗逼真的謊言。

「這麼說——」半澤換了口氣問他。「你的意思是，山久部長寫了錯誤的說明書？」

「那當然！」

一百九十公分高、一百公斤重巨大身軀的曾根崎怒吼。然而半澤卻完全無動於衷，打開抽屜拿出某樣東西放在桌上。

剎那間，曾根崎的視線停在這樣東西上面，宛若釘住般無法移開。

這是ＩＣ錄音機。

曾根崎緊張地吞嚥口水，喉結明顯地上下移動。

「你剛剛說的是真的嗎？」

坐在椅子上的半澤眼中透出銳利的光芒，好似要刺穿曾根崎。毫無動搖的視線，不容許任何虛假。

曾根崎動了嘴脣，但聲音好似黏在喉嚨一般，無法發出來，只吐出不成語言的微弱氣息。

「是嗎？我知道了。」

半澤緩緩地拿起ＩＣ錄音機，在全辦公室的人注視中，按下播放鍵。

——請問這是怎麼回事？

從喇叭傳出來的是山久的聲音。然而接下來的聲音毫無疑問是曾根崎在說話。

——看來似乎是我們這邊的數字寫錯了，交出和實際的重建案不同的內容。金融廳的指摘讓我們很困擾。銀行內部進行種種討論之後，希望能夠請帝國航空公司協助……不知道是否能夠當作是帝國航空方面的疏失，不小心提出重建案完成之前的草案呢？

曾根崎的臉孔明顯地在痙攣。

他連忙想要搶奪ＩＣ錄音機，不過半澤搶先一步拿走，並以冷酷的表情看著他。

四周悄然無聲，所有人都屏息關注事情的發展。

「為、為什麼——」

曾根崎的嘴唇開始顫抖。此刻他睜大的眼中浮現的是貨真價實的恐懼。明明在開了空調的室內，額頭上卻冒出汗珠。

半澤對已經啞口無言的曾根崎說：

「我基本上相信人性本善，但是遇到不懷好意的傢伙，一定會徹底打倒對方。」

在所有人注視當中，曾根崎咬著嘴唇一動也不動。可以看出他原本對於半澤赤裸裸的敵意，此刻已經被驚濤駭浪般的不安情緒沖刷。

「你說山久部長是因為不想承認自己的疏失，才寫了那份文件。」半澤凶狠地瞪著曾根崎。「你說他編造出虛假內容的說明書？別開玩笑。你最好提出讓這裡所有人都能接受的理由。」

半澤的斥責讓曾根崎巨大的身軀顫抖，眼中充滿恐懼。

「不，這、這一定是某種誤會。某種——」

「真有趣。那麼你就來說說是什麼樣的誤會吧。不要以為你能夠找藉口開脫。」

然而面色蒼白、狼狽不堪的曾根崎卻說不出任何反駁之詞。

「你竟然把我們當傻瓜。」半澤說。「這件事我一定會確實報告。別以為你會沒事。在那之前，先在這裡向我們所有人道歉吧，曾根崎。」

半澤說了最後一句話，在遠處觀看的田島等曾根崎昔日的下屬便聚集過來。圍繞在他們背後的，則是半澤在第二營業部的下屬，個個交叉雙臂，以帶有怒意的眼神看著曾根崎。

曾根崎好似呼吸困難般，臉部扭曲成痛苦的表情，握緊拳頭。

他的臉上已經大汗涔涔，緊緊閉上眼睛之後，發出快要哭出來般的窩囊聲音。

「對、對不起——」

「別開玩笑！你不要以為隨口說一句對不起就能解決。要道歉的話，就要好好道歉！」

曾根崎被半澤的怒氣震懾，身體晃了一下，然後重重地把雙手放在桌上低下頭。

「非常抱歉！」

宛若發作般說出來的道歉，沒有得到任何人的回應。下屬們以輕蔑與憤怒的眼神看著他這副德性，然後回到工作崗位。這時曾根崎開始啜泣。

「就是像你這種傢伙，把銀行——把這個組織搞爛。給我好好記住！」

半澤說完，曾根崎便像逃跑般快步走出辦公室。半澤目送他離開後，只是啐了一聲，接著就像什麼事都沒發生過般，開始閱讀桌上的文件。

第四章　謀士們的失算

1

「在此發布業務改善命令。」

金融廳長官遞出文件，新聞媒體的相機就紛紛開啟閃光燈，使得低下頭的中野渡產生好幾重影子。

業務改善命令可以說就像金融業界的黃牌。這是在金融廳檢查中發現的醜聞招致的結果，不過至少好過被認定為妨礙檢查。如果是後者的情況，甚至有可能吃上刑事官司。不論理由是什麼，這項行政處分對於目前的審查體制造成的影響難以估計。不僅如此，失去社會信用也會讓銀行的形象大幅低落。更重要的是，這樣的改善命令對於自視甚高的東京中央銀行行員來說，堪稱奇恥大辱。

「本行會誠摯接受指導。很抱歉造成各位的困擾。」

中野渡僵硬的聲音透過麥克風傳出去。閃光燈再度閃起的景象，讓半澤感受到某種殘酷。

世人大概認為是東京中央銀行的管理不周、視檢查如無物，因此遭到金融廳的重懲。就某種意義來說，或許這種看法也是正確的，然而隱藏在表象下的算計，卻不能夠單純用善惡來劃分。

這一點展現在只能說是特例的快速處分，足以讓人認定那場詢問調查是經過綿密的預先調查、以及金融廳內的意見溝通才進行的。

如果這是事實，半澤能夠想像到的幕後黑手只有一個人。

是黑崎。

驅動黑崎的是對於銀行的憎惡，而他的目的應該是要不擇手段讓東京中央銀行俯首稱臣。黑崎心中一再轉變的錯誤官僚主義、階級意識與選民思想，可以說在此得到實現。

發布業務改善命令的長官接著又交付另一份文件給中野渡。

這是針對帝國航空一連串融資案的意見書。

如果說業務改善命令是黑崎的執念，這份充滿特例的意見書則是不擇手段逼銀行放棄債權的專案小組、甚至是白井國土交通大臣的手段。

意見書內容從金融廳方面的情報來源暗中洩漏出來，並且已經傳入半澤耳中。

要點大致有三項——討論將帝國航空的債權「分類」為危險債權、重新檢討行內授信制度、從社會立場重新檢討對航空施政造成的影響。不用說也知道，這些要點強烈反映了國土交通大臣的意圖。

「考慮對航空施政造成的影響？金融廳什麼時候變成國土交通省的辦事處了？」

得到情報時田島這樣的發言，可說是理所當然。

半澤在銀行會議室注視電視畫面，心中再度湧起苦澀的失敗感。

「太馬虎了。真是不像話！」

箕部中途離開他自己率領的箕部派聚會，一坐下來就斥責紀本。

他指責的不是遭受業務改善命令的失態，而是至今仍舊沒有正式決定專案小組提出的債權放棄案一事。

這裡是位於平河町的日本料理店包廂。雖然看起來儼然是老店的風格，但其實是演藝人員與政治人物喜歡光顧的店，料理二流、價格一流，受到自認美食家的有錢人喜愛。

坐在箕部旁邊的是照例穿著鮮藍色套裝的白井。她以嚴苛的眼神看著紀本。

「非常抱歉。」紀本離開坐墊，雙手放在榻榻米上低頭。「可是多虧金融廳的意見書，對於帝國航空公司的授信判斷應該會很快地重新檢討。請再稍等一陣子。」

事實上，金融廳傳喚中野渡董事長、並親手遞交業務改善命令與意見書的景象，給予董事會相當大的震撼。

紀本認為在這樣的情況下，一定能夠順利通過接受放棄債權。

「實在是太過分了。」箕部身旁的國土交通大臣白井忿忿地說。「過去的融資都處理得那麼隨便，卻還拿各種理由要抗拒專案小組的提案，到底居心何在？」

「實在是很慚愧。」紀本深深鞠躬。「不過多虧各位的幫助，局勢也漸漸好轉。」

姑且不論是不是黑崎的意圖，金融廳的指摘給予目前承辦的第二營業部格外低的評價，對紀本來說也是很大的助力。

「多虧各位，我們得到了重新檢視帝國航空授信的機會，非常感謝。」紀本深深鞠躬。

「太遲了。」

白井銳利地說。她皺起眉頭，臉色因憤怒而鐵青，女皇般的氣勢就連瑪麗亞・特蕾莎（註6）也不過如此。

「銀行過去沒有好好管理，卻抗拒專案小組的提案，擾亂航空施政。要知道，此

6　瑪麗亞・特蕾莎——Maria Theresia（一七一七－一七八〇），神聖羅馬帝國查理六世的女兒，繼承哈布斯堡王朝，成為奧地利女大公、匈牙利女王、波西米亞女王及神聖羅馬帝國皇后。

時此刻帝國航空的飛機也在天上飛。你們銀行員了解這樣的事實嗎？」

雖然說是大臣，但是比自己小了將近二十歲的女人毫無顧忌地以高姿態發言，雖然不知道她自以為多了不起。不過即使指摘這一點，勢必也只會惹她發怒，因此紀本雖然生氣，但也只能忍氣吞聲，掩飾內心的情緒，維持畏縮的表情。

「這一來，那位叫中野渡的董事長應該也了解了吧？乃原先生說，這個月底的答覆期限要召集銀行，舉辦一場名為聯合報告會的活動。他好像在今天通知往來銀行了。」

紀本也已經聽聞這件事。白井繼續說：「在那之前，當然要請你們做出應有的結論才行。」

紀本低著頭，發出沉吟聲。第二營業部應該也快要提出正式的請示書，而專案小組也打算在這時候一口氣解決這個問題。

要是沒有曾根崎的失敗，或許就能把半澤的職務撤換掉。實際上，在受到金融廳處分時，紀本也曾暗示過要更換承辦人，但中野渡卻不肯聽紀本的意見，只說「已經交給他了，就先觀望一陣子吧」。半澤在收到金融廳的意見書之後，究竟打算提出什麼樣的請示書？

「我會好好處理這件事。」

紀本正襟危坐地回答，表情變得嚴肅，顯示出面對勝負關鍵的決心。

2

「次長，請裁示。」

聽到田島催促，原本陷入沉思的半澤才抬起頭，看到一群人都注視著自己。

時間已經過了晚上十一點。

這場會議從下午開始進行。帝國航空業務承辦小組的所有成員都聚集到營業總部的會議室，陳述對各自負責領域的分析與意見，一直討論到現在。漫長的議論在先前田島發表的總論之後告一段落，接下來就只剩下承辦單位的綜合判斷了。

「討論這麼多，已經足以對本案做出判斷。」半澤斷言。「針對專案小組的提案，現在要提出本小組最終的結論。」

半澤說到這裡停頓一下，環顧注視自己的每一張下屬的臉，然後繼續說：「對於放棄債權的要求，結論是『拒絕』。我打算以這個結論製作正式的請示書。」

所有人直視半澤的眼神中，帶著可說是賭上性命的決心。

這也是可以想見的。這樣的請示書等於是正面違抗金融廳的意見書。在場的所有人都知道，在金融行政當中，違逆監督官署的意圖是多麼重大的一件事。

如果半澤直樹是個處世圓滑的銀行員，在這樣的狀況下，絕對不會做出拒絕放棄債權的結論，而是避免引起風波，遵循西瓜偎大邊的諺語。

然而半澤並沒有這麼做。

他要的不是先有結論的研議，而是從白紙開始，以幾近愚直的正直態度，導出自己相信是唯一正確的結論。

「這樣的請示書，在董事會應該完全不受歡迎吧。」

在緊張的氣氛中，田島刻意開玩笑，並露出嘲諷的笑容。

「反抗比服從更困難。」

半澤此時已經放鬆肩膀的力氣。「不過授信部門的工作終究是要做出合理而正確的結論。如果我們刻意將錯誤的結論呈報給董事會，那就等於否定我們本身的存在。我們不能為了明哲保身而扭曲結論。」

沒有一個人提出反對意見。

銀行的融資呈報通常會以制式的連線終端機進行，不過接下來要製作的請示書卻破例完全使用手寫。這個案子既不是融資案件，也不是變更條件。也就是說，因為這是「放棄債權」的特殊案例，因此不符合一般業務當中的任何類別。

就這樣——

次日下午，半澤將製作完成的請示書提交給內藤。

內藤請半澤坐在沙發上，默默地開始閱讀放在自己面前的厚重資料。春天下午的陽光在部長室形成四方形的向陽處，然而內藤的表情卻一反這樣的景象，依舊顯得嚴肅。

他不知花了多少時間，才把整篇都看完。

內藤讀完最後一頁，閉上眼睛沉默不語。在感覺相當漫長的沉默之後，他總算說了一句：

「我知道了，就這樣吧。」

3

東京中央銀行的董事會議依照慣例在每週二早上九點召開。

過去董事會議是兩星期一次定期舉辦，不過後來中野渡為了促進銀行內部融合，因此提議「不論有沒有議題，董事每週聚集一次交換意見如何」，於是就改為現在的形式。

就這樣，原本是試驗性質的董事會議漸漸成為慣例，後來董事會議甚至被稱為「週二會」，固定每週召開。

董事會議有時會為了重要案件而爭執不休，延長到下午，不過除了有非常緊急的狀況，很少會在週二以外的日子（譬如像這天早上在週四）緊急召開。由此可見中野渡認定這天的議題非常重要。

「關於先前遞交的帝國航空相關議案，請容我來說明。」

在確認開會人數之後，內藤被指名發言。他在說明議題之後，立刻談到請示書的內容。

會場一片靜寂，籠罩著令人窒息的緊張感。

內藤結束大概的說明之後，紀本終於爆發先前一直忍耐的怒氣。

「第二營業部到底在想什麼？」紀本以無處發洩氣憤的表情握緊拳頭。「你們把金融廳的意見書當成什麼？如果在討論之後只能提出這種程度的請示書，根本不能把這麼重要的案件交給你們！」

紀本氣急敗壞地斷言之後，瞪著內藤說：「叫承辦人重寫。」

「這一點辦不到。」相對於情緒激動的紀本，內藤的態度非常冷靜。「如果是內容有問題，我們會立刻重新檢討；但是內容既然沒有問題，就不能要求重寫。」

「真是太不像話了！」紀本的臉頰在顫抖。「重建帝國航空已經是政府的方針。你難道要漠視金融廳的意見書嗎？」

「我並沒有漠視。站在授信管理部門的立場，我相信沒有比這個更正確的結論。」內藤的態度堅定，完全不打算退讓。

「這樣就等於是違逆金融廳的方針了。難道你不在乎嗎？」紀本終於站起來，指著內藤質問。

內藤注視著紀本說：「我的意思是，我們已經做了徹底的研議。在這個基礎之上，希望能夠在董事會議上進行公開光明的討論。討論之後，如果認為這個結論不對，就請否決這項請示書。」

正當紀本想要反駁時——

「我了解紀本常務的心情，但是內藤說得也有道理。授信管理部門如果做出具有政治意味的結論，就會誤判形勢。」中野渡表示理解，封住紀本的口。「接著就來聽聽大家的意見吧。」

「我可以發言嗎？」

舉手的是審查部長前島。他雖然不及同樣是審查部出身的紀本那麼突出，不過他在每一方面都像是把紀本規格縮小的「小紀本」。

「如果只把『有借有還』當作必然的道理，那麼這樣的結論或許沒有問題，但是帝國航空現在已經成為社會議題。如果只主張『不還錢太不像話了』，沒有辦法得到輿論的贊同，反而有可能損害銀行形象，對將來造成不利。我認為此刻即使會造成些許損失，也應該支援重建，以獲得世人信賴為優先。」

「話雖然這麼說，但是五百億日圓的金額，可以稱得上是『些許』損失嗎？」內藤提出疑問。

「不，前島說得沒錯。銀行必須要考慮到社會責任。」

立刻發言擁護前島的是資金債券部長乾。他也是舊東京出身，具有強烈的派系意識。

「五百億日圓的損失雖然很遺憾，不過金融廳的意見書應該也已經納入了這一點。我理解授信管理部門的原則，可是——現在應該以銀行的公共性為優先考量，做出『吃虧就是占便宜』的決定吧？」

內藤皺起眉頭。第二營業部提出的請示書是基於合理判斷製作的，然而此刻這些董事談的根本就是政治判斷。能言善道的乾以巧妙的言語誘導董事會，因為是聽起來好像很有道理的論調，因此更難以對付。

「我們應該尊重金融廳的意向。」

這時紀本再度莊重地開口。他的雙眼直視中野渡，顯示著迎接關鍵時刻的決心與所有的威嚴。

「董事長，眼前的損失確實很慘痛，可是我們現在不能只注重本行利益，而忽視對於航空施政的影響。」紀本以不由分說的口吻這麼說。「專案小組成立的經過或許有問題，他們的處理方式也的確不是很恰當，然而現在要顧及的不是這些細節，應該要俯瞰大局才行。輿論都支持重建帝國航空的債權放棄案，我們應該接受社會的要求，依據專案小組的提案來進行支援才對。」

形勢逐漸傾向放棄債權。會議桌中央的中野渡靜靜地聆聽，一動也不動。

「可以容我發言嗎？」

內藤抓住短暫的沉默，要求發言。

「你的說法似乎認為金融廳希望銀行放棄債權，但真的是這樣嗎？」內藤提出對紀本的反對意見。「金融廳的意見書的確有提到，應重新研議對於航空施政的影響，但絕對不是直接要求放棄債權的意思吧？更何況我們最應該優先的，不是保護航空業界，而是穩定金融體系。我們並沒有說要拋棄帝國航空，而是說要援助他們。企業融資究竟是什麼？做出授信判斷之後進行融資，並且在日後收回——明明能夠維持這樣的原則，為什麼要片面解讀意見書、放棄金融業的本質？難道你認為堂堂東京中央銀行可以做出這樣的授信判斷嗎？我堅決反對放棄債權。」

內藤非比尋常的激烈口吻，讓董事會為之屏息。

「這根本就是詭辯。」

這時紀本斬釘截鐵地否定他的說法。「社會上有誰會這樣解釋？你去看新聞，所有媒體都在報導金融廳對於放棄債權抱持著正面態度。你不知道嗎？」

「媒體的報導並非總是正確的。媒體不是也動不動就批評銀行吝於放款、抽銀根，做些違反事實的報導嗎？即便如此，常務仍舊認為媒體是正確的嗎？」

對於內藤的指摘，就連紀本也無法反駁。

「金融廳一向著重穩定金融體系，這點常務應該也很明白。如果說不放棄債權帝國航空就無法重建，那還可以理解，但是明明不放棄債權也有可能重建，難道要協助顯而易見的政治秀，造成巨額的損失嗎？」內藤將視線從紀本移到中野渡，繼續說：「經營判斷必須隨時顧慮到銀行的利益。第二營業部的見解是分析現有情報導出來的。如果要做出放棄債權的經營判斷，就必須確信將來一定會有助於銀行經營。現在要放棄五百億日圓的債權，就要在五年後、或是十年後能夠得到相符的收益。沒有這樣的理由而只是放棄債權，絕對不能稱作正確的經營判斷。」

內藤率直地對中野渡提出正當理論。他拋開平常優雅的形象，此刻質問的無非是身為銀行員的自尊與決心。

他的氣勢讓等待發言機會的前島和乾懊惱地沉默不語，正以為他們已經沒有反駁餘地，突然聽到紀本格外鄭重的聲音：

「我的意思是，這不是能夠用數字計算損益的問題。」

此刻的紀本展現出優雅的外表之下，粗鄙而執拗的銀行員本性。他從會議桌對面朝內藤翻白眼。這雙眼睛甚至帶有被逼急的殺氣。

「我身為負責債權管理的董事，願意為這個結論賭上銀行員生命。」

這時紀本說出意想不到的一句話。

會議室的所有人都屏住氣息。

「你這話是什麼意思，紀本？」中野渡挑起眉毛詢問。

「我的意思是，如果要依照這份請示書拒絕放棄債權，那麼請先解除我的董事職位。」

他竟然說出這種話。

「這種事已經不是用議論能夠決定的。不論我們現在如何討論，都不會得到正確答案。內藤部長所說的確實也有部分道理，可是憑我長年待在債權回收領域、現在又負責管理東京中央銀行債權的經驗與想法，在這個案件中，本行絕對不能獨斷專行，做出汲汲於確保利益的膚淺行動。絕對不可以。維持金融體系對日本經濟來說固然重要，銀行員的自尊也是如此，不過在那之前，我們身為社會的一份子，有必須守護的東西——這就是我要強調的。我希望能夠否決這份請示書，接受專案小組的債權放棄案。我們應該這麼做。如果無法接受這項請求，我就當場辭去常務董事的職位。」

紀本看出和內藤爭論也無法扳回劣勢，因而使出捨身戰術。

聽到這個意見，會議室頓時鴉雀無聲，連交頭接耳的聲音都沒有。所有人都只是觀望著紀本斷然的決心與中野渡的回應方式。

「是嗎？我知道了。」

不久之後，中野渡說。「既然你有這樣的決心，我也不再多說了。這份請示書，就由紀本負起否決的責任。這樣就可以了吧，紀本？」

「謝謝。」

紀本站起來，朝著所有董事深深鞠躬。面對不曾預期的發展，內藤此時舉手發言。

「如果要否決的話，我希望能夠附帶條件。」

內藤的發言引起場內的人議論紛紛。

「什麼條件？」

「紀本常務的意見，應該是以其他競爭銀行也放棄債權為前提。可是如果──如果主力銀行的開發投資銀行表明反對放棄債權，則不在此限──我希望能夠加上這樣的條件。」

「你還真是不死心。」紀本從會議桌對面瞪他，並且發出嘲笑。「開投銀對放棄債權採取肯定的態度。這種條件根本不可能實現。」

「沒錯。」

贊同的其他董事發言支持，冷淡的視線投射在內藤身上，不過中野渡以超然的口吻打斷他們：

「這樣也好。雖然不知道開投銀的態度，不過即使我們表明放棄債權，要是關鍵的開投銀反對，那就沒有意義了。好吧，雖然否決，但是會加上這個條件。這樣就可以了吧？」

「謝謝。」

內藤在牆邊的座位站起來。紀本瞪著他，臉頰泛紅，似乎在短短的董事會議期間就心力交瘁，眼睛布滿血絲。這時內藤看到紀本的表情雖然嚴峻，但嘴上卻浮現勝利的笑容。這是在決鬥中戰勝的男人為勝利而安心、陶醉的笑容。

4

「託各位的福，今天銀行內部終於決定接受放棄債權。很抱歉讓各位擔心了。」

紀本在榻榻米間的入口處正坐，雙手放在榻榻米上報告。

「是嗎？那就好。」坐在上座的箕部滿意地點頭，招呼他坐在前方的座位。坐在箕部旁邊的白井今天也穿著鮮藍色的套裝，雖然應該也感到高興，但注視紀本的眼神卻有些冷淡。她是因為一直拖到答覆期限的最後關頭才決定而懷恨在心。

「話說回來，為什麼會花這麼多時間？」

白井一副完全不在乎銀行內部情況的態度，似乎仍舊無法平息怒火，不過一旁的箕部卻大方地安撫她：

「有什麼關係，白井大臣。這一來，『白井專案小組』為國民重建帝國航空的準備就完成了。過去的事就既往不咎吧。」

「真是受夠了銀行。」

白井仍舊繼續說，箕部便勸她：

「今後妳應該還會和銀行來往，這種事就當作是上了一課吧。對不對，紀本？」

箕部向紀本徵詢同意。

「請多多指教。」

紀本再度鞠躬，這時才發現原本以為只有三人的餐桌上，另外還準備了一份料理，不禁感到詫異。他從箕部聽到的同席者只有白井的名字，不知道是誰要來。

「同桌的人已經到了。」這時聽到店員的聲音。

「讓你們久等了。」

紀本看到伴隨粗獷的聲音、踩著重重的步伐進入室內的人，內心不禁啐了一聲。

「嗨，乃原先生，很抱歉在百忙之中請你過來。」

箕部表示歉意，乃原便說「不不不，既然是箕部先生的邀請，我很樂意前來」這種言不由衷的客套話，然後自顧自地來到紀本旁邊的空位盤腿坐下。

「我來介紹吧。這位是東京中央銀行的紀本常務，長年以來幫助我許多。然後這位先生就是──」

「我們彼此認識。」

乃原這句話讓箕部睜大眼睛。

「這樣啊。不過銀行應該在各種場面都會接觸到乃原先生吧。」

「不是這樣的。」乃原在面前揮揮手。「我跟這位紀本是小學同學。」

「哦？那真是奇遇。」

乃原對毫不懷疑這麼說的箕部笑了笑，但只有紀本知道他的眼睛後方若隱若現的真實想法。

「這傢伙是當時的班長。」乃原故意提起討厭的話題。「當時的我大概就像紀本的僕人吧。」

紀本只能堆起曖昧的笑容。

「事實上，我們剛剛得到紀本的好消息。東京中央銀行決定贊同專案小組的債權放棄案——」

「嗯，我聽說了。」乃原打斷箕部的話。「雖然拖到很晚，不過總算勉強保住了一線生機。」

聽到乃原的話，箕部和白井都露出詫異的表情。他們或許覺得他說的話很奇怪，或者也可能誤以為乃原說的是自己身為專案小組組長的一線生機。

不過乃原的意思並非如此。他指的不是別人，而是紀本的一線生機。

5

乃原聯絡紀本約他見面，是在年關逼近的去年十二月下旬。當時剛好是上次大選結束、進政黨獲得壓倒性大勝之後。

「好久不見，乃原。聽說你在業界很活躍，真是恭喜你了。」

兩人約在位於新橋的一家鄉土料理店見面。紀本進入乃原等候的半包廂，對他打招呼。他已經將近十年沒有和乃原見面了。

十年前上次見面的時候，紀本是在某團體舉辦的派對會場和乃原重逢。

當時——

「嗨，好久不見。你記得我嗎？我是跟你在池端小學同班的乃原。」

當時是乃原主動對紀本說話。在乃原打招呼之前，紀本早已忘了他的存在。記憶中瘦巴巴的男孩，現在已經是拿著葡萄酒杯站立的肥胖中年男子。雖然以四十多歲的年紀而言白髮有點多，不過他的面貌似乎保有當時的痕跡。

在紀本的記憶中，乃原是個眼神灰暗的男孩，不論如何招惹他，他都不會回手或回嘴，只是沉默不語，以冷淡的眼神看著對方。既不哭也不鬧的態度感覺很可憎，因此紀本老是把乃原視作眼中釘，教唆自己的跟班去欺負他。當時的紀本擅長各種運動，外貌清爽帥氣，又擔任班長，很有女孩子緣。父親擔任銀行分行長，也是紀本自豪的項目之一。當時的紀本（不，即使到現在也是）毫不懷疑地相信銀行員是最有價值的工作。另一方面，乃原身體孱弱，又是個運動白痴，總是穿著別人穿過的舊衣，是個不起眼的男生。不過紀本只有在學業方面輸給這樣的乃原。不論如何努力、不論如何欺負乃原，紀本的成績總是比不上他。

有一天，事件發生了。

「乃原先生的工廠倒閉了。」

契機是某天父親透露的這一句話。紀本在早餐時聽到這個消息，立刻在學校把這件事告訴許多朋友。消息轉眼間就擴散，前一天就向學校請假的乃原幾天後出席時，全校都已經知道這件事了。

「你們家的公司倒閉了吧？不要緊嗎？」

實際了解公司倒閉是怎麼回事的，大概只有乃原本人。乃原面對接二連三的問題，只是紅著眼睛沒有理會。不過這時有人說：

「聽說連紀本爸爸的銀行都被拖累到了。是因為太笨，所以才會倒閉吧？」

這句話讓乃原以充滿仇恨的視線瞪著在角落觀望的紀本。乃原異常激烈的怒氣讓紀本感到驚惶，不過身為散布傳聞的始作俑者，他也下不了臺，因此就對乃原說：

「怎樣？這不是實話嗎？」

他才剛說完，乃原就踢開椅子站起來撲向他。紀本的背部重重地撞在教室後方的寄物櫃，然後又被甩到半空中，最後被重重摔在地板上。運動白痴的乃原不知從哪得來這麼大的力氣，不論紀本如何掙扎，都無法掙脫乃原緊緊環抱住他的雙臂。最後他甚至還咬向紀本的手臂。

紀本痛到哭出來的時候，來到教室的導師把乃原拉開，打了他好幾個巴掌。

「為什麼要打架？」

不了解情況的導師只從同學口中得到「乃原突然撲向紀本」的情報，因此不斷斥責乃原。然而當時的乃原不論如何被追問理由，都不肯說出為什麼要撲向紀本。

「你沒理由就跟紀本打架嗎？」

導師繼續責備他，這時有個旁觀的女生替他說話，告訴老師：「應該是因為紀本說出乃原家的事情才打起來的。」原本一直在哭的紀本被揭穿自己的惡行，感到有些內疚。

他沒有想太多就對朋友說出這件事，這時總算也覺得說了不該說的話。然而導師並沒有責罵紀本，而是以「不管發生什麼事都不能訴諸暴力」的片面理由，繼續責備乃原。

身為班長的紀本總是很乖巧，是個受到老師偏愛的模範生。或許導師也是因為一開始沒問清理由就罵人，因此下不了臺了吧。

當時乃原瞪著那個老師的憤怒眼神，在經過幾十年後的派對會場，從紀本的記憶底層清楚地浮現。

現在想起來，乃原非比尋常的大膽個性，或許就是這樣的兒時經驗造就的——

「原來你在當律師啊？」

當時紀本假裝完全忘記過去的事這麼說，但是因為內心深處產生動搖，使他連自己恢復關西腔都沒發覺。「如果發生什麼事，就拜託你了。」

「嗯。」

乃原回應時看著紀本的眼神，讓紀本感到腹部宛若涼了一截。這雙眼睛在經過這麼久之後，似乎仍舊充滿著靜靜的怒火。嘴脣上浮現的冷笑，也讓紀本感到恐懼。

當時他們只有交換名片就道別了，不過不久之後乃原就以重建專家的身分嶄露頭角，甚至還常常出現在媒體上。

然後在去年十二月的那天晚上——

比十年前更有威嚴的乃原坐在半包廂最裡面的座位，對於紀本的客套話只是隨口應付「沒什麼大不了的」，然後請紀本坐到上座。

乃原不可能只是為了敘舊而提議要和紀本見面，想必是有某種生意上的理由。雖然不知道是什麼理由，不過紀本內心也盤算，和知名的重建律師乃原打好關係，在今後的生意當中應該也有派上用處的時候。

雖然是商務聚餐，不過他們選的這家店是居酒屋風格、氣氛輕鬆的店。話說回來，畢竟是位於商務區的餐廳，顧客層平均年齡較高，也較為穩重。

在酒端來之前，乃原聊著天氣的話題打發時間，等到終於乾杯之後，他拿著紀本的名片端詳，說：

「沒想到你變得這麼了不起。」

「你有接過我們的生意嗎？」

紀本喝酒之後，自然而然地用關西腔說話。

「沒有接過工作，不過曾經在法庭以原告與被告的身分對上好幾次。」

「請你手下留情。」

紀本說完，腦中浮現幾次的訴訟。過去銀行很少在和客戶訴訟時輸掉，不過近年來這樣的傾向有改變的趨勢，東京中央銀行也不例外，而乃原很有可能參與過這些訴訟。乃原這個人就是因為打敗原本不可能打得贏的對手，因而提升自己身為律師的地位。

「老實說，我聽到一些關於東京第一銀行時期的小道消息。」

飯吃得差不多的時候，乃原提出這個話題。桌上的酒已經從生啤酒換成清酒，紀本也開始有些醉了，然而乃原卻不論喝多少都面不改色，看起來似乎也沒有醉。而且雖然是在半包廂，他卻毫不間斷地抽菸。

「什麼小道消息？」

紀本以輕鬆的口吻問。因為是要來見乃原，他剛到這裡的時候還有些緊張，不過隨著幾杯酒下肚，他開始覺得似乎沒什麼好戒備的。一開始的談話還有意識到律師與銀行常務的社會地位，不過在不知不覺中，就變成自幼認識的同學之間的氣氛。

然而乃原接下來提出的話題，卻讓紀本瞬間被拉回現實：

「東京第一銀行似乎參與了不少壞事。」

「別說得這麼難聽。」

紀本想要一笑置之，但是乃原的眼睛沒有笑。

「是誰說那種話——」

紀本對於話題方向的轉變感到困惑便這麼問，但乃原巧妙地閃躲回答，說：

「那種事如果被公開，你應該會很困擾吧？光是董事長道歉還不夠，搞不好連董事職位都不保了。」

紀本猜不透乃原的用意，不過還是試著反駁：

「你在說什麼？我不知道你從哪裡聽來這種無稽之談，不過你到底想說什麼？」

「哦？無稽之談？」乃原露出奸笑，抬起眼珠子看著紀本，彷彿連他的心臟皺摺都能看穿一般。「你們不是和進政黨的箕部先生很要好嗎？」

一聽到箕部的名字，紀本就嚇得差點掉落冷酒的杯子。

「可是借那樣的錢給他沒關係嗎？被社會大眾知道的話，箕部先生也會很困擾吧？你們都知道內情，卻還是融資給他，真是太不應該了。」

紀本知道自己臉色瞬間變得蒼白。

「我不知道你在說什麼。」

這時乃原的眼中閃過銳利的光芒。

「那麼我也可以把這件事告訴週刊。《東京經濟》希望我下次接受訪問。真相如何，記者只要稍微調查就知道了。」

「喂，你在想什麼？別這樣。」紀本只能勉強擠出笑容制止他。

「是嗎？你希望我別這樣做，那就聽聽我的話吧。我有一件事要拜託你。」乃原終於切入正題。「這件事還是祕密——我被任命管理政府的組織。」

只有在這個時候，乃原似乎顧忌被其他人聽到，以低沉平板的聲音說話。

紀本問：「政府的組織，是重整機構之類的嗎？」

乃原搖頭，回答：「說得正確一點，與其說是政府，不如說是大臣的私設諮詢機關。」

「大臣？」

大臣也有很多種。正值大選之後政黨輪替，新政權剛誕生，而此刻正好在組閣的階段。

「國土交通大臣。」

「國交大臣啊。不過還不知道誰會當上大臣——」

「聽說是白井亞希子會受到任命。」

紀本張大眼睛。如果是真的，那麼這鐵定是內部消息。紀本腦中首先浮現的，是在大選特別報導中那襲醒目的藍色套裝。從選舉車上高聲喊話的英勇女性候選人身影，被譽為現代日本的聖女貞德，儼然成為占優勢的進政黨形象領袖。即便如此，幾年前還在當電視主播、當選次數不多的女議員，有可能會被任命為國土交通大臣嗎？

紀本提出這樣的疑問，乃原便很果斷地回答：

「絕對沒錯。白井新大臣在受到任命之後，首先想要進行某家公司的重建，於是就私下找我談，希望我能夠擔任領導角色。我還沒有回應，想要先聽聽你的說法之後，再決定要不要接受。」

「等一下。」紀本無法理解他在說什麼，將右手舉到面前。「為什麼會扯上我？更重要的是，到底要重建哪家公司？」

「帝國航空。」

紀本一聽到乃原回答的公司名稱，便驚訝地瞪大眼睛。

「什麼？那家公司已經確立重建路線了。之前的專家會議通過了重建案，我們銀行也才剛表示贊同。」

「那份重建案會被否定。」

乃原意想不到的發言，讓紀本說不出話來。

「憲民黨擬定的重建案不會被採用。這就是進政黨的方針。」

「既然要這麼做，不快點就沒時間了。」

熟知帝國航空經營狀態的紀本感到焦急。該公司的資金周轉非常險峻，必須儘快讓重建案上軌道並追加融資，否則甚至有可能破產。

「可以請你們放棄債權嗎？」這時乃原的一句話讓紀本凍住了。「我希望銀行放棄債權。開投銀從過去的授信立場來看，應該會接受這項要求。你們那裡希望也能放棄七成的五百億。可以拜託你嗎？」

紀本啞口無言，甚至忘了眨眼。接著他急忙說：

「怎麼可以？太誇張了。這家公司即使不放棄債權也應該可以重建。再怎麼說，五百億日圓也太多了。」

「這樣不行。」乃原駁回他的抗議。「如果不重新擬定重建案，就看不出跟憲民黨的不同了。對我來說，既然接受任命，就要以任何人都看得懂的形式快速重建。為此必須請你們放棄債權。」

「別開玩笑！」紀本終於動怒。「怎麼可能接受這種事！」

這時在香菸的煙霧後方，乃原以可怕的眼神注視紀本。

「既然如此，我就在訪談時說出來。你最好要有心理準備。」

乃原以粗暴的口吻威脅。「我小時候老是被你欺負，就加上四十年份的利息奉還吧。舊產業中央的人知道了，一定會感到悲哀——都是因為跟這種銀行合併，才會弄髒了自己的招牌。」乃原已經調查過，在東京中央銀行內部，不同出身銀行的派系彼此針鋒相對。「對銀行來說，應該會是致命傷吧。」

「拜託，別做那種興風作浪的事。」紀本不禁低頭哀求。

「興風作浪？別說傻話。這不算是小事吧？就某種層面來說，這是正義的告發。你們銀行做的事，根本就是反社會行為。」

乃原的眼中閃爍著銳利的光芒，嚴厲地斥責紀本。

「乃原，我們不是同學嗎？」

紀本試圖訴諸溫情，但乃原卻冷冷地說：「什麼樣的同學？你以前老是嘲笑我，即使你已經忘了對我做過的事，我也絕對不會忘記。」

「那是小時候的事情了。」

「小時候的事情？那我們就來談談大人的事情吧。」

乃原改變語氣，把手中的香菸放在已經堆滿菸蒂的菸灰缸。

「看你是要對航空施政做出貢獻、以救援帝國航空的正當名目放棄五百億日圓債權，或是被揭穿東京第一銀行時代的問題放款、貶低銀行信用，連帶在銀行內部的派系鬥爭中慘敗——你仔細想想哪一種選擇對你比較有利。」

紀本被逼到絕路，不過仍舊試圖反駁：

「可是——可是你剛剛不是說，你被任命管理白井亞希子的諮詢機關嗎？白井的後臺是箕部，你說的話不是自相矛盾嗎？」

「所以我才說，想要先聽你的回應，再決定要不要接受諮詢機關領導者的職位。」乃原說。「如果你拒絕，我就會洩漏我知道的情報。這一來不論箕部和白井有什麼下場，對我來說都不痛不癢。基本上，我原本就最討厭那種派系領袖。他們只會讓日本的政治爛掉而已，最好讓他們吃到苦頭。」

「乃原，你的目的是什麼？」紀本問。

「我想要得到一舉重建帝國航空的中心人物這樣的評價。就只有這樣而已。」

這一來當然會更加提升乃原身為重建律師的地位，贏得許多支付昂貴報酬的顧客。

乃原想要的評價，簡單地說就只是金錢與名譽而已，為此他不惜以近似威脅的方式進行交易。這就是乃原正太這個男人的本性。而此刻，紀本只能無計可施地臣服於乃原。

「我知道了。我會遊說銀行的人接受放棄債權。」

紀本領悟到沒有退路，舉起了投降的白旗。

「鼓吹？別開玩笑。一定要接受放棄債權的條件。」乃原以不由分說的口吻命令。

「我、我知道。」紀本只能點頭答應。

6

此刻乃原完全不提這段對話，面對箕部和白井兩人津津有味地喝酒。

「乃原先生，明天早上就是專案小組的『聯合報告會』了。」

白井以興奮的聲音說。這裡雖然是日本料理店，但白井手中卻握著特別點的香檳酒杯。乃原聽說她平常在箕部面前不會喝酒，不過她大概對於事情的發展感到太開心了。

「要不是因為要召開內閣會議，連我也想要出席。」

「不不不，大臣不用親自到那種粗俗的現場。而且明天的內閣會議，將會討論對我們非常重要的法案。」

「重要的法案？什麼法案？」白井問。

「開投銀的民營化法案。」乃原回答。「就是田所大臣強硬反對的法案。」

「哦，我想起來了。」

白井說到這裡，大概是覺得這不是什麼重大議題，因此沒有進一步詢問。

「總之，政治的事情就請大臣來處理。」乃原拉回話題。「我們在早上舉辦聯合報告會之後，傍晚五點會在飯店舉辦記者會。白井大臣在離開國會之後，請到那裡的會場。我會準備好，讓白井大臣親自發表刪減銀行債權與重建案。」

關於這次的記者會，應該已經先透過白井的祕書安排到行程當中。乃原的準備相當周到。

「這場記者會一定會很轟動。」乃原沾沾自喜地說。

「真令人期待。」白井露出陶醉的表情。

「專案小組原本就是白井大臣的諮詢機關。正式的重建案整理工作可以留待日後，不過光是及早向媒體發表成果，對於進政黨來說應該也有很大的意義。」

「不愧是乃原先生。」

聽到箕部的讚美，乃原莞爾一笑。紀本應酬性質地將香檳杯舉到嘴前，同時觀察乃原的側臉，內心暗自顫抖，對他由衷感到恐懼。

不論是箕部或白井，乃原對這些政治人物表面上順從而實際上毫無敬意，卻能夠巧妙地應付他們並滿足私欲。紀本完全被他老練的手法震懾，一方面因為總算完成自己被指派的工作而放心，另一方面卻比以前更加討厭乃原。

不過這一來，所有的準備都完成了。

不知道接下來會變得怎麼樣。他一想到這裡，突然感到酒醉。他身旁的老菸槍乃原依舊繼續抽菸，使他根本無法欣賞料理的味道與香氣，餐桌上的對話也都浮誇肉麻。紀本腦中開始盤算著要早點結束這場餐會。

7

「賭上自己的職位來請求裁決，根本就是犯規手段嘛！」

這裡是以前也來過、位於新橋的居酒屋。在店內一角粗糙的餐桌前，渡真利從剛剛就一直在發脾氣。不，不只是渡真利，半澤心頭也燃著怒火，眼睛盯著一點在喝酒。

紀本在董事會的發言和容許放棄債權的決定，在當天轉眼間就傳遍總部的授信管轄部門。

「說實在的，這樣怎麼能夠稱為健全的議論？拿自己的職位和議案放在天秤上，根本就不是理性的討論。這是笨蛋的做法。」渡真利評斷。「他吹捧曾根崎丟臉之後，大概還嫌不夠難看吧。」

曾根崎在業務改善命令發布的當天接到人事調動，隸屬於人事部。所謂的「隸屬於人事部」並沒有實際的工作，只是等待外調的職位。

「由此可見紀本非常渴望放棄債權，即使發表謬論也在所不惜。」

半澤說話時，視線一直沒有朝向渡真利，而是朝向放在吧檯上的小型電視。

電視正在播九點新聞。

雖然聽不見聲音，不過畫面中穿著鮮藍色套裝的白井朝著麥克風，一臉嚴肅地滔滔不絕說話，因此可以猜到是在討論帝國航空相關話題。

「這樣感覺好像屈服於那個女人，感覺真討厭。」渡真利也回頭瞥了一眼電視畫面。「政權輪替聽起來很棒，可是看起來只像是外行人在胡搞瞎搞。」

半澤沉重地默默不語，把燒酒加冰塊的酒杯端到嘴脣。渡真利按捺不住，繼續說：

「還有啊，半澤，雖然對內藤部長過意不去，可是『如果開投銀拒絕放棄債權就要和他們站在同一邊』這樣的條件，沒有任何意義吧？根據我得到的情報，民營化法案雖然明天會在內閣會議提出，不過財務大臣持反對立場，所以不會通過。也就是說，開投銀可以名正言順地繼續當公營銀行。」

這也意味著開投銀會傾向接受債權放棄案。

「那個條件是我拜託的。」

半澤的回答讓渡真利瞪大眼睛。

即使是無謂的掙扎，只要有些微可能性，現在就只能賭在這上面。

半澤把視線從電視移回來，再度端起燒酒杯。得知董事會議的結果之後，半澤打電話給開投銀的谷川跟她談過。如果內閣會議通過民營化案，開投銀應該就會拒絕放棄債權，不過這種事不太可能發生。進政黨雖然標榜要擺脫官僚體系，但只有財務大臣田所是前財務官僚，打從一開始就對民營化案表明強烈的反對意見。這樣的局勢無從改變，因此谷川雖然在銀行內試圖反對放棄債權，但也逐漸力不從心。

「不論如何，明天早上就是專案小組的聯合報告會。大概沒救了。話說回來，像那種垃圾桶一樣的報告會，除了垃圾以外還會有什麼東西？」渡真利似乎對這次的事情相當憤怒，因此口不擇言。「為了成就白井那女人，就要白白把五百億日圓丟到水溝裡，真是受不了。」

「沒錯。」半澤也皺起鼻子。「反正她在記者會上，一定會把一切當成自己的功勞，宣傳是她讓可惡的銀行折服的。」

「也就是說，我們被那個白井給打敗了。」渡真利變得有些自暴自棄。

電視畫面切換後，已經看不到白井的身影，只有跑馬燈顯示國會相關新聞。

渡真利重重地嘆了一口氣說：「半澤，只能一直被打，不能還擊嗎？想想辦法吧。」

然而半澤只是默默盯著報導政局的電視，始終沒有回答。

8

聯合報告會當天是星期五，地點是在內幸町高級飯店的豪華會議室。上午九點前，會場就籠罩在異樣的氣氛中。

「又沒有錢，為什麼要選在這麼豪華的地方舉辦？」田島顯露出不信任的態度。

「聽說是乃原的個人喜好。」半澤不屑地回答。這是他事先聽山久說的。

「我們原本想要在公司內舉辦，乃原先生卻主張說，媒體也會來採訪，應該選在氣派一點的地方。結果費用還要叫我們出，沒看過那麼厚臉皮的人！」

山久當時在電話中發洩怒火，此刻則以工作人員的身分站在服務臺，向到場的銀行相關人士一一鞠躬。

當他看到半澤與田島兩人，便深深鞠躬說「今天要請你們多多關照」，不過他的表情充滿悲愴。「很抱歉，事情演變到這樣的地步。」

會場已經坐了幾十個相關人士，但彼此沒有交談，氣氛很凝重。

半澤來到指定的座位，瞥了一眼仍舊無人的開投銀座位。先前聯絡時，谷川告訴他：「應該會先確認過今天早上的內閣會議決定再過去。」內閣會議從上午八點開始，大概會在九點左右得知結果。

此刻山久等人有些焦急地一再進行聯絡，想必是因為谷川遲遲未到。

半澤坐下來，交叉雙臂閉上眼睛，靜靜地等候。

時間是上午八點五十五分，再過五分鐘，聯合報告會就要開始，銀行團恐怕要決定放棄總額超過三千億日圓的債權。

話說回來，我現在到底在等什麼？

半澤張開眼睛，瞪著還沒有任何人到的主席臺，內心感到空虛。

他在等待這場會議開始、等待谷川到場，還是等待身為銀行員的敗北時刻——

這時田島呼喚他：

「次長，次長——」

半澤突然從沉思中被拉回現實，轉頭一看，田島便壓低聲音對他說：

「你的手機剛剛響了。」

「抱歉，我在想事情。」

半澤從公事包拿出手機，看到剛剛傳來的簡訊，不禁屏住氣息。「喂！」他把手機拿給身旁的田島看。

傳送者是渡真利。

——最新消息。田所大臣缺席內閣會議。

「怎麼可能？」接著田島突然醒悟，抬起頭說：「次長，這一來該不會——」他沒有繼續說完。

為了這天早上，渡真利聯絡了霞關的熟人，取得閣揆會議的情報。

——後續情報也拜託了。

半澤得到的回覆只有簡單的一句——「了解」。

田島深深嘆一口氣，這時會場出現變化。

聚集在入口的帝國航空員工的人牆分開，有十名左右的男人進入會場。他們是專案小組的成員。

走在前方的乃原一坐上設置在主席臺的桌子座位，就開口說：「關鍵的開投銀遲到了，不過首先我想要說一些話。」在這樣的開場白之後，他又繼續說：「帝國航空重建專案小組經過這幾個月的徹查與討論，向國土交通省的白井大臣提出有效的帝國航空重建案。作為重建案的一環，我們已經要求往來銀行放棄債權。今天在這裡確認贊成意見之後，就會向所有國民報告重建案的目標。」

乃原說完，將手中的麥克風交給一旁的副組長三國，自己點了香菸就泰然自若地靠在椅背上。

「那麼因為時間到了，首先請出席的各位來報告。我必須先說清楚，這裡不是討論的場合，只是要聽各位報告結果，敬請配合。」

出席者發出伴隨咂舌的嘆息聲，但三國完全無動於衷。「那麼就由大東京銀行開始。」

後方座位的男人站起來。

「本行內部討論結果，正式決定接受債權放棄案。」

「債權放棄金額是依照我們提出的內容吧？」

三國將銳利的視線投射到半澤後方，便聽見「沒錯」的回答。乃原的表情絲毫沒有變化。這也是可以理解的。大東京銀行的授信金額非常少，對於大局幾乎沒有影響。

看來發表順序似乎是從授信餘額少的開始。

「接下來，白水銀行。」

銀行名稱沒有加上尊稱。明明是請求放棄債權的一方，乃原和三國卻完全沒有拜託別人的態度。他們假借官方之威，以蠻橫的態度要求金融機構讓步；這種態度不僅不符合商業原則，也等於是超出了做人的原則。

半澤後排座位的白水銀行人員站起來。

「本行決定依據主力銀行與準主力銀行的做法處理。」

白水銀行的承辦人姓水野，半澤也見過他。因為有將近一百億日圓的授信金額，因此在這次的案件中曾多次來詢問東京中央銀行的處理方式。

「依據別行的做法是什麼意思？」乃原毫不隱藏內心的不悅，以粗糙的聲音詢問水野。「為什麼不正式做出放棄債權的決定？」

「當客戶業績惡化的時候，依據主要往來銀行的做法是金融業界的不成文規定。我們只是依循這項慣例。」水野很果斷地回答。「假設主力或準主力銀行不放棄債權，那麼只有交際程度往來的本行不可能放棄債權。這樣的說法或許不如您的意，敬請見諒。」

半澤回頭，看到先前表明要放棄債權的大東京銀行承辦人明顯露出不悅的表情，但水野的語氣完全不由分說。

「一點主體性都沒有。」乃原狠狠地說。「就是因為這樣，泡沫經濟崩壞的時候，才會發生集體嚴重虧損的蠢事。你們最好記住這一點。」

乃原重新點燃香菸，氣勢凌人地往後靠在椅背上。他雖然憤怒，仍舊顯得從容，大概是因為相信開投銀與東京中央銀行已經決定放棄債權。

然而——

「我們也將依循主力銀行的決定。」

接著被指名的東京首都銀行承辦人如此發言，讓半澤暗自發笑。會場不知何處傳來零星的掌聲。這是銀行團最起碼的反抗。

「我想聽的不是這樣的答案！」

乃原的怒吼聲迴盪在室內，但東京首都銀行的承辦人卻只是泰然自若地重複：

「即使您這麼說，董事會也已經做出決定。」

「銀行這種地方真的是爛到骨子裡！接下來是哪一家？」乃原顫動著臉頰，眼中閃爍著銳利的目光。

「如果是依照債權餘額順序，接下來應該是本行。我是第一信託銀行的代表。」

半澤斜後方有人站起來。

「很抱歉，本行也秉持相同意見，依據主力與準主力——」

「不用說了！」

乃原大聲打斷對方，室內籠罩著幾乎令人窒息的緊張感。乃原爆發的怒氣讓會場悄然無聲，氣氛變得很不安穩。就在這個瞬間，半澤手中的手機震動，通知收到簡訊。

半澤察覺到一旁的田島很緊張地吞嚥口水。此刻握著麥克風的乃原混濁的雙眼正好瞪著半澤，對他說：

「東京中央銀行的承辦人，請向在座的銀行員發表貴行的報告吧。這一來就不用再聽什麼主力、準主力的蠢話了。」

帝國航空的山久走過來，把麥克風交給半澤。半澤站起來，直視正前方的乃原。

「那麼我就在此提出東京中央銀行的意見。關於貴單位提出的放棄債權要求，昨天本行董事會正式做出結論。在這之前，對於沒有明確提出放棄債權根據的這項提案——」

「這裡不是發表意見的地方！」乃原預期到他要批判專案小組便打斷他。

隨著匆促的腳步聲，有幾名男女進入室內，半澤便中斷發言。進來的是以谷川為首的開投銀行員。

谷川瞥了半澤一眼，走向被指定的最前列座位，當場道歉：「很抱歉來晚了。」

「然後呢？」乃原等谷川就座，再度詢問半澤。「我要問的是你們的結論。快說結論！」

剛到場的谷川似乎從乃原的態度察覺到狀況，很顯然地立刻擺出防衛態勢。此刻緊緊封閉住情感的眼睛從乃原轉向半澤。

「那麼我就來報告結論。」半澤將視線從谷川移到乃原，繼續說：「東京中央銀行決定——拒絕放棄債權。」

會場宛若屏住氣息般死寂片刻，然後掀起一陣議論聲。

打破喧囂的是乃原格外嘹亮的怒吼：

「哪有這種蠢事！」

乃原在主席臺站起來，滿面通紅，傲慢地俯視半澤。

「東京中央銀行應該已經在董事會議決定放棄債權。你少在這裡胡說八道！」

乃原激動地痛罵，但半澤卻平靜地回答：

「我並沒有胡說八道。我們的決議有附帶條件，僅限於開投銀同意放棄債權的情況。」

「什麼？可是開投銀還沒有——」

乃原瞪大眼睛說到一半，最前列就有人迅速站起來。

是谷川。

她從半澤接過麥克風，以平靜但清晰的口吻開始發言。

「很抱歉來晚了。我是開發投資銀行的谷川。先前乃原組長吩咐只需要陳述結論，因此我在此簡要地陳述本行的結論。開發投資銀行對於專案小組提出的放棄債權要求，決定予以拒絕。」

乃原感到錯愕，目不轉睛地盯著谷川，連眼睛都忘了眨。

隔壁座位的三國則面色蒼白。

正當兩人因為突然出現在面前的結論而驚慌失措時，門突然打開，一名男子跑進來。

這名年輕男子察覺到會場內異樣的氣氛，似乎有些畏縮而停下腳步，不過立刻又前往主席臺，在乃原與三國之間彎下腰，小聲地報告了某件事。

乃原一聽到他的報告便仰望天花板，好似全身虛脫般癱坐在椅子上。

三國抱著頭。

到底發生了什麼事——

「算了。」

不久之後，乃原以沙啞的聲音吐出話語。「今天就到此為止。」

他說完就搖搖晃晃地站起來，下了主席臺，走向出入口的門。站在那裡的帝國航空員工迅速分開，讓出一條通道。所有人目送他肥胖的身軀離去之後，面色蒼白的三國緩緩開口：

「我了解各位的意向了。今後當你們發現這個決定是錯誤的，也已經太晚了。」

他勉強擠出不服輸的放話，然後引領後方的其他成員快步離開會場。

「我還以為心臟要從嘴巴跳出來了。」

田島擦拭額頭上冒出的汗水，將仍舊蒼白的臉轉向半澤。

「真是受夠了。」

半澤邊說邊再度注視緊握的手機畫面。渡真利剛剛傳來新的簡訊。

——內閣會議通過開投銀民營化案！

半澤立刻回信。

——我知道。謝了。

——啊？

從這個回覆似乎能夠聽見渡真利脫線的喊聲——你為什麼知道？

——我聽柴契爾說的。

——柴契爾……？

半澤再度打開谷川傳來的簡訊畫面。

——民營化案通過。我們會拒絕放棄債權。

這時正要離開會場的谷川回頭看半澤。谷川舉起右手，半澤也對她致意。

「她還真厲害。要整合開投銀的內部意見，應該很辛苦吧。」田島發出感嘆的聲音。

「大概吧。不過直到最後她都沒有放棄。」半澤說。「不愧是『鐵娘子』柴契爾。」

9

紀本趕到時，位於議員會館內的白井辦公室籠罩著令人窒息的氣氛。

白井怒氣沖沖地坐在扶手椅上，即使看到紀本走進來，也只是板著臉沒有說話。平常鮮豔亮麗的藍色套裝，這一天看起來也顯得黯淡無光。隔著桌子坐在對面的是乃原與三國兩人，同樣擺著臭臉沉默不語。

「很抱歉我來晚了。」紀本鞠躬。

「債權放棄案還有附帶條件，這是怎麼回事！我沒聽說過這樣的情況。害得記者會也泡湯了。」乃原責難他。

「那、那是——」紀本緊張到喉底痙攣。「因為董事長採納了承辦人的意見——」他說出有些孩子氣的藉口，額頭冒出大量汗水，從口袋掏出手帕不斷擦拭。

「為什麼沒有跟我說？」乃原繼續追問。「我不是說過，像這麼重大的事一定要事先報告！」

紀本被乃原激烈的怒氣震懾，只能勉強說出類似辯駁的話：

「可、可是——你明明也說，開投銀一定會同意。」

乃原皺起鼻子，露出極度不悅的表情。

「誰會想到內閣會議竟然通過開投銀的民營化法案！話說回來，妳為什麼要贊成這項法案呢？只要大臣反對，就不會有這種問題了。」

內閣會議的決定原則上必須全體同意。即使原本就反對這項議案的田所財務大臣意外因病缺席，只要白井反對，就可以葬送這項法案。然而白井似乎對乃原的責難感到相當意外，此刻她因為驚訝與焦躁而瞪大眼睛，以僵硬的聲音說：

「請問這是什麼意思？我的確贊成了該項法案，不過我只是遵從首相的方針，解決官僚空降的批判。這有什麼問題？」

「有很大的問題。」乃原以布滿血絲的眼睛瞪著白井，憤怒地說：「讓開投銀改變態度的，正是你們進政黨。你們等於是自己掐住自己的脖子！」

白井挑起眉毛，有短暫的瞬間，臉上似乎浮現出對乃原的嫌惡，不過很快又消失了。乃原繼續說：

「開投銀是因為畏懼民營化，才會協助我們，但是現在卻泡湯了。你們到底在想什麼？關鍵時刻竟然因病缺席，我真想掐住田所大臣的脖子。」

乃原咄咄逼人的言詞讓白井的臉色因憤怒與屈辱而逐漸蒼白。事實上，即使知道這種情況，議員資歷尚淺的白井也未必能夠反對。

「這麼重要的事情，都沒有人跟我報告過。乃原先生，你為什麼不跟我說呢？」

白井用憤怒而顫抖的聲音問。

「這種事根本不用說明。」乃原以不由分說的口吻繼續說，「我們被那些官僚擺了一道。進政黨政權說要擺脫官僚體制，結果什麼事都想由議員掌握主導權，因此他們就巧妙地進行這樣的報復。要談理想很好，可是不懂現實的傢伙去談理想，最終結果就是出洋相。」

白井抬起視線的眼中搖曳著怒火。

受到吹捧、空談理想論而不諳世事的議員，終於在醜惡的現實算計中失敗，發覺到自己的無知。

「那麼帝國航空的重建案——」

「我會想辦法。」

乃原對驚慌失措的白井狠狠地說。他再度注視紀本，以怨懟的聲音說：

「我對你太失望了。我不會再拜託你。」

「你、你打算做什麼？乃原——」

紀本察覺到危險，但乃原沒有回答。

「既然如此，不論如何我都要讓銀行答應放棄債權。」乃原抬起燃燒著偏執火焰的雙眼，擠出低沉沙啞的聲音。「他們不給我們面子，我一定會讓他們付出代價。」

10

「到此為止幹得很好，恭喜。」

渡真利高高舉起啤酒杯，很有氣勢地發出「鏗」的聲音撞擊半澤與近藤的杯子，然後一口氣喝了一半左右。

「專案小組的記者會好像很難堪嘛！」渡真利露出勝利的笑容。「債權放棄案宣告正式廢止，正義屬於我們。」

「話是這樣說沒錯，可是帝國航空的重建問題並沒有因此而解決，讓人感覺滿空虛的。」半澤憂鬱地嘆息。「白白浪費時間之後回到起點，公司狀況依舊瀕危。」

「這點倒是沒錯，不過終究還是躲過了危機，算是有意義的勝利。」渡真利給予肯定的評價。「基本上，就算要重建，如果是依靠銀行放棄債權的重建，那也沒有意義。說是要為了帝國航空，可是我們必須謹記的是，要是損及銀行利益，就是賠了夫人又折兵。即使會花更多時間，也一定要讓他們『自力』重建。」

「對了，本行好像還有一個瀕危的人。」近藤一本正經地轉換話題。

「你是說紀本吧？真可憐。」渡真利雖然口中這麼說，臉上卻在竊笑。「曾根崎是那副德性，而且自己捨身力保的債權放棄案，竟然連開投銀都反對，可說是丟光了面子。我聽說董事長對這次的結果也感到很掃興，紀本的評價等於是跌到了谷底。活該。」

「可是紀本為什麼不惜做到那種地步也要接受債權放棄案？」近藤似乎無法釋懷。「半澤，你後來得到什麼情報了嗎？」

「沒有。」半澤稍稍搖頭，然後忽然把視線投向虛空。「我原本以為那是審查部的做法，可是不需要冷靜去想，也知道不可能有那種事。他應該有其他必須同意放棄債權的理由——即使我們聽了也能夠恍然大悟的理由。要不然不可能會堅持那種主張。」

「好像滿可疑的。」渡真利似乎憑獨特的嗅覺察覺到異狀，用食指摸摸鼻尖。「半澤，你要丟著不管嗎？」

「怎麼可能。」半澤搖頭。「我會好好調查理由，遲早會和紀本做個了斷。」

「那就徹底幹吧！」渡真利鼓勵他。「我們差點無緣無故就要放棄五百億日圓的債權了。如果照紀本的意思去做，得利的只有白井和乃原那些專案小組的人而已。」

「還有箕部啟治。」近藤補充。「對了，今天的記者會上有提到箕部選區的話題。半澤，你知道嗎？」他詢問半澤。「某家報社記者提到，聽說箕部為了維持自己選區的航線，介入專案小組的決定，問說是不是真的。」

「是羽田－舞橋航線吧？我也是後來才聽山久部長提起，正感到驚訝。那個記者的消息還真靈通，不知道是從哪裡聽來的。」

「你也這麼覺得？」

近藤露出得意的笑容。看到他的表情，聽他們對話的渡真利瞪大眼睛。

「該、該不會是你？」

「我偷偷告訴常來往的記者。不過我有告訴他，這只是傳聞。」

「真厲害。不愧是精明幹練的公關部次長。」

「別這麼說。」近藤似乎頗為自滿地點頭。

根據山久的說法，這天記者會中唯一的亮點，就是詢問白井這個問題的一幕。

半澤說：「白井雖然堅持不知道，不過據說差點就要露出馬腳了。」

「真可惜。」渡真利弄響指頭關節。

「他們口中說是為了帝國航空，可是最終目的只是為了自己的利益。真是一群卑劣的政客。」半澤狠狠咒罵。「乃原、白井還有箕部——都是因為他們，害帝國航空在這麼重要的時刻白白浪費四個月。」

「因為他們是『清廉政治，進政黨』嘛。」渡真利張開雙臂，以玩笑的口吻說出進政黨的口號。「多偉大啊！讓人高興到想哭。」

「真正想哭的是帝國航空才對。」半澤憎惡地從鼻子吐氣，怨恨地盯著正面說：「這樣下去萬一發生什麼事，我絕對不會放過那群人。」

「半澤次長，我發現奇怪的融資案。」

新的一週剛開始，正在徹查舊東京時代帝國航空相關案件的田島便帶來情報。

第五章　檢查部與難以理解的融資

1

「怎麼個奇怪法？」半澤問。

「這是對箕部啟治個人的融資。你知道本行和箕部之間有過交易嗎？」

半澤盯著田島的臉，然後興致盎然地問：

「到底是什麼樣的融資？」

「我為了製作交給金融廳的報告書，正在翻閱舊東京第一銀行時代以來的帝國航空相關資料。請看，幾年前的承辦人記述虧損路線的文件上，有這麼一段。」

田島翻開舊檔案夾中附的備忘錄。

「羽田－舞橋航線雖然從開通以來就持續虧損，但顧慮到該航線的舞橋市是與本行有密切往來的箕部啟治議員選區，討論撤銷仍言之過早——」

「箕部和本行有密切往來？真有趣。」

半澤緩緩地說。過去或許有往來，但至少在現階段，他們和箕部應該沒有往來才對。「你有沒有調查是什麼樣的往來？」

「箕部啟治還是年輕議員的時候，似乎就和舊東京第一銀行有往來。銀行以營運資金的名目，進行過幾次數千萬日圓的融資。」

雖然說是營運資金，但對方是政治人物，可以輕易想像是為了作為政治資金而融資的。

「這是相關明細——」

田島邊說邊拿出印出來的融資明細。

「已經還款而無法在一般的線上操作掌握的部分，我也拜託系統部挑出來了。」

「五千萬、四千萬，接下來是三千萬——」半澤用手指劃過上面陳列的數字。

「往來的確很密切。」

半澤感到意外。這時他突然看到格外突出的一筆融資，手指停了下來。

「二十億——？」

「沒錯。」

田島意有所指地回答。利息設定以個人客戶來說偏高，融資日是距今十五年前的七月。雖然已經還款，但當時設定的融資期間是超長期的十七年，資金用途為建設大廈的資金。

「次長，你不覺得有點奇怪嗎？」田島繼續說。「一般來說，如果是這類資金，應該是以分期付款之類的定型放款方式處理，可是這筆融資卻當成一般事業資金。」

如果是個人房貸之類的，只要符合一定條件就能融資，可說是套裝型的融資。這類融資手續也比較簡單，一般來說應該會採取這種方式，但是對箕部的融資卻沒有採用。

「也許是有某種不符合定型放款條件的理由吧？」

半澤喃喃說，然後立刻察覺到這項堪稱特例的條件：「起初有七年期間的本金寬限期？怎麼會這樣？到底是哪裡的大廈？」

一般寬限期頂多半年左右。七年實在是太長了。

「作為擔保登錄在資料庫的是這裡。」

田島把列印出來的千代田區麴町一帶土地與建築明細放在桌上傳給半澤，然後說：

「你不覺得很奇怪嗎？」

上面設定的是二十億日圓的抵押權，乍看之下沒什麼奇怪的地方，可是——

此刻半澤的視線停留在資料上的某一處。是擔保設定日期。

「為什麼會這樣？」

他提出理所當然的疑問。設定擔保的日期是融資給箕部啟治二十億日圓的五年後。一般融資不可能發生這種事。

「我不知道。」

田島也搖頭，露出無法釋懷的表情。

「這筆融資的條件是設定擔保，可是看樣子有五年期間都沒有擔保，實在是太草率了。」

半澤問：「你看過箕部啟治的信用檔案了嗎？」

信用檔案中保存了客戶的所有融資情報，其中當然應該也會有延遲設定擔保的理由，然而田島的表情卻顯得更加不解。

「我找過了，可是沒有找到。」他做出意外的回答。

「找不到？承辦部門難道是個人部？」

「登錄上記載的是審查部。」

「為什麼是審查部承辦？」

半澤與田島面面相覷，兩人都感到不解。

「我剛剛去審查部打聽，可是沒有找到任何檔案。」

半澤問：「書庫呢？」

田島回答：「我當然也找過，可是沒有從共同書庫被拿走的痕跡，真的很奇怪。」

銀行的文件因為數量龐大，經過一定年份之後，就會收藏到位於東京都內的資料保存專用共同書庫進行管理。

「真奇怪。」半澤說。

東京中央銀行的請示書保存期間是還款後十年，在這之前不可能會廢棄。

「承辦人是誰？」

「這份文件上面記載的是當時在審查部的灰谷，不過現在的承辦人好像沒有被登錄。我也在審查部待過兩年，從來沒有聽說過有融資給箕部啟治。」

半澤問：「你有什麼想法？」

田島思考片刻，謹慎地回答：

「我聽說舊東京的融資有很多問題，這搞不好也是那種無視規則的融資之一。」

「不能說已經還款就沒事了。」半澤靠在椅背上回答。

舊東京（東京第一銀行）在決定和半澤任職的產業中央銀行合併之後，如何處理在融資部門毫無節制地膨脹的不良債權，成為一大問題。

於是舊東京在合併前的最後決算中，列出該行史上最大的虧損，掃清不良債權，在清理乾淨之後作為東京中央銀行這家新銀行重新出發——原本應該是如此。

然而合併後不久，就發現舊東京第一銀行曾無擔保借出數百億日圓，而這筆錢被拿來作為詐欺事件中取信對方的錢（也就是當成「亮出來給對方看的錢」）。融資的全額變為不良債權，而融資手續不符規定一事也被質疑。當時涉及這件融資的舊東京董事長、新銀行副董事長牧野治因特別背信罪被逮捕。

這起事件至今仍舊鮮明地印在半澤心中。

透過這起事件浮現的問題除了巨額不良債權之外，還有舊東京第一銀行粗糙的融資審核，以及紊亂的經營狀況。舊東京的「黑暗」融資在新銀行成立後仍舊存在的事實，導致東京中央銀行的股價急跌，並有繪聲繪影的傳言指稱這只是冰山一角。

然而就在準備重新徹查舊東京時代問題放款的時候，保釋中的牧野就自殺了，真相永遠被埋沒。這起大事件至今仍舊在東京中央銀行所有行員（不論是舊產業或舊東京出身）之間形成芥蒂。

「順帶一提，當時的審查部長是紀本。」田島意有所指地說。「他該不會和箕部啟治有一定的交情吧？畢竟是『本行密切往來的客戶』。」

田島針對備忘錄上的文字諷刺了一下。

「次長，怎麼辦？我認為不能置之不理。」

「我們稍微調查一下箕部與舊東京之間的關係吧。如果你的假說沒錯，或許可以了解紀本那麼支持專案小組的理由。」

半澤鄭重地盯著文件。「接下來要怎麼做，就看這個理由是什麼。」

2

經過調查，當時負責箕部融資案的灰谷英介現在是法人部部長代理，負責審核中堅企業的客戶。

他在紀本手下製作這份融資請示書時還是調查役，後來在銀行合併之後，他的升遷之途似乎也一帆風順。

田島說：「我去問他吧？」

「不，由我去吧。」半澤說完站起來，前往法人部所在的四樓，在辦公室裡面尋找他們要找的座位。

下午四點多，剛結束當天結算的法人部瀰漫著宛若戰鬥後的虛脫感。半澤與田島經過幾排辦公桌，來到位在窗邊的灰谷辦公桌前方。

「抱歉，可以占用你一點時間嗎？」

聽到半澤的聲音，原本在閱讀文件的灰谷抬起頭，眼中浮現詫異的神情。

「我是第二營業部的半澤。」

半澤簡單地報上名字，然後拿出箕部啟治的相關資料給他看。

「針對這件放款，我有一些事情想要問你。」

灰谷瞥了資料一眼，臉頰頓時變得僵硬。他把右手中的原子筆放在桌上，問：

「放款？你在說什麼？」

「距今十五年前，銀行對當時還是憲民黨重量級議員的箕部啟治，提供二十億日圓的個人融資。在舊東京第一銀行的體制之下，當時是你承辦的業務，不知道你還記得嗎？」

「哦，好像有那麼回事。」

灰谷把視線從半澤身上移開，用有些隨便的口吻回答。灰谷斑白的頭髮剃得很短，一張馬臉掛著眼鏡，看起來感覺很頑固。

「事實上，這件融資長達五年期間完全沒有擔保。請問有什麼特別的理由嗎？」

半澤這樣問，灰谷便靠在椅背上，不耐煩地回答：

「我也不知道。那麼久以前的事，早就忘了。基本上，這筆融資已經還清了吧？

你為什麼現在還去挖掘這種事？」

「因為一些原因，我們想要了解詳情。請問這到底是什麼樣的資金？」

「喂——」灰谷展現出部長代理的威嚴瞪著半澤。「我很忙。你說的原因是什麼？有什麼理由要調查這件事？」

「我負責處理帝國航空的業務。」

一聽到這個公司名稱，灰谷便瞇起眼睛，臉上似乎浮現細微的表情變化。然而這個表情被意志力瞬間消除，接著他臉上浮現明顯的警戒。半澤繼續說：

「我想你應該知道，白井國土交通大臣派遣專案小組到帝國航空，並且要求本行放棄巨額債權。我們在研議處理方式時，發現過去融資給箕部議員的紀錄。因為他和專案小組有關係，因此我們想知道這是什麼樣的交易。」

「你說箕部先生和專案小組有關，是什麼意思？」灰谷以機警的眼神盯著半澤問。

「專案小組是白井大臣的私設諮詢機關，而白井大臣的後盾據說就是箕部啟治。更何況他還企圖把政治考量放入重建案當中，不可能沒有關係。」

「想太多了吧？」灰谷對於半澤的說明完全不當一回事。「這麼久以前的融資，會有什麼關係？別說傻話了。」

「就算沒有直接關係，或許也有助於了解箕部啟治這個人物。這一來應該也能得到一些線索，了解標榜要拯救帝國航空的專案小組實際的情況。我想要知道的是這個。」面對毫不隱瞞焦躁的對象，半澤很有耐心地說。「可以告訴我，這是什麼樣的資金嗎？」

然而灰谷的回應卻相當冷淡。

「上面已經寫了是什麼資金，你看不懂字嗎？」

「大廈建設資金。系統上的確是這樣登錄，可是——」

「我說過了，就是上面寫的用途。」灰谷以粗魯的聲音打斷半澤的話。「除此之外沒有別的。不要在這麼忙的時候問我無聊問題。」

「那麼請告訴我一件事：為什麼這筆融資在一開始的五年期間，完全沒有設定擔保？如果取得土地，設定擔保應該是必然程序吧？」

「購買土地建築的時間之所以拖延，是因為賣方不願意賣。」灰谷不耐煩地說。

「我不知道你在瞎猜什麼，不過你別說些無聊的事了，很煩。」

「賣方不願意賣，竟然先借款？」

半澤指出灰谷話中的矛盾。借入二十億日圓，即使年利只有一%，光是利息也要兩千萬日圓。沒有必要的話，不會有人會笨到白白付這筆錢。

「你想要質疑我們當時的做法嗎?」

灰谷似乎感受到融資態度遭到批判，發出低沉的聲音。「不要挖出這種已經還清的案件來說三道四。」

「我並不是要質疑。」半澤注視著對方，又說：「只是如果有任何問題，我希望你現在能夠告訴我。這一來彼此也可以省很多工夫。」

「怎麼可能會有問題！」灰谷漲紅了臉，斷然地說。「不要來找碴！」

半澤默默地注視著灰谷的態度。

「是嗎?」他終於以平靜的聲音開口，然後稍稍鞠躬。「很抱歉打擾你工作——我們走吧，田島。」

他們背對灰谷，迅速走出法人部的樓層。

「他那是什麼態度！」田島憤慨地批評。

「他畢竟只是個小角色。我要順道去檢查部一趟。」半澤回答。

「檢查部?」

田島反問，但立刻理解到半澤的用意而露出笑容。

「原來如此。」

3

「富先生在嗎？」

半澤站在檢查部入口高喊，就有人不知從哪裡回應：「在喔！」往聲音來源望過去，有個男人在辦公室中央的座位舉起手。

這名半老的男人有一張圓臉，參差不齊的牙齒被香菸燻黃，頭上的毛髮已經相當稀疏，看起來就像條碼一樣。他的襯衫沒扣好釦子，領帶鬆開，袖子也捲起來，不太符合一般的銀行員形象。

「你怎麼會突然來找我？要來的話先說一聲，我就會先訂外賣的壽司了。」

東京中央銀行的檢查部是個大部門，工作型態很自由，將私人用品放入牆邊的一排排寄物櫃後，就在辦公室內好幾張大辦公桌當中找自己喜歡的座位來工作。檢查部被揶揄為「大象墳場」，可說是無望升遷的銀行員等候外調的地方，不過這位被稱作「富先生」的富岡義則卻一直以檢查部部長代理的頭銜，在這個單位待了七年，可說是一個特例。

「太好了。我原本擔心你會不會被調走了。」

「半澤，你是認真的嗎？人事部大概早就把我給忘了。今後我大概也會一直待在這裡，連退休都等不到。」

富岡即使在清醒的時候，看起來也像喝醉一般。他的嘴巴惡毒、態度惡劣，最討厭奉承上司，不過卻精通各種業務，工作能力也很強。他曾經在八重州通分行的融資課工作過，很照顧當時還是新人的半澤，每天工作結束後就會帶半澤去喝酒。

「我是開玩笑的。我只是擔心你要是外出稽核怎麼辦。你要是到外地出差，大概會有三四天都留在那裡吃美食不肯回來。」

對於半澤的玩笑話，富岡假裝生氣地說「你把檢查部當成什麼」，不過嘴角卻帶著笑意。富岡很期待外縣市分行的稽核工作是不爭的事實。

檢查部分為幾個小組，富岡率領的小組每週也會有幾天外出稽核。要在辦公室見到他，也只能在像這樣沒有值班的時候。

「你們先找位子坐下吧。」富岡勸兩人坐下，並問「要不要喝咖啡」就準備走出辦公室。半澤連忙制止他，由田島去走廊盡頭的自動販賣機區買了三杯咖啡回來。

「話說回來，你那麼忙還特地來找我，真是難得。」富岡津津有味地喝著咖啡說。

「事實上，有一件事我想要請你幫忙調查。」半澤說完，打開箕部啟治的文件。

「是關於這個。」

富岡探頭看了看，興致盎然地說：「箕部不就是進政黨那個歐吉桑嗎？」他摸著下巴，一一檢視明細。他的風格雖然有點太過隨興，但檢視文件數字的姿態卻非常有模有樣。這也是理所當然的，畢竟富岡是半澤所敬重的一流銀行員。

「你看，這裡有一筆二十億日圓的融資。」半澤指著談及的部分。「融資目的據說是大廈建設資金，可是卻特例給予七年的寬限期，而且在五年後才設定擔保。一般情況根本無從想像。」

「這二十億會不會被挪用到別的地方？」富岡銳利地指摘。

半澤說：「有可能。」

俗話說「金錢沒有顏色」（註7），但是銀行的工作就是要替金錢上色。因為某某目的需要錢，所以請借給我——回應這樣的委託，就是融資的基本。如果假稱是大廈建設資金而挪作他用，就會構成重大的違約。

「可是這麼大筆的融資，卻放任它五年內都沒有擔保，不可能是單純的失誤。」

「畢竟在稽核的時候就會被發現。」

富岡的這句話，正是半澤他們來到這裡的理由。

在銀行的工作現場，每隔一段期間就有各式各樣的稽核。如果有違反規則的融

7　日本俗語，意指不論什麼名目得來的錢都是錢，沒有區別。

資，應該會在稽核時遭到指摘。

「一般來說，在遭到指摘的階段應該就會設定擔保，可是這筆融資卻沒有這麼做。不對，甚至連有沒有受過指摘都——」

半澤對於舊東京時代的融資抱持著懷疑的態度。他以嚴肅的雙眸看著富岡。

「你看過信用檔案了嗎？」

「問題是找不到信用檔案。」田島從旁回答。「我們找過審查部和地下書庫，可是都找不到。」

「沒有檔案……」富岡有點懷疑地「哦」了一聲，然後拉下戴在臉上的老花眼鏡。「這就怪了。會不會牽扯到某個案子，被人拿走了？」

「目前沒有承辦人的登錄。如果有案子在審核中，應該會在線上登錄，可是連這個也沒有。」

聽了半澤的話，富岡說了聲「原來如此」，然後再度拿起文件。

「這傢伙呢？」

他指著承辦人欄位裡灰谷的名字問。

「我們剛剛才被灰谷部長代理粗魯地趕出來。他想必知道詳情，可是卻不肯說。」

富岡問：「有沒有調查過當時的上級？」

「應該是紀本常務。當時他是相關部長。」

聽到紀本的名字，富岡抬起頭。

「——是紀本啊。」

富岡似乎察覺到事情的重大性，往後靠在椅背上，接著說：

「也許是舊東京時代難以理解的放款之一吧。」就連富岡也壓低聲音。「如果是的話，要調查可能得慎重一點。」

「所以才來拜託富先生。這種事沒辦法請其他人幫忙。」

「你太高估我了。」富岡笑著說，但他立刻收起笑容。「雖然不想要興風作浪，不過如果有問題，那也沒辦法。你什麼時候想要知道？」

「可以的話，希望能夠儘快。」

聽到半澤的回答，富岡瞪大眼睛說「喂喂喂」，但半澤說了一句「這件事跟帝國航空有關」，他似乎就理解狀況並點頭。

「我知道了。如果我發現什麼，就跟你聯絡。」

半澤鞠躬說「拜託你了」，然後離開檢查部。

「那個歐吉桑不要緊嗎？感覺好像滿邋遢的。」

來到走廊時，田島小聲地說出顧慮，半澤便笑著說：

「他看起來雖然不怎麼樣，但是能力卻超強，工作速度也很快。」

「真的嗎？」

田島仍舊一副不相信的表情，不過半澤說得沒錯，短短幾天後，富岡就聯絡他們。

4

這天晚上——

在新橋高架橋下的居酒屋，半澤和田島隔著粗糙的餐桌，坐在富岡對面。

餐桌上擺了烤雞的肝臟、心臟、雞皮。雞皮通常冷掉就不好吃了，但這家店的雞皮即使冷掉了依舊好吃。聽富岡說，這家店用的是契約農家的土雞，大概是真的。

「結果怎麼樣了？」

喝了第一杯啤酒潤喉之後，半澤立刻問。

「我調查過之後，發現這件事有點奇怪。」富岡壓低聲音，眼神變得銳利。「那筆融資是在十五年前，由當時東京第一銀行總行審查部的灰谷英介製作請示書，由上司紀本同意，最終得到最高主管批准；可是這件融資的稽核紀錄卻只有一次。在執行融資的次年，審查部接受該行的融資稽核，被指出沒有設定不動產擔保的錯誤。只有這麼一次而已。」

「請等一下，這不是很奇怪嗎？」坐在半澤旁邊的田島問。「如果在稽核時被指出來，一般來說應該就會設定擔保了吧？即使忘記了，融資稽核至少兩年會進行一次，下次稽核的時候應該也會被指出同樣的問題才對。」

「沒錯。根據我的調查，就如你說的，在第一次的稽核之後，兩年後和四年後審查部都有接受稽核。可是在這些稽核當中，都沒有紀錄到這筆融資沒有設定擔保，甚至根本就沒有成為稽核對象。」

這是令人意外的事實。

「二十億日圓的個人融資沒有成為稽核對象？」田島詫異地問。「這種事在舊產業根本無法想像。」

「不只是在舊產業，在哪一家銀行都不可能發生這種蠢事。」富岡說得也很有道理。

半澤問：「也就是說，他們無視於稽核時的指摘，沒有採取任何因應措施嗎？」

「沒錯。不過接下來就是更詭異的。」富岡一口氣喝光啤酒杯中的酒，然後隔著餐桌湊向前。「紀錄上寫著『已設定擔保，因此解除指摘事項』，做出和實際情況不符的報告。金融廳檢查的時候也有被提出來，可是都當作已經設定擔保了。」

「怎麼可能——」田島驚訝地抬起頭。「這樣不是造假嗎？」

「沒錯，而且還通行無阻。」富岡停頓一下，像是要確認半澤和田島的反應。「怎樣，半澤，就連你也嚇到了吧？」

「與其說嚇到，不如說是驚呆了吧。」

半澤的反應讓富岡抬起嘴角笑了，接著把頭轉到側面叼起香菸。上方響起列車駛過鐵軌的聲音，等到這陣聲音過後，店內再度恢復原本的喧囂。富岡眯起眼睛，吐出煙霧。

「朋友和合併對象真的都要精挑細選才行啊，半澤。」富岡隔了半晌才這麼說，語氣雖然像是在開玩笑，表情卻相當嚴肅。「合併前的舊東京有許多絕對不能讓外界知道的融資案。有對黑道的融資、涉及詐欺背信的融資，還有這種和政治人物勾結而真相不明的人情融資，每一件都是想要從中得利的膚淺傢伙扭曲規則、甚至扭曲人格累積的黑暗融資。其中或許有幾件像這件融資一樣還清了，可是想必也有沒還的，或者是找個冠冕堂皇的名義、繼續融資的。」

這樣的融資案當然會有法遵上的問題，其中應該有許多案件一旦被發現，就會遭到社會大眾的批判。

「這件融資果然也是其中之一。」半澤說。

「現在就斷定或許言之過早。」富岡謹慎地選擇用詞。「不過如果是這樣的話，就可以理解為什麼找不到信用檔案了。」

半澤輕聲問：「會不會是藏到避人耳目的地方了？」

「大概就是這麼回事吧。既然沒有登錄承辦人，即使知道有這件融資案，也沒有尋找的線索。」

「然後就等著有一天被人遺忘嗎？」

這回輪到田島發問。富岡的眼神依舊嚴肅，仰頭喝了剛剛端上來的冷清酒。

「絕對不能就這樣放過。」富岡的口吻與其說是對半澤與田島說話，更像是在對自己說。「即使收回貸款、表面上蒙混過去了，可是使用這筆融資的事實會留下來，然後不知道什麼時候會以什麼樣的形式被世人發現。」富岡銳利地斷言。「而且問題融資說起來好像很簡單，可是不用想也知道，錢不可能自己被借出去。執行融資的終究是人，也就是銀行員。這麼說的話，骯髒的不是錢，而是借出去的銀行員。現在這些骯髒的傢伙都位居高職，橫行在這個組織當中，想到就覺得不舒服，讓人懷疑這世界上還有沒有公理。」

「我也這麼認為。」田島說。「合併之後還因為舊銀行的羈絆而繼續隱瞞，絕對是錯誤的。」

富岡說：「問題融資對銀行經營來說，等於是雙刃之劍。如果暴露出來，銀行的招牌就會受損，有可能喪失信用，不過也不能一直隱瞞。隱瞞一次就會隱瞞第二次。隱瞞只是結果，原因在於組織的體質。銀行的信用必須要克服這種情況才行。」

「你還是跟以前一樣，一點都沒變。」聽著富岡熱誠的談話，半澤感慨地說。「讓我想到快十五年前、我在當你的徒弟那時候的事。」

「跟你一起工作的時候，我也很快樂。」富岡想起從前的事，也這麼說。「這傢伙真的很狂妄，就算是面對上司，只要是不合理的事情，也會條理分明地辯駁。我當時暗中感到高興，覺得有個不得了的傢伙進入銀行了。」

「對了，富先生以前也跟中野渡董事長一起工作過吧？」

半澤忽然想起這件事便問。中野渡過去在營業總部一展長才的時候，富岡應該在他底下工作過。

「那是以前的事了。現在中野渡先生已經當上董事長，而我只是一介部長代理。」

半澤瞥了一眼富岡的表情，想到過去曾經聽說的傳言。

「這雖然只是我的推測，不過富先生待在檢查部，會不會是中野渡董事長的意思？」

田島瞪大眼睛，似乎感到相當意外。半澤繼續說：「我以前曾經聽過傳聞，說有人奉董事長特別命令，在調查舊東京的問題融資。這個人物該不會就是你吧？」

他有一半是在開玩笑。

「喂喂喂，我看起來像是那麼厲害的人物嗎？」富岡這麼說，表情變得凶惡。

「那只是銀行的都市傳說罷了。」

「很抱歉，說了不該說的話。」半澤沒有繼續問下去，再度低頭說「謝謝」。

「半澤，你接下來打算怎麼辦？」富岡問。「難道要袖手旁觀嗎？」

「不會。」半澤在瀰漫著煙霧的店內抬起頭。「我會徹底追究。有一樣東西是警察有而銀行沒有的——」

「什麼東西？」富岡問。

「時效。」半澤回答。「即使是十五年前的融資、而且已經收回貸款，銀行員仍舊沒有時效。銀行員的守則，就是要確實負起責任。以前這樣告訴我的，不就是你嗎？」

「我有說過那種話嗎？」

富岡故意裝傻，然後愉快地哈哈笑。

5

「舊東京的問題融資啊……」渡真利聽了，表情變得憂鬱。「我聽說他們在合併前已經淨化很多了。如果這是其中一件，那就麻煩了。」

這裡是位於新橋的酒吧，鄰近烏森神社，面向小巷子。老屋改建的店內有一排吧檯，二樓也有團體用的包廂，不過現在沒有客人使用那裡。吧檯邊緣有三名一起來的上班族客人，不斷和熟悉的酒保說話。沒有任何人注意聽半澤與渡真利的對話。

「對他們來說，是絕對不希望被調查的事件。法人部的灰谷遲早會向紀本聯絡說你去找過他。這一來，你就會成為紀本的眼中釘。」

「當初要是他們可以認真處理融資，就不會演變成這麼麻煩的事。這都是他們自己的錯誤造成的。」半澤毫不留情。「在反省之前先隱藏對自己不利的事實，這種態度真的很討厭。」

問題放款和一般的不良債權屬於完全不同層次的問題。

不良債權是依照正確程序進行的融資，因為客戶的業績惡化等原因，導致無法收回；另一方面，問題放款則是一開始就有道德風險的放款，和是否變成不良債權無關。

「你打算怎麼處理舊東京的問題放款？」渡真利問。「你要公開指摘嗎？如果你有這個打算，還是放棄吧。即使這樣做，最後也一定會不了了之。站在中野渡董事長的立場，應該也不希望好不容易推動的內部融合遭到破壞。」

「要不要公開，留待以後再來判斷。」半澤說。「在那之前，我要先查清這件融資的真相。」

「怎麼查？你要逼問那個叫灰谷的傢伙嗎？就算問了，那位仁兄應該也不會老實說出來。或者你要質問紀本本人嗎？我不覺得那樣能夠解決問題。」

「嗯，應該沒辦法吧。」半澤把單一麥芽威士忌的酒杯左右晃動，使冰塊發出聲音。「不過即使不問他們，也可以確認實際情形。」

「你要怎麼做？在當時的相關人士當中，找口風比較鬆的人嗎？」

「靠憑單。」

渡真利盯著半澤的側臉好一陣子。半澤繼續說：「箕部從當時的東京第一銀行借的金額是二十億日圓。根據田島調查微縮膠片上的紀錄，這筆錢全額都是現金提取的。」

「現金提取之後，不就沒辦法追蹤金錢流向了？」渡真利感到錯愕，但半澤卻說：

「不，我想應該沒有用現金提取。」

渡真利聽了，露出不解的神情。

「什麼？你剛剛不是才說，是用現金提取的嗎？」

「我說了。」半澤的視線仍舊朝向排列在前方的酒瓶而不是渡真利，繼續說：「可是要用現金提取二十億日圓，在現實中不太可能。」

聽到半澤提出的指摘，渡真利沉思片刻。

「的確。而且也不符實務做法。金額太大了。」

銀行因為資金管理與收益上的問題，一般來說會盡可能減少現金的持有餘額。這是因為把現金放在手邊不會產生任何利息。

除此之外，現金一億日圓的鈔票相當於成年人雙手剛好可以捧起來的體積。如果要支付其二十倍、也就是二十億日圓的鈔票，光是搬運就很費工夫，而且還有安全問題，因此不切實際。

如果要支付那麼大筆的現金，為了安全起見，銀行承辦人員有義務提議「要不要匯款到指定帳戶」，並設法勸服。當時的承辦人員想必也這麼做了。使用匯款的方式，就不用擔心中途會被偷走或遺失，可以確實送到對方的帳戶。更重要的是，銀行也不需要準備巨額現金。

「也就是說，二十億日圓或許只是名義上用現金支付方式處理，實際上沒有用現金支付。」半澤說出自己的推測。「這筆資金想必是以同步處理的方式匯到某個帳戶。你知道我想說什麼吧？」

「我知道。」渡真利忽然以認真的表情點頭。

「也就是說，關於這二十億日圓匯到哪裡，箕部不想要在帳戶留下紀錄。」

這就是半澤的假說。「為什麼有必要這麼做——」

「會不會是因為，這筆錢不是大廈建設資金，而是用在不希望被世人知道的地方——」渡真利輕聲說。「視情況有可能會成為政治醜聞。你該不會要把箕部那傢伙——」

「不不不。」半澤若無其事地說。「我的目的只是要以自主重建的方式拯救帝國航空，除此之外沒有其他目的。」

「你雖然這麼說，不過實際上卻打算全部一起解決吧？」

渡真利以懷疑的眼光看著半澤，不過半澤只是笑笑，沒有回答。

6

「半澤來問融資的事？你為什麼不更早告訴我？」

紀本突然爆發的怒火，讓灰谷頓時面無血色。

「很抱歉。我不知道您這麼在意——」

「怎麼會不在意？既然是那傢伙，不知道會說出什麼樣的話來。」

紀本氣憤難消地瞪著低下頭的灰谷。

這是尊崇紀本的舊東京出身者的集會。

集會名稱是「棺之會」。

命名者是身為已故的牧野治親信的紀本。他在長年追隨的牧野的喪禮，和遺屬一起陪侍在棺材旁邊直到最後一刻。他為了不忘牧野的遺志而取了這樣的名稱，每年會有幾次，在每個月的忌日六日舉辦簡單的聚餐。

這天的聚會在赤坂一家中菜館包廂舉辦，出席者總共有五人。此刻所有人都吞聲屏氣，以憐憫的眼神看著灰谷。

紀本質問：「結果你怎麼回答？」

灰谷抬起頭，提心吊膽地回答：「呃……我回答他，因為是很久以前的事，所以不記得了……」

紀本繼續質問：「你沒有說什麼吧？」

「當然了！」灰谷只有這句話大聲回答，不過他立刻又把額頭貼在桌上，說「真的非常抱歉」。

紀本把視線從這名下屬移開。

「話說回來——」他憎惡地啐了一聲。「那傢伙大剌剌地踏入我們的領域，真是礙事。這筆融資已經收回，還要抱怨什麼？」

灰谷回答：「他說是因為跟帝國航空有關。」

「所以說，跟帝國航空有什麼關係！」紀本的表情變得極為凶猛，讓灰谷嚇得不敢說話。

對於在場的人來說，紀本是絕對不可違抗的人物。對於以紀本為後盾贏得升遷的人來說，作為「母雞」的紀本要是翻船，大家都會跟著翻船。

「不是的，關於這一點，我並沒有——」

灰谷臉頰顫抖，無法繼續說下去。就如他面對半澤的態度，他在面對地位比自己低的人時採取蠻橫的態度，但是面對地位比自己高的人卻非常懦弱。

「他該不會是想要找機會打擊我們吧？」

聽著他們對話的另一個人開口。這個人是審查部長前島。「他或許是想要挑舊東京時代融資的毛病，提出莫名其妙的反對意見。他原本就是品性低劣的傢伙，在大和田先生的事件中也一樣。那個半澤是需要注意的人物。」

完全無視於事情本質、單方面把對方當成壞人，是前島的得意技法。此刻他也展現了這樣的一面，煽起等同於自己領袖的紀本怒火。舊東京出身的大和田曉是紀本的前任，因為某事件而和半澤對立並產生紛爭。在那之後，對於大和田系統的一幫行員來說，憎惡半澤的風潮就難以平息，深深刻印在每個人內心。

「為了避免發生意外，去確認一下你保管的文件安不安全——包括箕部先生的檔案在內。」

紀本下達指示。灰谷此刻面色蒼白，宛若耗盡機油的馬口鐵人偶一般，只能勉強僵硬地點頭。

7

灰谷解決了一大早就必須處理的緊急工作之後，奉紀本之命，在上午十一點多離開東京中央銀行總部的大樓。

他在白板上寫了客戶名稱，接著就前往東京車站搭乘中央線。

他在中途造訪西新宿的客戶，結束了只有形式的面談之後，就直接前往東新宿的某棟大樓。途中他必須在初夏的五月陽光當中，步行十五分鐘左右的路程。

抬頭仰望天空，白雲無視於灰谷的焦慮，悠閒地飄動著。

灰谷走過雜亂無章的車站東側鬧區，過了紅綠燈就看到一棟沒有窗戶、看起來殺風景的大廈，總算停下腳步。他擦拭額頭上的汗水，在小小的管理員辦公室前的通行檢查出示行員證。

保全人員只有一人。後方的辦公室內可以看到還有一名事務員，但是對方並沒有特別注意到灰谷。

沒有人深入質問他是來幹什麼的。即使被詢問，只要回答是來閱覽舊文件，就不會有任何問題。

這棟大廈的正式名稱是「東京中央銀行書庫中心」。這棟不斷老化的建築是距今約三十年前、舊東京第一銀行時代建造的，從地下二樓到地上十樓，整棟大樓主要都用來保管從東京都內分行送來的舊文件。

陳舊的電梯將灰谷載到七樓。門一打開，舊紙特有的氣味便迎面撲來。

這裡簡直就像是文件的汪洋。因為太過安靜，灰谷不禁產生錯覺，彷彿置身於很久沒有開啟的舊圖書館。在只有腳步聲格外響亮的樓層中，層層排列的書架具有壓倒性的存在感，不論何時來到這裡、不論來過幾次，都讓他感覺呼吸困難。

灰谷以毫不猶豫的步伐走向北側牆壁前，停在某一座書架前方，檢視豎立在那裡的標籤。保管空間是依照各分行劃分區塊。

——荻窪西分行。

灰谷張開靠在附近牆壁的梯子，把共六層的書架最上層的紙箱捧下來，放在地板上，然後打開紙箱拿出裡面的東西。

打開檔案夾、確認裡面的文件沒有異常，不需要花多少時間。

接著他數了紙箱的數量，確認是十三箱沒錯。短短不到十分鐘，灰谷來到這裡的目的就達成了。

他經過通行檢查再度來到外面，安心地鬆了一口氣，一反來時急促的步伐，緩緩地走在路上。

保管的文件沒有異常。

基本上，他早已預期到半澤的觸角不可能會伸向這裡。

紀本這個人非常謹慎，而有時他的謹慎會讓灰谷感到受不了。

「這麼忙的時候，還要做這種事。」

灰谷走在熙熙攘攘的街道上啐了一聲，就連他也不知道是針對紀本、或是針對幾乎感到炎熱的陽光。也許兩者都是吧。

當灰谷的身影消失在十字路口對面時，先前在辦公室內的男子緩緩拿起桌上的電話聽筒，按下已經背起來的號碼。

「剛剛法人部有個叫灰谷的來過，跟你通知一聲。」

「喔，謝了。」

電話另一端傳來的男人聲音和平常一樣輕鬆。「你知道他去哪裡了嗎？」

「七樓。我在監視攝影機看到地點，可以立刻帶你過去。富先生，你什麼時候要過來？」

「現在就去。反正今天很閒。」富岡說。「要不要去吃遲來的午餐？我可以請你當作報答。」

「那我想去站前的壽司店。」男人開玩笑地說。

「喂，不要得寸進尺。好吧，你等我一下。」

結束了與富岡的簡短對話之後，大廈的辦公室再度籠罩在無聊的氣氛中。

有人說，銀行是以人和紙構成。東新宿這棟大廈的文件過了保存年限之後，就會被搬出去面臨廢棄的命運，不過仔細想想，作為上班族的銀行員，命運也和紙張差不了多少。

8

「喂，半澤，你還在銀行嗎？」

檢查部的富岡打電話到半澤的手機。時間是晚上九點多，半澤剛好準備將工作告一段落。

「我還死守在辦公桌。」半澤回答。

「我找到好玩的東西，你過來看看。」

電話另一端悄然無聲，既不像居酒屋也不像是人來人往的街道。半澤正在猜是哪裡，富岡便給了意外的回答：

「我在地下三樓的電梯前面等你。」

地下三樓是東京中央銀行的書庫。以約人見面的地點來說很奇怪，不過富岡要是沒有特別的理由，不會隨便說這種話。

「我現在就過去。」

「喂，半澤——」

半澤正要掛斷電話，富岡便叮嚀一句：「你自己一個人過來。知道了嗎？」

半澤瞥了一眼幾乎所有下屬都還在加班的辦公室，回答他「知道了」，然後走入電梯。

東京中央銀行本館是地上二十樓、地下五樓的建築，為了安全理由，構造相當複雜。離開辦公樓層、踏入金庫與書庫等保管重要物件的樓層，不僅會被迷宮般錯綜複雜的通路搞得失去方向感，還會面對防止外人進入的種種安全系統。

半澤從辦公樓層搭電梯到地下三樓，富岡便在那裡迎接他。

富岡腰際掛著成串的鑰匙。他對半澤舉起右手之後，便以熟悉門路的態度進入書庫。聳立在兩側的書架上，整齊地放置著裝有各部門管理文件的紙箱，每個箱子都記載著部門名稱與保管期限。一般文件在這裡保存一定期限之後，就會搬到東京都內的幾處共同書庫之一，經過保管期限之後就會放入碎紙機處理。

地下三樓的書庫是體育館般空曠的空間，完全作為保管文件用，籠罩在幾乎懾人的封閉感與靜寂當中。

富岡不知道要去哪裡，直行穿過這個樓層，一直走到盡頭，然後打開這裡的專用電梯按鈕上方的蓋子，按了數字密碼。

地下四樓是特別樓層，專門保管被認定為極重要的文件，電梯密碼只有各部門次長以上的人才知道。順帶一提，可以進入地下四樓下方、地下五樓董事專用書庫的，只有各董事與祕書室長而已。

富岡在地下四樓下了電梯。他打開這個樓層的電燈，穿過令人感覺沉重難耐的成排書架，以熟練的腳步前往樓層最深處，停在牆邊的某座書架前方。

書架上掛著檢查部的標籤，因此應該是富岡管理的。

半澤原本以為他們要找的是這座書架上保管的文件，但此時富岡卻做出奇妙的舉動。他開始把一座書架往旁邊推。

半澤正要詢問，但立刻閉上嘴巴。他察覺到書架後方出現一扇門。這是很堅固的鐵門，乍看之下就像是牆壁的一部分。

「竟然有祕密房間……」

半澤目瞪口呆。富岡在他面前將帶來的鑰匙之一插入門鎖打開門，進入室內並開燈。

被照亮到刺眼地步的這間房間大約有十個榻榻米大。

富岡說：「銀行這種地方遇到檢查之類的情況，不是都得找地方隱藏麻煩的文件嗎？為了這些不能讓官方、甚至銀行內部知道的最高機密，在設計這棟大廈的時候，據說當時的經營層就祕密下令打造這間房間，現在由我來管理。知道這間房間的人在銀行裡只有五個，不過現在又多了一個。」

富岡以幽默的口吻說話，但眼中並沒有笑意。

房間的四周設置著看起來格外堅固的書架，不過架上幾乎都是空的，只有在地板中央堆放著超過十箱的紙箱。

富岡打開其中一個紙箱，從裡面拿出一個東西給半澤，說「你看」。

那是一本信用檔案。陳舊的紙製檔案封面有舊東京第一銀行的標誌，上面有手寫的客戶名稱。

——箕部啟治。

「這是你在找的東西吧？確認一下裡面吧。」

半澤驚訝地問：「這是在哪裡找到的？一開始就在這裡嗎？」

「當然不是。」富岡微笑搖頭。「原本是在東新宿的共同書庫。」

「共同書庫？虧你找得到。」半澤浮現感嘆的表情。

「有一部分是你的功勞。」富岡說出令人意外的話。「你說你去找過法人部的灰谷，我就猜想，如果灰谷跟這個案子有關，應該會再去確認一次信用檔案。於是我就拜託可以信賴的人幫忙監視都內的共同書庫。果不其然，其中一個人聯絡我，說今天中午過後灰谷去過。」

「那就是東新宿的共同書庫嗎？」

「沒錯。」富岡點頭。「你看這個。」他讓半澤看放在紙箱上的舊標籤。這是在共同書庫標示各分行區塊的塑膠牌子。

「荻窪西分行？」半澤念出寫在上面的分行名稱，然後問：「也就是說，這份文件是這家荻窪西分行保管的嗎？」

「不是。」富岡搖頭。「我長年待在檢查部，知道各式各樣的分行。舊產業中央銀行和舊東京第一銀行都有荻窪分行，可是這兩家銀行都沒有荻窪西分行，而且現在也沒有。你知道這是什麼意思吧？」

「這是虛構的分行。」半澤掌握到狀況，喃喃地說。「竟然想得出這種招數。」

「放在虛構分行保管空間的就是這些文件，總共有十三箱，果然都是很有問題的融資。」

「就是舊東京的問題放款吧。」

半澤看著堆積起來的箱子。

「如果全部暴露出來，銀行的信用大概就會被炸飛到月球上了。」富岡雖然在開玩笑，但眼神卻顯得悲哀。「以一般企業融資名義給大型黑幫的巨額融資、董事介入的迂迴融資、一流企業董事給小三的分手費、股票內線交易，還有給政治人物的人情融資——」富岡說到這裡，指著半澤手中的信用檔案。「你看看裡面。」

半澤立刻找到他想要找的請示書。

這是十五年前執行的二十億日圓融資，承辦人是灰谷，上級的印章欄位蓋的是紀本的章，還有當時董事的同意章。

「那上面有承辦人的備忘錄吧？讀過之後，就可以了解這件融資的全貌了。」

就如富岡所說的，裡面夾了手寫的備忘錄。

製作者是灰谷。

半澤讀完之後，深深吸了一口氣，然後吐出來。

「就是這麼回事。」富岡說完，以同情的眼光看著半澤。「你要怎麼辦？」

「我會先去確認一下這上面記載的事實。」

「也對。還有，在真相明朗之前，這件事最好只有我們知道。這一點你應該也明白吧。」富岡說到這裡，又說：「對了，那份檔案裡面還有匯款單影本。箕部匯入二十億的對象，是一家叫『舞橋不動產』的公司。」

「請等一下。舞橋……？」

聽到這個公司名稱，半澤突然抬起頭。

「你知道這家公司嗎？」

「嗯，聽過。」

半澤找到匯款單的影本，凝視著上面紀錄的公司名稱。「這家公司和帝國航空的相關企業有往來。話說回來，指出這一點的是——金融廳的黑崎。」

「黑崎？」富岡挑起眉毛，面露驚訝的神色，催促半澤：「說詳細一點。」

「在先前的金融廳詢問調查當中，檢討到帝國航空相關企業的時候，黑崎提到了這家舞橋不動產公司。」

半澤把和金融廳對談的過程告訴富岡。

「原來如此。不過以金融廳來說，這項指摘未免太瑣碎了一點。」富岡說出率直的感想。

「的確像是在雞蛋裡挑骨頭。我叫下屬去調查，發現我們的舞橋分行也和這家公司有往來。結論是這家公司的財務狀況沒有特別問題，我們也把這個結論向金融廳報告了。」

富岡默默地聽完，懷疑地說：「實際情況不知道是怎麼樣。」

「實際情況？」

「不論帝國航空是多重要的客戶，金融廳特地點名指出相關企業的往來對象，感覺太不自然了。」

半澤回答：「我當時只當作是黑崎的惡意。」

「可是或許也有別的思考方式。」富岡意有所指地說。

「別的思考方式？」

「搞不好黑崎知道箕部跟這家『舞橋不動產』有關係。」

聽到這句意想不到的話，半澤不禁屏住氣息。

「你是指，他知道這件事，所以偷偷暗示我們？」

「他或許是想要對箕部——不，應該說是對進政黨報復。當然也可能是我想太多了。」富岡說。「金融廳的那場詢問調查，是因為國土交通大臣白井要求而進行的。從金融廳的立場來看，應該是顏面掃地。霞關各部門之間劃分界線的意識很強，可是金融廳卻被迫為了不相干的國土交通省採取行動，而且在那之後金融廳提出的意見書還被插入一句『重新檢討對航空施政的影響』，金融廳的官員一定會感到很不愉快。黑崎或許想要對進政黨的這種做法報一箭之仇。」

半澤沒有想到這一點，但這樣的想法的確不無可能。

對於金融廳來說，放棄巨額債權等於是踐踏自己保全金融體系的努力。如果說黑崎對此強烈反彈也不足為奇。

「這樣的話，黑崎應該是從某個地方得到舞橋不動產的情報。」

「那傢伙身為金檢官，有機會到各地的銀行，所以有可能是在某家銀行進行檢查的時候，得到舞橋不動產相關的祕密情報。」

「我知道了。我會去調查看看。」半澤回答之後深深嘆了一口氣，然後重新望向堆積如山的紙箱。「話說回來，富先生，你打算怎麼處理這些問題放款？」

「怎麼辦才好呢？」富岡的口吻變得悠閒。「關於這一點，我會在接下來的時間慢慢考慮。不過箕部啟治的融資案跟帝國航空有關，所以就交給你了。沒問題吧？」

「好的。」半澤回答，並再度檢視夾在檔案中的灰谷的備忘錄。「如果這件事曝光，紀本就要完蛋了。」

「是嗎？」富岡做出意外的回應。「你仔細看灰谷的備忘錄。」

半澤無法理解他的意圖，再度檢視備忘錄。富岡繼續說：

「那上面根本沒有紀本的閱覽章。」

的確沒錯。

「紀本那傢伙還真是謹慎。這一來，他就可以假裝什麼都不知道。」富岡的眼神變得嚴肅。「你先去找舞橋不動產吧。應該可以找到突破點才對。」

第六章　隱瞞遊戲

1

這段航程從羽田機場飛了一小時左右。

帝國航空的飛機上，除了空位令人在意之外，可以說相當舒適。飛機相當準時，半澤和田島在上午九點多走出舞橋機場，轉乘機場巴士，前往距離機場三十分鐘左右車程的舞橋市區。

他們在市中心的市公所前下車，前往離那裡很近的舞橋分行，上了二樓告知來意，從辦公室最裡面的座位立刻有一名認識的男子起身走過來。他就是分行長深尾。

半澤和深尾曾經一起參加某項計畫。深尾的工作表現雖不華麗卻很堅實，給人深刻印象。

「歡迎光臨，請進。」

深尾露出反映個性的敦厚笑容，邀請半澤與田島進入會客室兼分行長室。

「半澤先生，我聽說了。帝國航空的事很棘手吧？畢竟專案小組的組長是那位乃原律師。」

深尾的這句話讓半澤感到意外。

「你認識他？」

「我在這裡待了很久，之前有一家叫『舞橋交通』的當地企業破產，乃原律師在破產一年前左右擔任這家公司的顧問律師，在破產之前巧妙地移轉公司和社長個人的財產。他或許非常能幹，但是在這裡卻惡名昭彰。」

半澤是第一次聽說這件事，不過乃原是藉由債權回收相關業務竄升的，因此不難想像這種情況。對於債權者來說是可憎的對手，不過從客戶舞橋交通的角度來看，大概沒有比他更可靠的律師了。

「話說回來，你是想要調查舞橋不動產這家公司吧？」

半澤事先已經告知深尾來意。「半澤先生特地跑一趟，難道是發生什麼問題了嗎？」

「這家公司在金融廳的詢問調查中被提出來。」

深尾的表情變得僵硬。關於舊東京的問題放款，以及在地下書庫看到的備忘錄細節，因為富岡也提醒過，因此半澤並沒有說出來。即使是對田島，也還沒告知細節。

「我知道了。請稍等。」

深尾說完走出房間，立刻伴隨一名年輕行員回來。這名行員是三十歲左右的高個子男人。

「敝姓江口，負責處理舞橋不動產的業務。」

看起來很和善的江口鞠躬之後，將夾在腋下帶來的舞橋不動產信用檔案遞出來。

最先翻開的是公司簡介表。舞橋不動產總公司位於舞橋市，是一家昭和三年創業的老字號不動產業者。員工有八百人，年營收約七百五十億日圓，本期淨利三億五千萬日圓。以舞橋市內的公司來說，是數一數二的規模。

「對於本分行來說，當然也是非常重要的客戶。野川社長也是舞橋經濟界的代表人物。」

「你應該認識進政黨的箕部議員。請問他跟這家公司有什麼關係？」半澤問。

「野川社長是箕部先生的外甥。」這是不意外的答案。

「有一件事想要請你們調查。」田島湊向前說。「十五年前，箕部議員曾經匯款二十億日圓給這家舞橋不動產。你知道這件事嗎？」

江口搖頭說：「不知道。我還是第一次聽說。」

半澤說：「很抱歉，如果方便的話，希望可以確認一下當時的財務資料。我想要知道二十億日圓的資金用在哪裡。」

會計文件也有法律規定的保管期限，不過如果是一般企業，往往連很舊的文件也有保留。

「這家公司剛好在申請融資，只要說是為了寫請示書需要參考過去的財務報表，應該就沒有問題了。我們跟這家公司的關係很好，如果找不到文件，也可以直接詢問社長。這樣就行了嗎？」

半澤稍稍鞠躬說：「真抱歉，在這麼忙的時候麻煩你。」

「很高興能幫上忙。分行長，沒問題吧？」

深尾允諾之後，江口便隨同半澤及田島走出舞橋分行。由於步行只需要五分鐘，因此也沒有必要搭乘公務車。舞橋不動產的總公司是外觀清爽的十五層樓大廈，除了一樓的營業處，直到十樓都出租給大企業的地方機構，十一樓到最高層則是該公司的樓層。

半澤與田島在入口處和江口分開，進入附近一家咖啡廳等候。江口進入公司大廈之後，過了快一小時才回來。

「久等了。」

江口進入咖啡廳，手中拿著印有舞橋不動產名字的手提袋。「因為舊文件放在書庫裡，所以花了一番工夫尋找。這樣就行了嗎？」

「太好了。原來還有留下來。」

從袋子裡拿出來的，是融資給箕部二十億日圓的前後三年份的財務報表。江口還很機敏地收齊了接下來五年份的財務報表影本，做事非常仔細。他們立刻回到舞橋分行，承蒙深尾好意借了分行的會議室，把這些資料展開。

「我剛剛確認過資產負債表，箕部先生的二十億日圓是列為借入款項。」

江口邊排列財務報表邊說。

資產負債比是一家公司資產與負債的一覽表。只要看這份報表，就能一眼看出這家公司有多少什麼樣的資產以及什麼樣的負債。日本的企業大多將三月當作決算月份，舞橋不動產也不例外。

「找到了，就是這個。」

田島指的借入款項明細中，記載著他們尋找的名字。

借款來源：箕部啟治。金額二十億日圓。

借款日期和舊東京第一銀行融資的日期一致。

根據江口徹查的結果，十五年前從箕部借來的二十億日圓一直保留在後來的財務報表，直到五年後才透過還款而消失。

田島問：「可以查出這筆資金的用途嗎？」

「我剛剛隨口問一下會計人員，聽說是借來作為營運資金。」

聽到江口的說法，田島有些苦澀地說：

「營運資金嗎？」

在營運資金的名目之下，實際的用途有很多。「不論如何，他的確是以建設大廈名義從舊東京借錢，然後直接轉借給舞橋不動產公司。」

「當時舞橋不動產公司處於虧損狀態，很難向銀行貸款，因此陷入困境。我聽他們說，那時候箕部先生慷慨借了二十億日圓，讓他們得以度過難關。」

當時的舞橋不動產的確處於虧損狀態。那段時期剛好是泡沫經濟崩壞後，不動產公司都陷入苦戰。

田島默默地望向半澤。他的眼神在問「你相信嗎」。

「不可能。」半澤以平靜的口吻斷言。

「為什麼？」

「如果是你，你會借嗎？」半澤反問江口。「從這份財務報表也可以看出來，當時的舞橋不動產處於收益減少的下坡狀態。即使是外甥在經營，也沒有人會把二十億資金借給這樣的公司。要是公司倒閉了，這二十億貸款就得自己來承擔。正常人不可能會冒這麼大的風險。」

「的確……」江口喃喃說。

「可是箕部確實把二十億日圓的資金借給這家公司了。」田島以難以理解的表情指出。「他為什麼要這樣做？」

「可以想像的理由不多。」半澤說。「要不是因為箕部啟治是超級大善人，就是被舞橋不動產的社長掌握到致命弱點，或者——是因為有賺頭。」

聽到最後一句話，田島和江口同時抬起頭。

半澤仔細檢查財務報表的內容，然後說：

「江口，你看這份財務報表，做得非常仔細。」

江口無法理解他的意思，半澤便繼續說：「連每一年購入的土地明細都有附上去。譬如向箕部借二十億日圓的那一年八月，購入了大量土地——」半澤念出上面記載的地號。

「可以拿地圖過來嗎？最好是舊一點的——如果有當時的地圖，那就再好不過了。」

江口走出會議室，很快就拿著銀行配備的地圖回來。半澤把這張因日照而褪色的舊地圖攤開在會議室的桌面。

「這家公司的主要業務是販賣住宅吧。有了，在這裡。」

半澤指出來的是附近沒有道路、接近山林的地點。「這一年，舞橋不動產一舉收購這一帶的土地。他們是打造了新社區嗎？為了釐清狀況，來對照一下現在的地圖——」

江口的臉色明顯變了。

田島探頭看展開來的舞橋市新地圖，也不禁發出「啊」的叫聲。原本是荒郊野外的土地經過開發，現在矗立著新的建築。

「原來是舞橋機場——」

田島喃喃地說，並以錯愕的眼神看著半澤。

2

「也就是說，舞橋不動產當時購入的土地，就是機場預定地嗎？」

在他們常光顧的神宮前串燒店，渡真利壓低聲音問。

時間是晚上九點多，設置成ㄈ字形的原木吧檯座位坐了許多客人。半澤喝完第一杯啤酒後，照例喝著栗燒酒加冰塊。

「不，正確地說還不是預定地。」半澤回答。「當時正好在討論要設置機場，贊成派與反對派彼此爭執不休。不過在次年市長選舉中，箕部他們支持的贊成機場派候選人當選，一口氣開始建設機場。機場預定地是在那之後才發表的。話說回來，當時大家都預期到贊成派會在市長選舉中獲得壓倒性勝利。」

「也就是說，他預期到選票流向，然後爭取在自己購買的土地蓋機場。」渡真利以厭惡的口吻說。「真是腐敗的煉金術。」

「由於購入的土地高價賣出，舞橋不動產成功轉虧為盈，換句話說就是大賺了一筆。他們一舉還清借款，憑著豐厚的利潤迅速擴大業務，再加上這十年來得到帝國航空相關企業的生意，成為舞橋市首屈一指的不動產業者。反正這些生意應該也和箕部有關。」

聽了半澤的說明，渡真利露出呆滯的表情，充分顯示出看透日本政治的某種體察。

「即使知道會成為建設預定地，也不能由箕部本人購買土地，於是就躲在舞橋不動產的招牌之下。這家公司也藉由協助箕部的煉金術，得以脫離危機。可是這種事——」

渡真利的眼神變得嚴厲。

「會變成醜聞。」半澤靜靜地盯著一點，如此斷言。「進政黨是以斷絕金權政治的清廉形象大勝的。如果這件事曝光，一定會遭到輿論攻擊。這一來，因為討厭憲民黨而投給進政黨的國民大概都會覺得被騙了。舊東京的那群人在融資的時候，一開始就知道這筆錢會用在哪裡。」

「怪不得他們拚命要隱藏這件融資案。」

渡真利總算滿意地點頭。

「舊東京第一銀行要是曾經涉入政治和金錢的問題，對於銀行來說會成為信用問題。考慮到和箕部的關係，最好也要隱藏這件事。」

「半澤，我開始頭痛了。」渡真利以食指用力按著額頭，整理思緒。「我知道舊東京那些人想要隱瞞這件融資的理由了。紀本以部長身分通過這件融資，對他來說也是負面紀錄。不過只因為紀本和箕部啟治的關係很好，就去贊成專案小組的債權放棄案，感覺也說不通。不管關係多好，也比不上五百億日圓的損失吧？」

「我也這麼認為。」半澤以嚴肅的表情點頭。「所以我在想，紀本之所以贊同放棄債權，應該有和箕部的交情以外的其他理由。」

「其他理由啊……」渡真利思索片刻，然後喃喃說：「比方說，也許箕部提供其他賺錢機會？」

「怎麼可能會有賺五百億日圓的機會！」半澤輕易反駁。

「要不然是什麼理由？」

渡真利問他，半澤便凝視著煙霧瀰漫的店內某個點，然後說：

「這件事乃原或許也知道。」

「什麼？」渡真利以驚訝的表情問：「這是怎麼回事？」

「這件融資案可以說是箕部和舊東京第一銀行之間的祕密。可是如果乃原知道這樣的醜聞，他可以利用這件事逼迫紀本同意放棄債權。這樣想的話，就可以理解乃原目前為止的態度和紀本的處理方式了。」

「的確有可能。不過如果真的是這樣，乃原是從哪裡得到消息的？」

對於渡真利的疑問，半澤繼續提出假說：

「乃原曾經擔任舞橋交通這家破產的當地企業顧問律師。他很有可能因為某個機緣而聽到箕部收購土地的消息。不只是乃原，也許連金融廳的黑崎也得到了情報。」

「黑崎？」渡真利忽然以嚴肅的眼神看著半澤。「半澤，怎麼辦？你打算拿這件事去質問舊東京那幫人嗎？」

「如果要暴露這件事，必須要下很大的決心。」半澤毅然地說。

「決心啊……」渡真利說，「到底是誰的決心？是紀本，還是你？」

「不。」半澤搖頭。「是中野渡董事長的決心。」

渡真利睜大眼睛，遲遲說不出話來。

3

「真是不好意思，讓中野渡董事長在百忙之中特地撥出時間。」

中野渡到達對方指定的銀座義大利餐廳，先到的乃原便笑咪咪地迎接。

「帝國航空的事，承蒙你的關照。」中野渡禮貌性地打招呼。

「請別客氣。不過事情才剛剛開始。」乃原以悠然的態度回應，不過一雙眼睛瞇起來，令人猜不透他在想什麼。

「要喝什麼酒？有啤酒、義大利氣泡酒、紅葡萄酒和白葡萄酒。還是要喝雪莉酒？」

乃原翻開酒單詢問中野渡的喜好，但中野渡拒絕：

「不用了，我點無酒精啤酒。待會我還要去跟人會談。最近跟以前不一樣，董事長比一般行員還要忙。」

「你說的話真有趣。」

乃原毫無笑容地這麼說，然後依照中野渡的要求點了無酒精啤酒，自己則點了義大利氣泡酒。

前菜是當季鮮魚薄片和蔬菜的拼盤。

套餐料理似乎是乃原預先點好的。這家餐廳雖然裝潢看似高級，但料理卻缺乏個性，而且從乃原吃東西的樣子就可以知道，他對美食一點興趣都沒有。雖然很掃興，不過中野渡原本就不打算和乃原慢慢享受餐點。

「話說回來，我實在沒想到你會邀我出來用餐。請問是不是有什麼事要談呢？」

由於乃原遲遲沒有切入正題，在吃完義大利麵、主菜的魚料理端上來的時候，中野渡終於主動開口，並且冷冷地注視連問都沒有問一聲、就從香菸盒抽出不知道第幾根菸的乃原。

中野渡並不抽菸。乃原在不抽菸的人面前、而且還是在包廂內抽菸，完全不顧慮他人感受，這種態度讓中野渡很不高興；不過這時他只是稍稍皺眉，並沒有說出口。

「距今大概兩年前，我曾經處理過舞橋市一家公司的破產手續。」乃原緩緩地開始說。「這家公司叫舞橋交通，旗下有巴士公司和計程車公司，社長是當地實業界很有份量的人物。你聽過舞橋交通這家公司嗎？」

「沒聽過。」中野渡冷淡而簡短地回答。

「是嗎？事實上，因為這家公司破產的餘波，導致第二地銀的舞橋銀行破產。這件事你應該就記得吧？」

中野渡知道這件事，但他只是默默地催促乃原說下去。

「當時我在處理破產程序的時候，聽當地經濟界人士談起有趣的話題。某家銀行以大廈建造資金的名義，融資二十億日圓給箕部啟治，但是這筆錢不是為了建造大廈，而是作為購買舞橋市內荒野土地的資金。這片土地後來成為舞橋機場的建設基地，讓箕部得到龐大的土地買賣利益。你覺得如何？」

乃原以看不出感情的面孔看著中野渡。

他究竟想要說什麼？此刻乃原的表情開始浮現詭異的笑容。

「一般來說，如果把錢使用在和申請融資時不同的用途，應該會成為問題，但是那家銀行卻沒有提出來。因為打從一開始那家銀行就知道，箕部打算購買即將成為機場預定地的土地來大賺一筆。銀行協助政客骯髒的賺錢手段，真是令人難以領教啊，董事長。」

中野渡沒有立刻說話。

乃原並沒有說出這家銀行的名字，不過不用問也知道他說的是哪一家銀行。

乃原直視著眉頭出現縱紋的中野渡。

中野渡開口：「如果這是事實——」

「很遺憾，這就是事實。」乃原粗魯地打斷他。「如果這種事被社會大眾知道，一定會很有趣。為了大量買進預期會漲價的機場預定地，銀行借出了超乎常理的巨額資金，而且連擔保都沒有。借出的對象是進政黨的箕部啟治。政治與金錢糾纏在一起、毫無道德觀的銀行和政治人物勾結——媒體一定會爭相報導吧。」

乃原的眼中開始呈現異常的熱度，臉上泛起不符場合的笑容，視線彷彿要直入中野渡的內心。

「你到底想說什麼？」

中野渡像是要拒絕他的視線般開口。

「銀行應該不會想要讓社會大眾知道這樣的醜聞。」乃原沒有正面回答，繼續說，「視情況，有可能逼得董事長引咎辭職，銀行的信用也會墜入谷底。這樣沒關係嗎？」

乃原露出奸笑，直視中野渡的眼睛。「不可能沒關係吧？既然如此，還是請你們協助我們專案小組，對社會做出貢獻，不是比較好嗎？」

「你到現在還想叫我們放棄債權嗎？」

中野渡這麼問，乃原臉上的笑容就消失了，目光變得銳利。

「董事長，我要說的是，請你想想哪一種做法對社會比較有利。即使醜聞曝光，也沒有人會得利。該隱瞞的就要隱瞞，這才是讓社會幸福的法則，你說是不是？」

中野渡凝視對方，沒有回答。

「醜聞和放棄債權，哪一種比較有利，請你好好思考。」乃原裝出滑稽的態度說。「反正你應該也沒辦法馬上回答，請回去好好研究吧。這是很重要的事情，最好經過仔細考慮。」

「乃原先生。」中野渡拿起放在膝上的餐巾擦拭嘴角。「這種事並不需要帶回去研究。我可以在這裡清楚表明，無法接受帝國航空的債權放棄案。這是本行的正式決定。」

「哦？那真是遺憾。」乃原絲毫沒有移開盯著中野渡的視線，說：「董事長，到時候即使後悔也來不及了。也許你會失去董事長的職位。」

「我並不打算戀棧這個地位。」中野渡果斷地回答。「如果本行過去的融資有問題，當然要徹底調查並且謝罪。然而這件事和對帝國航空的授信判斷是完全不同的問題，不能放在一起談。」

「你真的認為這兩者是完全無關的問題嗎？」乃原鄙夷地說。「這兩件事都是在同一家銀行發生的。舞橋機場是以帝國航空的定期航班為前提，才能取得民意建造。銀行為了賺錢利用帝國航空，又因為吝於金錢而拒絕援助他們，看在國民眼裡，未免太自私自利了。」

「乃原先生，看來我們彼此的想法相差太大。」中野渡以沉著冷靜的態度這麼說。「繼續在這裡談也沒有用。雖然還沒用完餐，不過我實在很受不了菸味，所以就在此告辭吧。」

中野渡緩緩站起來，準備離開包廂。

「其他行員也是同樣的意見嗎？」乃原朝著他的背影問。「舊東京的人應該會痛恨你吧。要是被外部調查委員會干擾銀行運作，銀行的信用也會墜入谷底。你說你不戀棧地位，但是其他行員又如何？你辭職之後，他們還會留下來，被迫承擔負面的形象。銀行內部融合難道只是口號嗎？」

中野渡沒有回答，但是乃原看到他的臉頰變得僵硬。

「董事長，現實跟理想是不同的，光憑原則沒辦法解決所有現實問題。身為一流銀行家及經營者的你，應該最清楚這一點吧？這是左右銀行未來的問題，請你多花一點時間來思考好嗎？——就約在一星期後的下午五點。」乃原單方面地決定期限。「請你到帝國航空的專案小組總部。我會在那裡恭候你的意見，如何？」

乃原臉上泛起粗俗的笑容，叼起一根新的菸。「我不是在問你的判斷。我要再次詢問的，是銀行的判斷。」

隔了幾秒鐘的停頓，中野渡背對著他回答：

「我知道了——我會赴約。」

這場餐敘就這樣提早結束。

三國接到聯絡前往那家店時，乃原已經到了，菸灰缸堆起菸蒂的小丘。這家店設有L字形的長吧檯。或許因為時間還早，在那裡的客人不到五人。時間剛過晚上九點。

「怎麼這麼早？和中野渡的餐敘結束了嗎？」

三國在旁邊的空位坐下並詢問，乃原便說「他會在下週給答案」，並且轉述餐敘時的對話。

三國問：「中野渡會答應放棄債權嗎？」

「脫離正道的一方，沒有資格主張正道。」乃原瞪著琥珀色的燈光下陰暗的酒瓶。「這種事，中野渡比誰都還要清楚。」

「也就是說，他會選擇隱瞞醜聞，而不是拒絕放棄債權。」

「銀行最害怕的就是失去信用。」乃原斷言。「放棄五百億日圓的債權，隨便都能找到正當理由，可是醜聞卻不一樣。信用這種東西必須花好幾年、幾十年去累積，卻能在一瞬之間失去。而且招牌一旦出現裂痕，就遲遲無法復原。」乃原點燃一根新的香菸，從嘴裡吐出煙霧。「即使採取強硬的態度，當醜聞曝光時，受到的衝擊也無法衡量。他一定會覺得放棄五百億日圓債權輕鬆多了。他不可能不懂這種道理。」

「原來如此。」三國點頭之後，稍微想了想又說：「可是，如果——如果中野渡拒絕這個提案，到時候要怎麼辦？」

乃原沒有回答。

他望著從指尖裊裊升起、無秩序地被攪拌的煙，但他的焦點似乎聚焦在其他地方。

不知過了多久，他終於回答：

「到時候一定會很有趣。」

他發出喃喃自語般的低沉笑聲，眼中帶著扭曲的愉悅神色。

「東京中央銀行和進政黨都會被醜聞纏身，成為眾矢之的。國民對新政權的期待徹底遭到背叛，箕部和白井都將從事業顛峰跌到失意的谷底。」

「可是這一來，我們不是也會遭到牽累嗎？」三國露出不安的表情。

「怎麼可能？我們反而是被害者。」乃原發出嘲諷的笑聲。「我們被迫配合操之過急的白井大臣，又因為追逐自身利益的任性銀行，使得我們所追求的公共利益遭到踐踏。專案小組雖然盡了最大的努力，卻被愚蠢的傢伙阻礙，努力與奉獻得不到報酬，在悲劇中閉幕——」

乃原的口吻讓人分不出是開玩笑還是認真的。接著他突然面露怒色痛斥：「這些人全都是笨蛋！」

泛油的褐色肌膚閃閃發亮，眼窩深處燃燒的眼眸發射怒光。面對他激烈的怒火，三國剎那間膽怯到說不出話來，只能勉強回應：

「希望不會變成那樣。」

4

「常務，很抱歉。」

紀本這一天相當忙碌。在會談之間縫隙般的短暫空檔，灰谷卻臨時要求見面，然後鐵青著臉衝入辦公室，深深鞠躬。

從他的態度也能猜到，發生了非比尋常的事情。

「怎麼了？」

紀本戴著老花眼鏡，臉仍舊朝著手邊的文件，只抬起眼珠子注視慌亂的下屬。

「事情是這樣的——」灰谷吞嚥口水，完全展露內心的焦慮。「我在上午收到行內郵件，裡面是這個。」

他遞出的是寫了荻窪西分行的一塊塑膠牌。

紀本看了一眼，立刻理解到灰谷的來意。

「我連忙去查看共同書庫，發現保管的資料全都不見了。」灰谷說出的內容相當唐突。「我四處找過，還是找不到。上次我去檢查的時候明明還在。」

兩人之間出現了短暫的沉默，接著紀本的眼鏡綻放懾人光芒。他的眼神迅速變化。

「到底是怎麼回事？」壓抑的怒罵聲震動室內的空氣。「你確實找過了嗎？」

「找、找過了。」灰谷渾身顫抖，斑白的短髮看起來就像枯萎的雜草。「我連周邊都找過了，又想說可能有人不小心弄錯、移到別的地方，所以找遍了整個樓層，都沒有找到。」

「為什麼？」

「我不知道。」灰谷此時好像快要哭出來。「怎麼會變成這樣——」

「你有沒有看過通行檢查的紀錄？」紀本立刻提出實務的問題。「不對，更重要的是那塊牌子是從哪裡寄來的？如果是行內郵件，應該會寫上發送部門。」

「上面寫的是檢查部。」

「檢查部？」紀本彷彿在詢問這個詞的意思般盯著灰谷。「檢查部的誰？」

「沒有名字，不過我看過通行檢查紀錄，從我上次去查看的那一天到今天為止，出入過共同書庫的只有一個人——」灰谷吞嚥口水，繼續說：「是一個叫富岡的男人。」

「富岡？」

「檢查部第二小組的部長代理，富岡義則。」

「是舊產業的人嗎？」

「是的。」

紀本盯著灰谷，視線彷彿要把他穿透，接著雙手扠腰仰望天花板。

「他為什麼會知道那個地方？」紀本提出理所當然的質問，但灰谷只是猛搖頭。

「我不知道。也許他是偶然發現——」

「那他為什麼要把這東西寄給你？那傢伙一定知道了！」

紀本指著塑膠牌質問。他不相信偶然。事出必有因。

此刻紀本眼中布滿血絲，心中燃起怒火，高聲喝令：

「去找那個叫富岡的傢伙，逼他招供！」

「請、請問該怎麼做——」灰谷慌亂地問。

「這種事自己去想！」紀本怒吼。「不管是要跟蹤他，或是掌握他的弱點都可以。總之快去找到資料，知道了嗎？」

最後一句話還沒說完，門就打開，祕書探頭進來，似乎是要通知接下來的行程，但是意想不到地看到紀本激昂的模樣，被嚇到僵立在原地。

「我現在就去。」

紀本對祕書說完之後，一邊穿上外套一邊叮囑灰谷：「那是你管理的文件，你必須負責處理好。知道了嗎？」

被留下來的灰谷茫然佇立，不知所措地咬住嘴唇。

5

灰谷離開紀本的辦公室，再三苦思之後，聯絡人事部的木原修也。木原和灰谷是同窗及同梯入行，從學生時代就有交往。

「有件事想要跟你討論一下。很抱歉在你忙碌的時候打擾，不過可以去你那邊談嗎？」

在法人部不知道有誰在監視。灰谷搭乘電梯直接前往人事部，和木原一起進入樓層最裡面的會客室。

「你認識檢查部的富岡嗎？」

「有聽過名字。」

木原負責的是人事部的「高齡員工對策」，也就是替五十歲左右、等候外調的行員安排堪稱第二人生的外調職場。

不論是在東京中央銀行或其他銀行，幾乎沒有銀行員會在銀行一直待到退休。當同梯入行的某個人當上董事，沒有被選上的其他行員面對的就是外調的命運。

過去銀行員的外調職場通常是相關企業或優良客戶，在其他業種看來待遇相當優渥，不過那已經是過去的事了。

泡沫時代的大量雇用、再加上原本有十三家的都市銀行接連合併，使得一家銀行內的外調人員數量變得極為龐大，不可能所有人都分配到優良職場。如今即使是中小微型企業，只要有外調的工作已經算好的了。有不少人首先外調到銀行相關企業，在那裡無事可做，只能排隊等候新的外調工作。此外，擔任過董事與分行長等高階職位的行員，以及無法升到那些職位的人，外調單位和年金金額都會有天壤之別。

牧原就是負責照顧這些心懷不滿與眷戀的五十歲前後的行員。他腦中塞了龐大的人事資料，包含外調候補人員在內。

灰谷問：「他是什麼樣的人？」

「你想要知道精確的資料嗎？」

「可以的話。」

灰谷這樣回答，木原便問：「為什麼？」

即使是朋友，也不可能毫無理由就洩漏行員的人事資料。木原會顧慮到保密也是很正常的。

「都是因為這個叫富岡的傢伙，導致很嚴重的問題。現在沒辦法詳細說明，而且這件事你還是不要知道比較好，所以我也不打算多說，不過這是關係到舊東京威信的問題。事實上，紀本常務親自命令我要處理，可是首先必須了解對方才能採取行動。」

木原聽著灰谷的話，開始操作帶來的筆記型電腦。他大概是在聽到紀本的名字之後決定幫忙。

「西南大學畢業，起點是『池袋』，在『深川』當上主管職。後來在同梯當中率先升上四谷分行的融資課長，然後——」

盯著螢幕的木原停下來，只有視線在追蹤文字。

「合併後調到大塚分行擔任融資課長的時候，發生了大宗倒閉事件。當時發現下屬設定的擔保有失誤，富岡也被追究責任。融資金額七十億日圓當中，只收回兩億日圓，餘額全數都無法收回。在那之後他被調到檢查部，可是——」

「怎麼了？」灰谷看木原沉默下來便問。

「……他升遷了。」木原喃喃地說。

「什麼？」

「他在檢查部內升遷了，升到八級職等。」

木原抬起頭，驚愕地張大眼睛。八級職等在東京中央銀行的人事制度當中，相當於分行長的階級。

「你原本不知道嗎？」

「我知道他是八級職等。」木原回答。「可是我以為他是在某個地方當過分行長，才調到檢查部的。他在被調到檢查部的時候是六級職等，後來竟然升了兩級，一般來說根本不可能。」

檢查部被揶揄為大象墳場，被調到檢查部就等於斷絕升遷之路。

「也就是說，發生了不可能發生的事。」

「就是這樣。雖然不知道理由，不過或許是有人『提拔』。」

木原說出推測，但他似乎也猜不到是誰。

灰谷問：「可是以年齡來說，富岡早就應該被外調了吧？都沒有這類風聲嗎？」

「他或許是外調候補，只是目前沒有具體的消息。不過舊產業是別人在管的，所以我也不是很清楚。」

木原詫異地摸著鼻子。灰谷湊向前，小聲問他：

「喂，我直接問你，可不可以告訴我富岡的弱點？即使要採取威脅手段，也得逼他幫忙才行。」

「事情好像很嚴重。」木原刻意誇張地對灰谷的說法表示驚訝，接著立刻抬起嘴角露出笑容。「不過滿有趣的。」

「不論如何都要讓富岡屈服才行。拜託，提供我一些情報吧！」灰谷雙手在面前合十。

木原忍不住問：「富岡到底幹了什麼好事？」

灰谷不免有些猶豫，但立刻判斷應該說出來比較好。

「他把我們保管在共同書庫的資料搬到別的地方。我們必須奪回那些資料。」

「資料……？」

木原看著灰谷的臉喃喃地說。雖然沒有多說什麼，不過木原的直覺很敏銳，一定已經理解到灰谷等人此刻的狀況。

「那是大問題。可是……」

木原陷入沉思。他雖然不吝協助，但即使是人事部，也不可能會掌握到每一個行員的弱點。他再度操作筆記型電腦，閱覽富岡的各種資料，過了好一陣子才低聲說：「勉強要找的話，就是貸款吧。」

「貸款？」灰谷感到意外。

「富岡利用購屋制度借了行員貸款，還剩下兩千萬日圓左右，而且他還有念高中和大學的兩個孩子。憑現在的薪水，包括教育費在內應該還有辦法調度，不過一旦被外調，視職場待遇有可能會缺錢。他一定會希望能夠調到好一點的職場。」

「原來如此。」

在迎接外調時期的行員當中，有不少人像富岡一樣背負房貸、需要教育費的小孩，甚至還有需要照護費用的雙親。對於這樣的行員來說，外調職場的待遇是生死存亡的問題。

「姑且不論資料的內容是什麼，既然是從共同書庫擅自拿走的，那就等於是竊盜行為。要讓富岡屈服，首先得找到他是犯人的證據。」

灰谷聽木原這麼說，便回答：「我已經拜託幕田去監視富岡。」

幕田健哉是檢查部的部長代理，原本在舊東京審查部任職，屬於紀本一派。他一直負責洩漏共同書庫的稽核情報，在隱蔽資料方面扮演重要的角色。最早調查共同書庫的通行紀錄、認定富岡有問題的也是幕田。

「我拜託他，只要富岡有可疑的動作，就立刻跟我聯絡。」

「如果能夠逮到富岡和偷走的文件在一起的場合，那就再好不過了。可以當作竊盜現行犯逮捕他。」木原眼中閃爍著不懷好意的光芒。「搞不好他會哭著跪在你面前，拜託你不要說出去。看來事情會變得很有趣。」

如果富岡是犯人，一定會在某個時候前往隱藏偷走的文件的地方。雖然不知道藏在哪裡，不過一定要找出來——不，應該說必須要找出來才行——此時灰谷在心中強烈地發誓。

「灰谷，別擔心。那個檢查部舊產業的傢伙只是個窗邊族（註8），根本沒什麼力量。我們可以輕易打倒他。」

受到木原的氣勢鼓舞，灰谷感覺到自己慌亂的心情總算平靜下來。不愧是人事部。

「謝謝你。到時候就拜託你了。」

灰谷雙手放在膝上，深深鞠躬。

「交給我吧。」

木原露出從容的笑容。

6

「有件事讓我有些在意。半澤先生，你有沒有聽到任何消息？」

五月中旬的某個週二早上，帝國航空的山久來訪，壓低聲音如此詢問。在那場報告會之後，專案小組就沒有動靜。在逐日變得緊迫的資金調度不安當中，山久的

8　在日本企業中不受重視而擔任閒職的員工，因常被安排在窗邊座位而得名。

臉色蒼白，眉頭的皺紋也越來越深了。

「你說的是什麼事？」半澤問。

「這個星期五的傍晚，專案小組好像要召集常採訪的記者。」

山久告訴他的是意外的事實。

半澤問：「他們要舉辦記者會嗎？」

「我沒有得到消息。」山久含糊地回答。「不過據說中野渡董事長也會到場。」

「中野渡？」半澤稍稍瞪大眼睛。「我完全不知道。」

「真奇怪。」山久歪著頭感到不解。「專案小組聯絡我，說中野渡董事長也會來，要我準備好大廈的通行證。還有，箕部議員和白井大臣也會出席。」

半澤不禁與身旁的田島面面相覷。山久問：「高層之間是不是談過什麼？」

「不會吧？」

半澤雖然否定，但山久的情報不可能會有錯。

結束會談之後，半澤在電梯間和山久道別，然後快步走回第二營業部的辦公室。

內藤的部長室通常都開著門。

半澤探視的時候，內藤戴著老花眼鏡，正在閱覽被送來裁決的文件。

東京中央銀行的融資案原則上都以電子方式進行裁決，不過內藤習慣先印出來。他向來認為和電腦螢幕比起來，閱讀印在紙上的文件比較適合思考與檢視，幾乎不會改變這項原則。

半澤打了聲招呼，戴著老花眼鏡的內藤便移動視線。

「董事長好像要在星期五拜訪專案小組。請問你有聽到相關消息嗎？」

內藤動了一下眼睛。半澤察覺到他的意思，便關上背後的門。

內藤離開辦公桌，招呼半澤坐在沙發上，自己則坐到扶手椅，翹起二郎腿，然後把右手大拇指和食指貼在下巴。

「我聽祕書室的人說，董事長私下和乃原見了面。」

半澤在他眼中看到複雜的思緒。

「我無法接受。」半澤平靜地開口。「負責帝國航空業務的是我們。如果專案小組方面提出任何提案，應該把情報提供給部長和我才合理。一開始指名要我承辦帝國航空業務的，不就是董事長嗎？」

「你說得沒錯。」內藤邊說邊嘆息。「不過我認為，董事長之所以沒有告訴我們這件事，應該有他自己的理由。」

「這只是我個人的推測——」半澤先如此聲明，然後說：「乃原會不會得到了舊東京問題放款的相關情報？」

他已經把對箕部融資的事告訴內藤。因為是敏感的問題，內藤大概也還在考慮要如何處理。

「我不知道乃原是從哪裡得知的，不過他常常接觸債權回收的案件，即使偶然得到這類情報也不足為奇。」

「你是說，他拿這個情報和董事長打交道？」內藤嚴肅地皺起眉頭。

「我只是認為有這個可能性。順帶一提——」半澤繼續說，「關於那件二十億日圓的不當融資，董事長也有可能在乃原提起之前就已經知道了。」

如果半澤對於富岡身分的推測正確，情報應該早就傳過去了。話說回來，這一點也還無法肯定斷言。此刻半澤面對的，是銀行這個大組織千奇百怪的後舞臺。

內藤收起表情，兩人之間出現空虛的沉默。

此時半澤腦中閃過一個念頭：內藤會不會也早已透過某個管道得到情報？在銀行，情報的優劣往往就決定了勝負。

完全坐在扶手椅裡的內藤開始思索某件事，漫長而難耐的沉默便籠罩在室內。

7

公關部的近藤主動邀約，問半澤如果還沒用餐要不要一起去吃晚餐。時間是晚上九點多。

近藤也找了渡真利，在新丸大廈的日本料理餐廳訂了較靠裡面的餐桌座位。

「事實上，今天有幾個記者來詢問我，所以我想要問半澤這件事。」

近藤等生啤酒的乾杯結束後切入正題。「這個星期五，董事長似乎要去專案小組跟乃原面談。你聽說這件事了嗎？」

「我沒有得到正式通知，不過我知道有這麼回事。真是不愉快。」

半澤靠在椅背上，視線聚焦在手邊的杯子。

「記者問我，是不是要發表什麼重要事項。是這樣嗎？」

半澤回答：「也許是乃原拿揭露醜聞來威脅，要求放棄債權。」

「你說『也許』，是什麼意思？」渡真利的臉色變了。「基本上，放棄債權那件事已經結束了吧？」

半澤憎惡地說：「本來以為已經結束，沒想到又死灰復燃了。是乃原讓它復活的。」

「到這個地步還想要用政治解決？別開玩笑！」渡真利激動地怒叱。「哪有這種事？這樣不就只是在隱蔽醜聞嗎？」

「不過我也可以理解董事長的心情。」近藤開口。「最近白井大臣在媒體上不斷片面地批判銀行，說帝國航空重建案之所以沒辦法確定，都是銀行害的。有很多人被她的言論蠱惑，使得『銀行太過分』的聲浪逐漸變得不可忽視。」

渡真利焦躁地瞪著近藤說：「既然如此，你應該多去宣傳銀行的立場才對。這不是你的工作嗎？」

「不用你說，我也在做了。」近藤也回嘴。「也許你沒有發現，不過《週刊EMERALD》連續推出譴責專案小組蠻橫行徑的獨家報導，《東京經濟新聞》連載的帝國航空相關報導也主張，進政黨政權和專案小組的做法比較有問題。兩者都是由我們提供的情報作為基礎。」

在半澤看來，輿論是正反各半。

然而站在服務業的銀行立場，輿論有一半反對自己的經營判斷，絕對稱不上可喜的狀況。這點或許會對中野渡的決定造成影響。

「我從記者聽到消息，現在開始有人主張請董事長到國會的國土交通委員會當證人。」

聽到近藤的情報，渡真利緊張地問：「真的嗎？他們要找董事長去批鬥嗎？」

「進政黨應該也急了吧。」近藤以嚴肅的表情說。「如果帝國航空的重建遇挫，作為執政黨等於一開始就跌了一跤。現在有各式各樣的傳聞，像是背後有箕部啟治在操刀，或是因為在開投銀的民營化法案搞砸、所以想要藉此來彌補之類的。」

「都到這個地步了，還要幫忙掩護白井嗎？」渡真利啐了一聲。「他們大概打算不擇手段、憑蠻力來強迫我們屈服吧。」

近藤說：「星期五那場，箕部好像也會去支援專案小組。專案小組的乃原、白井還有箕部——這些人只要攜手強迫我們放棄債權，接下來就能讓其他銀行也跟隨了。他們大概想要先解決我們，然後再攻下主力的開投銀。」

「真是骯髒的手段。」渡真利皺起眉頭，接著問：「半澤，你要怎麼辦？難道要讓進政黨和專案小組予取予求嗎？」

「怎麼可能。」半澤冷靜地壓抑怒火。「即使對方是政客也一樣，這回一定要好好把帳算清楚——人若犯我，必定加倍奉還。」

8

在距離國會不遠、位於平河町的中式餐廳包廂，箕部、白井、專案小組的乃原與三國，還有東京中央銀行的紀本齊聚一堂。

「也就是說，要在媒體面前集中批判中野渡董事長吧？」白井問。「即使是中野渡董事長，受到這麼嚴厲的輿論批判，應該也會改變想法。」她看著隔壁座位的箕部尋求同意。

然而箕部提出的不是同意而是疑問。

「那個男人有可能當場同意放棄債權嗎？」

「會的。」乃原展現自信。「他本人都說要來了。如果打算拒絕，一開始就不可能會答應赴約。」

「話說回來，不愧是乃原先生。」白井轉為恭敬的語氣。「竟然能夠直接和董事長交涉，說服對方。」

就在這個時候——

隨著刺耳的聲音，紀本手邊的玻璃杯被打翻了。

「真、真的嗎？乃原！」

紀本毫不理會被流出的啤酒弄濕的褲子，發出顫抖的聲音。這副驚慌失措的模樣讓白井目瞪口呆，但他沒有心思顧及形象。

「你有什麼不滿嗎？」乃原混濁的眼睛挑釁地看著他。「一開始要是你能好好說服董事長，就不需要花這麼多工夫了。」

「你該不會……該不會說出那件事了吧？」

紀本狼狽不堪，但乃原只是以平淡的表情面對他，沒有立刻回答，先喝了一口杯中的啤酒，然後才若無其事地告訴他：

「我當然說了。」

「為什麼……」

紀本發出垂死般的細微聲音。「為什麼要這麼做？我不是說過，這件事絕對不能說出去嗎？」

「你們到底在說什麼？」白井看他們討論著只有兩人才知道的話題，便問，「可以說明給我們聽嗎？」

「我們在談的是箕部先生和舊東京第一銀行的交易。」

箕部意外地聽到自己的名字，瞪大眼睛問：

「乃原先生，這是什麼意思？」

「就是您和舊東京第一銀行曾經密切往來的過去——比方說那件舞橋土地收購資金的事。」

聽到乃原的回答，箕部的臉色迅速變了。

「你、你為什麼會知道……」箕部瞪著紀本問：「是你說的嗎？」

「怎、怎麼可能——」紀本蒼白著臉搖頭。

「我以前曾經處理過舞橋某家公司的破產程序。請不要誤會，我並沒有違反保密原則，只是在職務以外碰巧聽到傳言。在經濟界似乎是公開的祕密。」乃原毫不在意箕部的怒火，從容地說，「不過別在意，箕部先生。我沒有對其他人說過，也不打算說出來。」

乃原露出奸笑，箕部則收起表情。「如果你擔心我告訴中野渡董事長的後果，請別擔心。他畢竟身為東京中央銀行的董事長，對於和您之間的交易也有責任，也就是命運共同體。銀行跟政治人物一樣，最怕醜聞。與其犧牲信用，還不如放棄五百億日圓的債權比較便宜。紀本，你說對不對？」

紀本收起下巴，盯著桌面沒有回答。

「如果說有影響，頂多就是隱瞞這件事的舊東京第一銀行的人會被中野渡討厭。紀本常務似乎是在擔心這一點。」乃原露出惡毒的笑容。

「我好像理解了。」開口的是三國。「我之前一直覺得不可思議，乃原先生為什麼能夠對東京中央銀行這麼強勢。原來是因為有這種特殊情況。」

「這麼說，中野渡董事長原本不知道銀行跟箕部先生的交易嗎？」白井瞪大眼睛問。

「我主張應該要告訴他，但是紀本卻希望繼續隱瞞這件事來進行交涉。」

把中野渡董事長叫到媒體面前讓他屈服——原本為了這樣的計畫而高昂的現場氣氛，此刻變得相當不安穩。然而乃原似乎不以為意，臉上反而帶著開朗的表情。

「乃原先生真是令人敬畏。」不久之後，箕部以鬆了一口氣、卻又驚嘆的口吻說。「要是變成敵人，那就很可怕了。對不對，白井？」

白井屏住氣，沒有回答。

「但是既然乃原先生這麼說，我就相信吧。不論之前的經過如何，現在都要為交涉的最後一步進行準備。乃原先生，你是這個意思吧？」

箕部的語氣雖然溫和，但眼中卻蘊含著警戒的光芒。這是絕對不信任乃原的眼神。基本上，箕部原本就不信任他人。對他來說，人是會背叛的，而自己也背叛過其他人。他和原本是夥伴的憲民黨分道揚鑣，與同派系的議員共同成立進政黨，也是這樣的背叛之一。

「當然了。不相信像我這樣的人，還能相信誰呢？」

乃原迎合地回應，然後對進入包廂的服務生說：「喂，有人打翻啤酒了，幫他拿毛巾過來吧。」

紀本用遞來的毛巾擦褲子，失去表情的眼神空虛，臉上仍舊沒有血色。

對箕部的融資是舊東京隱瞞的最高機密之一。

不論是在什麼樣的情況下，被中野渡知道這件事都是一大憾事。此刻中野渡一定在考慮要如何處理這個案件。

紀本自己應該有辦法脫身，也有自信能夠為自己辯解，但問題是這一來，舊東京出身的行員在銀行的立場會更加薄弱。更重要的是，這樣違背了自殺的牧野的遺志。對紀本來說，最重要的不是東京中央銀行的利益，而是舊東京行員的自尊與自保。

「我會在記者面前好好修理中野渡。」乃原話中洋溢著自信與確信。「對於箕部先生和白井大臣來說，也會是最佳的宣傳機會。進政黨，萬歲！」

「真有趣。」

箕部笑嘻嘻地把端來的紹興酒杯舉到嘴前。對於這樣的發展，白井和三國也帶著興奮的神情，目光變得炯炯有神。

只有紀本一人忐忑不安而心不在焉。

對了，文件。

紀本想到的是這件事。灰谷說遺失的那些文件——雖然不知道乃原是怎麼對董事長說明的，不過只要掌握那些文件，就可以蒙混過去。

但是灰谷在報告文件遺失之後，到現在都還沒有聯絡。

他到底在幹什麼？

在這個令人窒息的場所，紀本心焦如焚，不禁皺起眉頭。

9

檢查部的幕田在電話另一端壓低聲音說話。

「他現在到地下書庫了。馬上過來。可以當場抓住他。」

他似乎正拿著手機奔跑，氣喘吁吁，說話有些結巴。

「我知道了，我馬上過去。」

灰谷還沒按下結束通話鈕就已經站起來，邊跑邊用手機通知人事部的木原。

他內心湧起無處宣洩的憤怒。

在長年的銀行員生活中，灰谷自認努力不懈地付出貢獻。對箕部的融資或許有問題，但那也不是他憑自己的意志做的，更不是為了自己的利益。

他只是聽從上司吩咐，拚命完成工作。像這樣賣力工作超過二十五年後得到的地位，竟然因為這種事而面臨動搖。

懊惱與憤怒激烈地撼動並擾亂灰谷的情緒。

電梯一停在人事部的樓層，木原就意氣昂揚地走進來。

「如果可以當場抓到，那就太好了。」木原的眼神顯得興奮而濕潤。「一定要徹底打倒他。」他充滿鬥志地說，臉上泛起讓人感覺不舒服的笑容。

「唔。」灰谷發出呻吟般的回應，臉頰僵硬，盯著直線下降的電梯樓層顯示燈。

「哦，木原次長也來了。往這邊走。」

在電梯間等候的幕田穿著舊舊的西裝與領子泛黃的襯衫，臉孔長得像鼬鼠一樣。

三人快步走向書庫的入口。

在幕田具有特色的面部中央，鼻孔興奮地張開。

「狀況怎樣？」

一行人進入往地下四樓的電梯時，灰谷詢問。

「他進入地下書庫一間奇怪的房間，不知道在幹什麼。」

「奇怪的房間？」灰谷問。

「去了就知道了。」幕田回答。

「不過沒想到你竟然能發現，太厲害了。」

對於灰谷的讚詞，幕田說出意外的話：「我設下了陷阱。他不在的時候，我留了紙條，上面寫著要拿走他藏起來的文件。我猜他讀了之後一定會有動作，果不其然。真是好猜的傢伙。」

走出電梯時，幕田把食指放在嘴前，然後悄悄鑽進開著門鎖的書庫入口。灰谷與木原也跟上，轉眼間就被書架的森林包圍。

埋沒在書架之間，就會開始抓不準距離。不知道走了多久，幕田突然停下腳步。盡頭有一間開著門的小房間，從裡面隱約可以聽到聲音。

「上吧。」

幕田小聲說，然後從書架的影子走出來。

「喲，富岡，你在做什麼？」他發出揶揄的聲音。

沒有回應。

從幕田背後的位置，灰谷看到探頭檢視紙箱的富岡驚訝的面孔。

「我在整理文件。」富岡這麼說，不過當他看到幕田背後的灰谷和木原兩人，便警戒地瞇起眼睛。「找我有什麼事嗎？」

「我都不知道有這樣的房間。這裡的文件是你在保管的嗎？」

幕田邊說邊踏進室內，似乎感覺很新奇地環顧四周。

「那又怎麼樣？」

富岡回答，視線迅速掃向放在附近的紙箱。灰谷在其中找到似曾相識的箱子，叫了一聲「啊」的同時跑過去。沒錯，這正是灰谷放在東新宿共同書庫內管理的文件。

「原來這是你拿走的！」他的腦袋頓時被怒氣沖昏，不知不覺就發出很大的聲音。「別開玩笑！」

灰谷抓住富岡的胸口讓他站起來，使勁把他推向牆壁。「不要隨便拿出來！」

「你還真粗魯。」

富岡雖然背部撞到牆壁，但似乎沒有很痛，只是這麼說。灰谷正要開口，木原便把手放在他肩上，好像在叫他別激動。接著木原以冷靜的口吻問：

「富岡先生，這間房間裡的文件，跟你在檢查部的工作有關嗎？」

「跟檢查部的工作大概沒有直接關係吧。」富岡整理被弄亂的襯衫，口吻有些像是在裝傻。「只是沒辦法坐視不管。」

「你應該知道，文件的保管地點和管理者的選派，都有訂立嚴格的業務規則。」

木原以不由分說的高壓口吻說。「你身為指導規則的檢查部成員，竟然自己破壞規則，這是很重大的事情。回到人事部之後，我會立刻提出來討論，你沒意見吧？」

「哦？」富岡只回了一聲，盯著木原的眼睛沒有回答。

「還有，你替這位灰谷部長代理帶來很大的困擾，也該道個歉吧？」

木原冷冷地說，但富岡卻沉默不語。木原旁邊的幕田似乎覺得很有趣，喜孜孜地舔著嘴脣。

「富岡，這是竊盜行為。」灰谷以充滿憎惡的聲音說。「你要怎麼負起責任？」

「哼，什麼責任！」這時富岡發出笑聲。「這是我們的臺詞吧？」

富岡的視線突然轉向三人背後。

「喂，你聽到了嗎？」

他到底是在對誰說話？

灰谷等人回頭的同時，從書架後方晃出一個人影。

「半、半澤——」灰谷臉色大變。「你怎麼會在這裡！」

「富岡部長代理聯絡我，說來到這裡可以看到有趣的東西。」

半澤在三人注目當中緩緩地說。

我要到地下書庫處理一些東西——富岡在十五分鐘前離席時對幕田這麼說。他早就預期到這個情報會從幕田傳到灰谷。

富岡說：「反正就是這麼回事。對了，剛剛在說什麼？要不要負起責任？你還真會說笑。」他此刻泛起無畏的笑容。

「我不知道你在想什麼，不過你最好改一下態度吧，富岡？」

木原依舊裝腔作勢地責難。「你好像不知道自己做了什麼。」

「你要我怎麼改變態度？」富岡發出嘲笑。「半澤，你如果知道就教教我吧。」

半澤緩慢地從書架後方走出來之後，此刻總算來到富岡旁邊。

「我也不知道。」半澤回答時，沒有把視線從三人身上移開。「為了讓政客賺錢，連擔保都不用就借出二十億日圓，問題比較大吧？灰谷，你覺得呢？」

「你、你在說什麼？」

半澤意想不到的指摘讓灰谷慌亂而面色通紅。

「文件內容根本不是重點。」說話的是幕田。「你把其他部門保管的文件偷偷搬走並且藏起來。即使是放在銀行內部，這種行為也是很大的問題。不要轉移話題。」

「那就去追究這個問題吧，我完全不在乎。」富岡哈哈大笑。

「你說什麼？」幕田怒瞪他。

「真有趣。你們何不正式提出報告呢？」

半澤注視著彷彿隨時要撲過來的三人。「在那之前我要先問你們，有沒有聽過這樣的傳說？——在東京中央銀行，有董事長直屬的特別任務執行者，祕密偵查過去隱瞞的問題放款。」

該、該不會是……

三人緊張地直立不動。不，應該說是無法動彈。

半澤朝他們三人繼續說：

「距今十五年前，舊東京第一銀行受到當時是憲民黨建設族議員的箕部請託，進行二十億日圓的人情融資。箕部將這筆融資轉借給自己的家族企業，收購舞橋市內的荒野土地，而那片土地後來成為舞橋機場預定地被收購，讓他得到巨額利益。問題是那二十億日圓的融資沒有擔保，也躲過了稽核的監督。也就是說，這是舊東京第一銀行組織性地牽扯在內的問題融資。而明知違反正常程序、卻負責處理所有事務的，就是你——灰谷。」

半澤直指灰谷的鼻尖。

灰谷沒有回答。

他原本通紅的臉失去血色，喉嚨像抽筋般上下抽動。
「我、我只是依照紀本先生的指示寫了請示書。這一切都是高層——」
「你以為這樣的解釋行得通嗎？」
半澤以憐憫的眼神這麼說，然後拿出夾在箕部信用檔案中的備忘錄影本。
「受到紀本先生指示的證據在哪裡？你寫的這份備忘錄上，連紀本先生的閱覽章都沒有。你的證詞沒有任何意義。」
「我後來有對常務口頭說明。這件融資不是我主導的，我發誓。」
灰谷慌亂不已，顫抖著嘴脣說話。幕田與木原也呆滯地看著他辯解。
這時富岡以悠閒的口吻說：
「灰谷，你現在才試圖掙扎也沒用了。你被捲入箕部啟治的賺錢計畫，參與巨額的不當融資。箕部藉此大賺一筆，現在卻以清廉形象率領進政黨，真是諷刺。你或許以為自己只是認真執行銀行業務，可是到頭來，卻只是養肥一名政客的棋子，隨時可以拋棄。」
此刻灰谷的臉色像乾燥的土牆般失去生氣，眼神也變得黯淡。
「這筆交易到底讓箕部賺了多少？」富岡平靜地問。「其實也不用管他賺多少，問題是你得到了什麼？名譽？地位？可是那些到頭來只是虛有其表。你相信的一切最終都是幻影，看到的是海市蜃樓，而你現在的地位則是建在沙上的樓閣。」

富岡接著把視線移到木原，以嚴厲的口吻質問：「你知道這件融資的內情嗎？」

「怎、怎麼可能——」木原連忙搖頭否定。

「就算撒謊，也會馬上被發現。現在就說出實話吧！」富岡威脅他。

「我、我不知道。」

「不過你現在已經知道了。」富岡瞪著拚命否定的木原，問：「你想扯上這件事嗎？」

「這個——」在木原眼中，彷彿有一個測量哪一邊有利的天秤在晃動。

「我在問你想不想扯上這件事！到底怎麼樣？」

富岡又問了一次，木原便慌慌張張地搖頭。

「那就快滾！」

富岡換上凶狠的表情大喝一聲，木原便跳起來往後退，然後迅速轉身。

「我、我也要告辭了——」

幕田正想跟在他後面離開，富岡便說「我待會再問你」，讓他嚇得抖了一下。

「我知道你洩漏出共同書庫的稽核情報。你暗中協助他們，不讓這份文件被發現吧？別以為你能躲過制裁。」

幕田面色慘白，全身顫抖，匆匆逃離現場。

「好了，灰谷，到這個地步你就別再隱瞞了。」

富岡重新面對獨自留下來的灰谷說。「即使哀求紀本，他也不會救你。你就像是蜥蜴的尾巴。如果想要請求從輕發落，就把你知道的事情全部說出來。這樣的話，我還可以多少幫你說一些話。」

宛若暗溝般黯淡的灰谷眼中，出現了些許感情變化。

10

這天傍晚，一輛廂型車在東新宿的共同書庫又載了三個紙箱之後，駛入丸之內的東京中央銀行總行停車場。

開車的是田島，坐在前座的是半澤。

他們把行李搬入第二營業部的會議室後，富岡看準時機過來了，灰谷也跟他在一起。

「箕部啟治的資金管理幾乎都由舊東京包辦，也有相關證據資料。」灰谷不久前才面色蒼白地招供。「只要有這些，應該就能正確掌握二十億日圓的融資是以什麼形式歸還。」

半澤等人搬來的，就是從灰谷口中打聽到的共同書庫隱藏地點存放的文件。

他們把箱子裡的資料全部堆放到桌上，依照時間順序排列，在灰谷旁觀之下，三人一起調查資料。

其中甚至還有想必是箕部方面提交的舞橋不動產土地購買明細，以及該公司的支票帳戶動向，堪稱非常詳細的資料。

「竟然連這種資料都能收集齊全。」

田島邊檢視文件內容邊提出疑問，灰谷便說：「這就是擔保的代替品。我們無擔保借給對方，只要能掌握舞橋不動產的土地購買明細與支票帳戶動向，就能及早察覺到被倒帳的危險。」

富岡說：「你們是白痴嗎？如果那麼擔心，一開始就把購入的不動產設定為擔保品就好了。為什麼沒有這麼做？」

「如果把不動產設定為擔保品，就會暴露和銀行的關係。我們希望迴避這一點。」

「真是狡猾到極點。」

富岡如此批評，但灰谷只是咬著嘴脣，沒有反駁。

追蹤並整理資金流動的工作持續了幾個小時。

「大概就是這樣吧。」

晚上九點多，連晚餐都沒有吃、一直埋頭苦幹的富岡抬起頭，凝視整理出概略的白板。

上面以圖示說明二十億日圓的融資借出之後，被舞橋不動產用在收購機場預定地、然後被收回的流程。

「大量買進便宜的土地，然後用好幾倍的價格售出，使得業績不振、瀕臨無力償付邊緣而奄奄一息的該公司得以迅速復甦，還成為當地首屈一指的不動產業者。可是——」富岡瞪了半澤一眼。「半澤，你不會感到在意嗎？」

「會呀。」半澤盯著白板，平靜地回答。

田島問：「在意什麼？」

在他旁邊，灰谷僵硬的眼神聚焦在桌子的邊緣。

「這二十億日圓的確讓舞橋不動產獲取巨額利潤。這一點很明白，但是在這個資金流當中，並沒有利潤流向箕部的痕跡。」

半澤將銳利的視線朝向灰谷。

「那是——」

灰谷咬著嘴唇，似乎在猶豫該不該說出來。

「到這個地步，你就算隱瞞也不會有任何好處。快說。」

在富岡這句話催促之下，灰谷總算張開原本緊閉的嘴巴。

「那是紀本常務在保管。」

「紀本？」富岡問。「怎麼那麼麻煩？」

「透過分散管理，即使一個地方的文件被發現，也比較不容易被掌握全貌。」

「那些資料在哪裡？」

「在地下書庫。可是光憑我們沒辦法進去。那是在地下五樓。」

地下五樓是由只有董事才能進入的安全系統所管理。

然而——

「走吧。」

富岡站起來。

「你打算怎麼做？」

灰谷問他，但是沒有得到回答。他拉著灰谷來到電梯，轉乘電梯之後到達地下五樓。

半澤也是第一次見到地下五樓專用書庫。這座書庫被面對電梯間的牢固鐵門封鎖。這是以轉盤式門鎖與鑰匙雙重守護的要塞。

然而此刻富岡卻轉動轉盤，然後從口袋取出一串鑰匙，將其中一支插入鎖孔，轉動門把。

沉重的門緩慢而無聲地打開。

灰谷目瞪口呆，但富岡不理會他，繼續打開內側的門，然後踏入裡面。

這是鋪滿綠色地毯的無聲房間。說話聲與腳步聲都被吸收到腳底下，轉眼間就快要被寂靜壓得喘不過氣來。

「這、這種事如果被發現，一定會很嚴重！」

灰谷面對事情的發展，表情變得僵硬。

「你知道在哪裡嗎？」富岡以冷靜的語調詢問。

灰谷抬頭望著幾乎達到天花板的高大書架前進，來到某處停下腳步，爬上附近的專用梯子，搬下一個紙箱。

「如果被知道是我說出去的，我——」

灰谷冷汗直流，顯得很害怕。

「你還真是膽小。」富岡以受不了的語氣說。「差不多也該認命了吧？人有時候也要豁出去才行。還有其他文件嗎？」

「都在這裡了。」

富岡注視著灰谷，或許是覺得他沒有說謊，便對半澤輕輕點頭，然後搬著那個紙箱回到辦公室，取出裡面的東西。

「我找到好玩的東西。」

過了一陣子，半澤發現意外的東西，把那份文件攤開在桌上。

這是箕部啟治的個人事務所帳簿影本。

「半澤，這裡有備忘錄。這是紀本的筆跡。」

富岡說完拿給他看。這是舞橋不動產對箕部的匯款紀錄。「搞不好可以找到匯款單的正本。」

富岡尋找堆積在桌上的資料，接著馬上就找到以資料夾整理的匯款單。這是舞橋不動產匯款給箕部的文件備份，大概是紀本受箕部之託處理的。

事情全貌就如拼圖般逐漸連在一起。

「不愧是賺了一大筆錢，金額流動相當龐大，每年不下五千萬日圓。」半澤說。

「在舞橋不動產的資料上，是以顧問名義支付給箕部啟治的。」

之前清查過該公司財務資料的田島補充。不過他沒有找到在舞橋分行看過的該公司資料，大概是巧妙地被藏起來了。

「這應該算是某種形式的洗錢吧。」富岡以銳利的眼神看著灰谷。「對不對？」

「要取得利益，也是要有名義的。」灰谷顯得很膽怯。

這時半澤問他：「只有這樣嗎？」

「什麼意思？」灰谷喉嚨痙攣，以恐懼的眼神看著半澤。

「箕部把這筆資金用在哪裡？」

聽到半澤詢問，灰谷猛然一驚，把視線移開。半澤繼續說：「根據這份紀錄，七年前有四億日圓的資金流動，剛好是進政黨成立、迎接最初的國會選舉的時期。」

「也就是用在選舉資金吧。」田島若有所悟地抬起頭。

半澤把箕部啟治個人事務所的收支報告書遞給田島，另外還有政治獻金收支報告書，以及選舉活動費用收支報告書。幾乎所有資料和明細都齊全了，光是看這些大概就能明白箕部的財務內容。

富岡也過來看田島攤開的明細，灰谷的視線便開始不安地游移。不久之後，富岡指摘：

「喂，半澤，這份明細上面都沒有舞橋不動產的名字。」

半澤沒有回答，而是問此刻已經無法隱藏內心慌亂的灰谷：

「到底是怎麼回事？請你好好說清楚。」

灰谷已經沒有剩下足以抵抗半澤追究的力氣。

11

「內藤部長來了。」

內藤等候祕書走出門，然後微微鞠躬，在中野渡招呼之下坐在董事長室的沙發上。

中野渡穿著白色襯衫、繫著領帶，不過領帶稍微鬆開，袖釦也取下，袖子捲起來。以中野渡來說，很難得穿著這麼隨便。

「我聽說您明天要造訪專案小組。」

內藤切入正題，但中野渡沒有回應。他一動也不動，緊盯著牆壁的一點。

「我們都沒有被告知。請問是要討論什麼樣的議題？」

「很抱歉。我並沒有打算要隱瞞你們，可是我自己也還沒有整理好想法。」

內藤默默不語，等候董事長繼續說下去。

「事實上，乃原向我提出，希望能夠重新考慮債權放棄案。」

內藤靜靜地注視中野渡的臉，問：

「然後呢？」

中野渡沉默片刻，然後吐出充滿苦澀的一句話：

「現在能告訴你的就只有這些。」

「也就是說，您要自行決定——」

內藤看著中野渡失去平常的剛毅，眼中出現迷惘的神情，忽然感到有些不對勁。這樣的態度並不像中野渡。

「董事長，這樣真的沒關係嗎？」

內藤毅然質問，打破室內漠然的空氣。

「專案小組提出的債權放棄案，在董事會決定之後，前幾天已經正式拒絕。這個結論已經很難改變，而且這個判斷是正確的。」

中野渡沒有回答。內藤終於忍耐不住，問：

「為什麼不跟我們討論？」

他的話中摻雜著不甘。

中野渡一言不發，表情蒙上陰影，浮現出苦惱的神情。

「董事長！」內藤提出抗議。「我們是為了什麼——」

「這已經不是授信判斷的問題了。」中野渡打斷他。「也就是說，不是你們的工作範圍。這是要由我來思考、處理的難題。」

內藤直視中野渡好一陣子，宛若凝固般一動也不動。

此刻內藤心中湧起的是明顯的驚愕。

他第一次看到這樣的中野渡。

既沒有威嚴也不崇高、身為一名銀行家而苦惱的中野渡。

就任以來，中野渡一直努力要促進內部融合，但這裡原本就有無法否認的矛盾。即使想要相信也無法相信的對象、一旦曝光就會毀損銀行信用的種種問題放款、對於明明這麼想要信任、卻不肯坦承相見的對方產生的不信任——

中野渡夾在舊派系觀念的現實，以及內部融合的理想之間，隨時都在困境中掌舵，櫛風沐雨持續經營。中野渡的苦惱，正可說是合併銀行的苦惱。

然而此刻這樣的矛盾被揭穿了。

解決這個狀況的唯一方法，就是捨棄過去小心守護的東西。

「我知道了。」內藤深深嘆息後說。「不過我也知道董事長為了什麼在煩惱。」

中野渡稍稍瞪大眼睛，沒有說話。內藤對無言的董事長繼續說：

「或許這的確是董事長應該自己判斷的問題，不過我們也能夠一起思考、一起戰鬥。這就是我們存在的理由。我們會為此盡最大的努力——這是半澤整理的報告，內容是舊東京對箕部啟治的問題放款全貌。敬請參考。」

內藤提出報告書，然後起身深深鞠躬之後離開辦公室。他沒有等候中野渡的回應，也沒有插入多餘的意見。在他離去後，只留下磨得雪亮的自尊與信念的活生生氣息。

終章　信用的堡壘

1

在屋簷下烤肉串的煙味瀰漫在店內。

酒和菸味，還有上班族客人熱鬧的喧囂聲中，在店內一角的兩人座桌位，有一名男子靜靜地在喝酒。他就是檢查部的富岡。

此時傳來「歡迎光臨」的聲音，站在門口的男子環顧店內，看到富岡的身影，就走過來坐在他對面的空位。

男人點了生啤酒，碰響富岡只剩一半左右的啤酒杯進行乾杯。

「讓你等了一些時間嗎？」男人看著富岡的啤酒杯問。

「不是等了一些時間，是等了很久。這是第二杯了。」

富岡回答後，默默地催促對方說話。

「這次真的被打敗了。」男人說。

「活該。」富岡惡毒地笑了。「反正跟我在一起的時候，就輕鬆一點吧。」他說完看著菜單，叫住店員並點了幾道下酒菜。

「富先生，我最近在想——」男人喝完第一杯啤酒之後，改點麥燒酒加熱水，津津有味地喝著說，「銀行這種地方，只要不去想升遷或明哲保身之類的東西，其實滿輕鬆的。不過銀行員總是會產生欲望。這就是問題所在。」

「是嗎？太過無欲也有問題吧？」富岡用筷子夾起蝦丸，放入嘴裡。「不過欲望也必須符合自己的能力。就是因為產生不符自己能力的欲望，才會變得麻煩。不只是人，我想公司也是如此；就是因為想要做自己辦不到的事情，才會陷入困境。到頭來那樣的公司不能讓任何人幸福。公司無法順利運作，員工也會承受不了壓力。所有公司都應該認清符合自己這家公司的欲望。」

富岡看對方沒有說話，又說：「我來點日本酒吧。」他抬頭看牆上貼的酒名，似乎並沒有期待回應。

「你說到我的痛處了。」男人看著富岡，終於開口。「我是在期待不符合自己程度的結果嗎？」

「也不能這麼斷言吧。我的意思是，水只能往低處流。」富岡點了酒，繼續說下去。聽他說話，只像是一般的閒談。「也就是說，有自然的流向。因果報應就是世間的道理。既然如此，遵守這樣的道理應該是最輕鬆的。只要捨棄欲望，就能看到真實，比方說像我一樣。壞就是壞，好就是好，簡單來說就只有這樣。」

「如果能夠想得那麼單純，那的確很輕鬆。」

「你把我當傻瓜嗎？」富岡的眼神忽然變得嚴肅。「不是只有你懷著困難的問題。不管是大銀行或是個人商店都一樣，除了法律以外，還有必須遵守的做人之道。生意必須要正派經營才行。如果沒辦法，那就和放高利貸的地下錢莊沒有兩樣，乾脆把銀行的招牌拆下來算了。」

「你還是這麼嚴厲。」

男人沒有生氣而是這麼說，然後環顧熱鬧的店內說「這家店真不錯」。在稍遠處的座位，可以聽到年輕的上班族正熱烈地和看似上司的男子議論。年輕氣盛的姿態讓男人露出微笑，接著若有所思地說：

「的確沒錯。如果明白這一點，牧野先生或許就可以不用死了。」

富岡盯著男人的臉，說：「太遺憾了。不過那個人應該也有必須選擇死亡的理由吧。」

「只要一個不小心，我也可能選擇同樣的路。不過我現在覺得心中的霧散開了。我仍舊算是正派的銀行員嗎？」

富岡喝著酒，思索了一陣子，然後回答：

「目前還算是。不過要持續當個正派銀行員其實滿難的。也因此，每個人都會面臨必須戰鬥的時刻。」

接著富岡從公事包拿出厚厚的報告書給對方。

富岡靜靜地喝酒，看著男人閱讀報告書時因為驚訝而逐漸睜大眼睛。

男人全部讀完之後，輕輕地把文件放回桌上，然後垂下視線。

不知道過了多久——

男人再度看著富岡，臉上已經沒有迷惑的表情。他的眼眸似乎在眺望不在此處的遠方般清澈無比。

2

半澤打了招呼，山久便稍稍掀起頭上戴的安全帽邊緣，露出有些靦腆的微笑說「你好」。

「我剛剛打電話到總公司，聽說你在這裡。」

這裡是羽田機場內、帝國航空的飛機進行維修的飛機庫。被稱為Hangar的停機空間光是一座就有學校體育館那麼大，收容經過規定飛行時間或日數的帝國航空所有飛機進行維修。

山久此刻正從三樓高度的通道俯視作業情況。

「我想要一個人想事情的時候，就會到這裡。」

「真是好地方。」半澤邊說邊和山久並肩俯視維修中的機身。

「我的老家其實就在附近的穴守稻荷。」

山久突然以感傷的口吻開始敘說。「我祖父是工程師，小時候他常常帶我到羽田來看飛機。我抓著柵欄，當YS-11（註9）飛來，祖父就會很驕傲地說『你看，來了』。又不是他參與開發的飛機，不過也許因為是國產，讓他感受到日本人的自尊吧。當時我就很憧憬要在這個hangar工作。這裡是飛機迷無法抗拒的場所，可以說是聖地。」

「這麼說，我等於是穿著鞋子踩髒這塊聖地了。」半澤自嘲地說。

「不，弄髒聖地的，其實正是我們。」山久的回答令人意外。「把自家到機場的專車接送當成理所當然，只要說自己在帝國航空工作就會受到世人豔羨，薪水既高、自尊心也很高。員工堅持待遇和權利，絕對不做超出既定工作範圍的事。就這樣，公司被社會潮流拋在後方，變得越來越糟糕。我們沒有看到顧客。明明那麼喜

9　二次大戰後第一架由日本企業開發的客機。

歡飛機，可是一旦進入公司成為員工，讓飛機飛行的公司就成了我們的『敵人』，是鬥爭的對象。沒有比這個更滑稽的事了。到頭來還被利用為政治工具，即使經營判斷的缺失接連曝光，也沒有任何人抱持危機意識——帝國航空變成這樣的公司。」

「你說得應該沒錯。」

聽到半澤的回應，山久苦笑著說：「即使是難以啟齒的事，你也說得很直接。」

然而半澤接著說：「其實我上次去舞橋出差，就是搭帝國航空的飛機。」

山久聽了便收起笑容。

「原來如此。你怎麼不跟我說，就可以——」

「不用那麼麻煩。」半澤笑了，接著又說：「我看到空服人員到登機門引導乘客。公司已經開始改變了吧。」

地面與機上——在以前的帝國航空，這兩種職業之間有看不到的牆壁，而且是相當牢固的牆壁。過去在帝國航空，飛行員與空服員絕對不會到登機門來迎接乘客。

「是嗎？」山久高興地說，雙手握著扶手，仰望飛機庫高處的天花板咬了嘴脣。

「終於改變了，不過可能太晚了一點。」

他懊惱地脫口而出。

「這是波音747吧？」

半澤忽然注意到自己俯視的機身，不經意地問。通稱「巨無霸客機」的白色機身此刻被拆下引擎，由幾名工程師進行檢查維修。

曾經搭載帝國航空夢想的這架大型客機，此刻只是成本的化身。

一次可以運送大量乘客的巨無霸客機曾經具有象徵性的地位，但是在旅客減少、廉價航空興起和國內外航空公司進行成本競爭當中，燃料效率差的巨無霸客機越飛越增加虧損，成為經營的腳鐐。後來帝國航空也開始急速轉移到中型與小型機身，但可惜太遲了。

「我私下聽說，董事長今天要表明放棄債權。」山久離開扶手，轉向半澤。「造成這麼大的困擾，非常抱歉。」

山久深深鞠躬，肩膀在晃動。

「真的非常抱歉。」

他又說了一次，總算抬起頭，沒有擦拭臉上的淚水，臉頰在顫抖。

「大家好不容易發覺到問題，正提起幹勁——」山久的聲音當中，帶有無可奈何的悔恨。「原本希望不造成任何人的困擾，憑自己的力量讓飛機再一次——再一次飛翔，可是卻變成這樣，很抱歉。」

他雙手放在膝蓋，將身體折成兩半，淚水滴落在聖地。

「事情還沒有結束。」半澤把手放在他的肩上說。「讓飛機飛翔的不是燃料，也不是成本，而是人。我相信，只要你們懷著現在的心情，帝國航空一定能夠重生。」

「謝謝你。」山久兩眼通紅，看了一下手錶。「半澤先生，你不用去專案小組嗎？董事長馬上就要到那裡了吧？如果可以的話，要不要一起去？我是開車來的。」

「那就務必拜託你了。」半澤俯瞰著底下的飛機說，「我想要在前往專案小組之前，再次詢問山久先生的想法。不過聽到你剛剛這番話，我就安心了。不用再猶豫，山久先生和我可以朝著各自的路前進。只要這樣就行了。」

3

「我等不及要看到中野渡屈服於我們、表明放棄債權的臉了。」

乃原用玩笑的口吻說，箕部也跟著笑了。這裡是帝國航空總公司大廈二十五樓的會議室。

「他雖然在業界備受尊重，一副紳士的模樣，可是放債人終究是放債人。」

箕部抽動著喉嚨，對一旁的白井說：「妳的懸案也可以解決了。」

「謝謝。」白井也展露笑容。「這一來，專案小組的重建案就可以往前邁進一大步了。由進政黨來重建帝國航空——太棒了。」她的表情顯得很開心。

「這是白井大臣的功勞。」乃原舒適地靠在扶手椅的椅背上，點了一根新的香菸，津津有味地吸了一口。「憲民黨長久以來無法完成的帝國航空重建工程，白井大臣和進政黨卻轉眼間就成功了。這一來這個政權的評價也會更上一層樓。對於進政黨來說，這是最好的宣傳。」

「不只是對我們，對各位專家也是。」

箕部愉快地這麼說，乃原也露出得意的笑容。這時有人敲門。

「時間快要到了，可以請你們過去嗎？」

在探頭進來的工作人員催促之下，他們從會議室前往對外公開用的會場。為了這一天而準備的空間裡，已經來了大約二十名記者。

「辛苦各位了。」

乃原等人在此起彼落的閃光燈照射下眨眼，就座之後，帝國航空的員工便走過來，在乃原耳邊說：「銀行的人現在正在搭電梯過來，馬上就要到了。」

「中野渡董事長好像已經到了。各位，在他到場的時候請用盛大的掌聲迎接。」

乃原以戲劇化的口吻說完，不久之後門打開了，他帶頭開始鼓掌。然而——

看到出現在那裡的男人，乃原突然停止拍手，皺起眉頭。

是半澤。

記者們相信中野渡會跟在他背後出現，因此持續拍手，然而沒有其他人從那扇門走進來。最後山久出現，竟然把門關上。

半澤走向臉上呈現困惑表情的乃原，對他說：「很抱歉來晚了，因為路上在塞車。」然後稍稍鞠躬。

記者席間掀起一陣議論聲。

「這是怎麼回事？」問話的是白井。「中野渡先生不是要過來嗎？」

「中野渡董事長有事，因此由我代他出席。我是上次見過面的東京中央銀行第二營業部次長，半澤。」

「中野渡先生竟然請人代理出席？」

乃原咬牙切齒地擠出聲音，一雙燃燒怒火的眼睛看著半澤。

「沒錯。有什麼問題嗎？」半澤平淡地詢問。

乃原勃然變色說：「董事長應該知道這是什麼樣的對談。」

記者席間傳來「特地找我們來，到底在搞什麼」的憤怒聲音。

「董事長吩咐我，要好好回應乃原先生的提案。而且事先也沒有任何通知說會有這麼多局外人到場。」半澤斜眼瞥了一下記者席，詢問：「在當事人以外的對象面前，討論帝國航空這家企業的重要議題，難道沒有問題嗎？」

「當然沒有問題！」乃原焦躁地說。「帝國航空已經正式接納白井專案小組。也就是說，我們專案小組是帝國航空實質的代理人。」

「我以前曾經問過，這是基於哪一條法律得到的立場，可是你完全沒有回答過。現在也一樣嗎？」

記者席原本因為等不到董事長而騷動，不過看到乃原與半澤之間開始進行意想不到的攻防，記者們紛紛產生興趣，迅速安靜下來。

「那當然！」乃原大聲地說。「真是令人不愉快。基本上，你怎麼可以在白井大臣和箕部議員面前擺出這種態度？太無禮了。」

「如果我做出任何無禮的舉動，在此向各位道歉。」半澤雖然口中這麼說，但並沒有低頭。「更重要的是，關於先前乃原先生透過非正式管道、向本行中野渡董事長提出的要求，我想要在此報告結論。可以嗎？」

「當然可以。想必是肯定的答覆吧？」乃原露出扭曲的笑容。

然而半澤以清晰的口吻對他說：

「有關先前被要求重新研議的帝國航空債權放棄案——本行決定予以拒絕。」

乃原沒有回答。他張大嘴巴，盯著半澤啞口無言。

不只是乃原，就連記者席也鴉雀無聲，甚至連白井和箕部也一臉茫然而無法動彈。

隔了片刻，室內掀起騷動聲。

乃原以燃燒炙熱怒火的雙眼瞪著半澤。

「東京中央銀行應該沒有資格拒絕我們的要求。」

乃原發出低吼般的聲音。

「我們是債權人，當然有資格。」半澤平靜地反駁。「沒有特別的理由，銀行不能放棄有可能自主重建的企業的貸款。這麼做股東不會接受。」

「你別開玩笑了！」這時箕部怒叱半澤，支援乃原。「你說股東？你以為銀行的股東有多少人？為了這些人，就要忽視輿論嗎？帝國航空已經遍體鱗傷，銀行卻秉持賺錢至上主義，採取冷淡的態度。這是具有公共性的企業該做的事嗎？」

半澤回答：「雖然這麼說，但是沒有任何銀行會對有能力自主重建的公司放棄債權。我們並不是為了做慈善而借錢，而是為了做生意而融資。既然有能力還款，就應該有借有還。這不是天經地義的道理嗎？如果你認為不是，請說明不是的道理。」

箕部面露怒容。

「你說的是銀行的理論，可是這不是重點。我們考量的是國家利益。就為了眼中只有一家銀行蠅頭小利的傢伙，整個社會都會被拖累。我要問的是，這種事能夠被容忍嗎？」

「箕部先生，我們的目的就是藉由發展銀行業務來貢獻社會。」半澤正面直視箕部。「有了這五百億日圓，就可以融資給許多苦於資金調度的企業。你似乎只從航空施政的層面來思考，但是支撐日本這個國家的不是只有帝國航空。我們認為應該提供資金給更多一般企業才行。這樣的社會貢獻才是我們的使命。」

「我們不是在談這種問題。」白井以凜然的聲音加入論戰。「銀行難道不顧輿論怎麼想嗎？」

「就如我上次說過的，銀行的授信判斷不應該受到輿論左右，而是要基於合理的原則來決定。」

白井說不出話來。半澤繼續說：「白井大臣提到輿論，可是那是什麼樣的輿論？輿論並不是只有一種看法。難道沒有支持我們銀行立場的輿論嗎？難道沒有輿論認為，與其取消可自主重建的大企業的借款，不如來拯救我們嗎？如果主張輿論應該服從多數，那麼不是和主張救濟弱者的貴黨理念互相矛盾嗎？希望您能夠說明對這些問題的想法。」

半澤的指摘引來記者席的掌聲。白井皺起眉頭。她大概沒有預期到這樣的反應。

「根本談不下去。」不服輸的白井憤恨地說，開始朝著記者席說話。「怎麼說都有藉口。乍聽之下好像很有道理，可是難道銀行真的拯救過中小微型企業嗎？銀行動輒吝於放款或抽銀根，在一般人之間的評價很差。你所說的理念只是空中樓閣，雖然說得冠冕堂皇，但實際上只是賺錢至上而已。我聽夠了這些表面話。你們難道不能更積極地思考拯救帝國航空的方式嗎？」

「白井大臣，妳在就任記者會的時候，突然提出要設置帝國航空重建專案小組，並且當場否定舊政權的重建案。既然要否定的話，應該仔細檢討過該重建案的內容了吧？」半澤直視白井。「是不是？」

白井的眼中出現動搖。

「內容——我沒有確認。」她的回答摻雜著困惑。

「那麼為什麼要否定？那份重建案是值得信任的好方案，銀行團也同意了。帝國航空仔細計畫出依據經營努力自主重建的步驟。妳可以告訴我否定那份重建案的理由嗎？」

白井似乎努力想要反駁，但卻徒勞無功。任何人都看得出來，白井根本無法說明這件事。

「這點由我來說明吧。」乃原伸出援手。「前政權提出的重建案內容太天真了，不可能完成重建。」

「這是沒有根據的說法。」半澤斷然反駁。「只是你個人的意見罷了，而且目前為止，你都還沒有提出判斷的依據。你們口口聲聲說是為了帝國航空，實則只是想要博取名聲。你們把帝國航空當作政治工具，甚至還把十億日圓的專案小組費用推給該公司，太誇張了！白井大臣，我身為誠摯盼望帝國航空重建的一人，要把妳先前說的話直接奉還。我希望你們能夠更積極地思考拯救帝國航空的方式。」

半澤的發言是對於白井的強烈譏諷。

「基於以上理由，東京中央銀行堅決拒絕放棄債權。」

會場內的所有人都屏住氣息，靜候這場議論的結果。

在劍拔弩張的互瞪之後，乃原眼中突然出現奇特的光芒。

4

「你裝得好像一副聖人君子的態度，可是東京中央銀行有資格說得那麼大義凜然嗎？」

乃原以銳利的視線盯著半澤，臉上甚至浮現詭異的笑容。

「不論你說得多麼冠冕堂皇，東京中央銀行也沒辦法躲避醜聞。要不要我把你們過去的種種惡行告訴大家？沒關係嗎？」

「乃原先生，如果你打算在這裡說出來，那就請便。」

令人驚訝的是，面對乃原的脅迫，半澤卻平淡地接受了。

「真有趣。你想要向我們挑釁嗎？銀行員有那麼大的膽子？」

乃原搖晃著肥胖的褐色臉頰，發出短促的笑聲。「如果傷害到比什麼都更重要的銀行信用，應該會很困擾吧？喂，不是嗎？」

「乃原先生，你說這種話才是徹底搞錯狀況。」

聽到半澤的反駁，乃原變得警戒。

「我們守護的信用，並沒有輕浮到只要草草隱瞞眼前的問題就能守護。」

「你說什麼？」乃原憎惡地咬牙切齒。

半澤低聲說：「如果你有什麼想說的話，就說出來吧。我們完全不在乎。」

乃原沉默不語，沒有發言。他的眼睛忽然轉動，看得出他在意的是對於這段對話既憤怒又臉色鐵青的箕部。

乃原的王牌是雙刃之劍。一個不小心就會傷害到箕部，而這意味著自己的地位也會變得危險。

「如果你不能說的話，就由我來說明吧。」

這時半澤說出意想不到的話。乃原知道箕部此刻驚恐地湊向前。他想要回應，但因為太過意外的發展而發不出聲音。半澤毫不理會，繼續以記者也能聽到的聲音說下去。

「距今十五年前，當時憲民黨的重量級議員箕部啟治向舊東京第一銀行申請個人融資。這筆二十億日圓的資金轉借給舞橋市的箕部議員家族企業（姑且撐之為M公司），購買舞橋市郊土地。那片土地幾年後成為舞橋機場預定地而翻漲，讓M公司獲得巨額利潤，原本奄奄一息的業績也回復了。這正是政治人物利用地位取得情報的煉金術。舊東京第一銀行明知這個賺錢的把戲內容，卻以大廈建造資金的名義向箕部議員融資二十億日圓，有五年期間在沒有擔保的情況下提供不當資金。」

沒有任何人開口說話。半澤繼續說：「本行今後計畫對當時的融資狀況進行詳細的內部調查。這件融資案是很有問題的授信行為，關係到銀行的企業道德。對此本行會立即承認過去的錯誤，在道歉之後也會虛心接受處分。」

「我聽不下去了！」箕部終於發出怒吼站起來。「難道你認為我賺了那種錢嗎？這是嚴重的抹黑！我的確曾經向當時的東京第一銀行申請融資，但那只是為了協助親戚經營的公司調度資金，你卻說得好像是我在賺錢一樣，完全不合我的原意。請你收回剛剛的發言！」

「那麼M公司購買的土地日後成為舞橋機場預定地，難道只是單純的巧合嗎？」

「你說的話一點根據都沒有，只是抹黑。」箕部擺出全面否定的爭辯態勢。「基本上，借錢給那家公司的時候，還在機場建設支持派與反對派進行市長選舉之前。在完全看不透未來展望的時期，不可能會想要靠那樣的巨額投資來賺錢。」

箕部口沫橫飛地反駁，在他旁邊的白井也憤怒地鐵青著臉觀望他們的對話。

「你真的能如此斷言嗎？」半澤冷靜地提出反駁。「當時的市長選舉，一般認為支持建機場的現任市長壓倒性有利，而實際上的選舉結果也是如此。至於機場預定地的選擇，在那之前就有進行討論，不確定要素並不像你說的那麼大。」

「那家公司是不動產公司，購買土地是天經地義！」箕部面紅耳赤地怒吼。「機場支持派或許就如你說的占有優勢，那麼不動產公司當然也會尋找有可能成為機場的地點去投資。這是理所當然的業務，怎麼能稱為煉金術！」

「對於不確定能不能成為機場的土地，會去借二十億日圓投資嗎？」半澤指出這一點。「利息究竟會變成多少？即使利率只有一%，每年也會高達兩千萬日圓。箕部先生，一般來說會做這種事嗎？」

「我不知道一般來說是怎麼樣，可是這就是事實，有什麼辦法！」

——讓政治與金錢醜聞訣別。

這是箕部啟治和夥伴當年創立進政黨時標榜的口號。

去年的國會改選，進政黨囊括了對憲民黨金權政治感到失望的大量選票，獲得壓倒性勝利，然而此刻他們的鍍金卻即將剝落。記者們面對這個關鍵時刻，全都屏住呼吸。接著箕部開始向他們辯解。

「我的確為了親戚的公司，向銀行借了二十億日圓，借給他們作為營運資金。這點是事實。可是我除了本金和利息以外，沒有收取任何金錢。」箕部比手畫腳，拚命地試圖說服。接著他再度轉向半澤，大聲說：「這是很要不得的抹黑。你是在毀損我的名譽。請你當場收回剛剛的發言並且道歉！」

箕部直指半澤，臉色因激烈的憤怒而紅潤。

「箕部先生，如果我說錯了，我會道歉。」半澤很平靜地回答。「但是沒有這個必要。」

「那你就把證據拿出來！證據！」箕部將伸出去的手臂上下擺動，對他怒吼。

「你既然這麼說，應該有一定的證據吧？怎樣？有沒有？不可能會有的！」

乃原聽到這段話露出笑容，深深吁了一口氣，大概是認為只要提到證據就對箕部有利。

活該——

乃原以這樣的眼神注視半澤，在他身旁的白井也怒氣沖沖地看著半澤。

不可能當場拿出證據。

包含記者席在內，所有人應該都這麼想，然而半澤卻從放在一旁的公事包拿出一份文件。

「既然這麼說，那麼請看這個。」

半澤隔著桌子遞出那份文件。箕部一看到便目瞪口呆，發出不成聲音的叫聲。

他臉上的血色幾乎以聽得見聲音的速度消褪，拿著文件的手開始明顯顫抖。

半澤交給他的是放在紀本保管的紙箱內的部分文件。

「這是M公司的匯款紀錄整理。」半澤平靜地說。「不只是利息，多的時候你一年就接受了四億日圓，不是嗎？」

為什麼——

箕部連眼睛都忘了眨，臉上呈現驚愕的表情，接著宛若化學反應般轉變為恐懼。

「這份資料是過去十年M公司匯款給箕部先生的紀錄，總額超過十億日圓。其中一部分或許是選舉資金，在選舉前後有將近一億日圓的金額匯入，而你是以現金領取的。接下來是最關鍵的部分——」半澤冷靜地給予致命的一擊。「根據調查，你並沒有把這些資金列入選舉運動費用收支報告書，或是政治獻金收支報告書。」

原本悄然無聲的記者席開始騷動。

「那、那是作為顧問費用領取的報酬……不、不是什麼奇怪的獻金！」

箕部雖然拚命辯解，但已經沒有足以扳回劣勢的證據或說法。

「箕部先生，如果你認為這樣的藉口說得通，那就是在愚弄國民。」

「簡直就是鬧劇一場！」箕部顫抖著臉頰怒吼，接著迅速站起來。「未免太蠢了！我沒有做任何愧對良心的事。真是不愉快！」

箕部說完就踢開座位，急步離開會場。所有的記者都開始追在他後方，會場轉眼間就陷入混亂。

「好了，還有什麼話想說嗎？乃原先生，白井大臣？」

對於半澤的詢問，乃原只是憤怒地鐵青著臉瞪他，說不出話來，白井則因為憤怒與屈辱而面色蒼白，只能沉默不語。

5

「時間差不多了……」

紀本從文件抬起頭，望向指著下午五點的掛鐘自言自語。

這是中野渡和乃原帶領的專案小組會談開始的時刻。在這場高層會談當中，想必會確定放棄債權的方針，接著在近期內召開的董事會議正式協商並獲得通過。決定放棄債權之後，銀行內部大概會為了箕部問題而進行處分。雖然文件找不到一事令人在意，不過只要把責任都推給灰谷，應該不難脫身。

「應該可以度過這一關吧。」

就在紀本喃喃自語的時候，祕書敲門並探頭進來。

「常務，董事長找您。」

這句話讓紀本感到意外。他瞪大眼睛盯著祕書。

「董事長？」

他再度抬頭看牆上的時鐘，又看了手錶確認指針，然後一臉錯愕地轉向祕書。

「你的意思是，董事長現在人在辦公室嗎？」

祕書以詫異的表情看著他。

怎麼回事？

此刻紀本心中原本深信不疑的計畫出現裂痕。

「他應該已經去帝國航空了。」

紀本的這句話讓祕書顯得更加困惑，含糊其辭地說：「可是……董事長直接來找我……」

怎麼可能？難道他沒有赴專案小組的約嗎？

也許是在紀本不知道的情況下，突然做了某種變更。

「我現在就去。」

紀本讓祕書退下，立刻打電話到乃原的手機，但是只聽見鈴聲而沒有人回應。

或許是出了什麼差錯。

紀本感到不安，姑且先抓起外套，快步走出辦公室，前往董事長室。董事長祕書一看到紀本，便從座位站起來。

「董事長。」紀本進入辦公室看到中野渡，無法掩飾心中的困惑。「您不是去和專案小組會談了嗎？」

「那場會談，我請半澤去了。」

「半澤？」

聽到意想不到的回答，紀本有好一陣子說不出話來，不知該如何理解這樣的狀況。

「他應該會好好處理。總之，你先坐下吧。」

中野渡催他坐下的沙發上，已經有另一名先到的訪客。

紀本覺得這個人似曾相識，但想不起來是誰。

「他是檢查部的富岡。」

中野渡介紹之後，紀本立即警戒地閉上嘴巴。富岡應該就是灰谷懷疑帶走共同書庫文件的人。這個人為什麼會……紀本隱藏內心的不安，開口問：

「您說讓半澤前往，那麼債權放棄案要怎麼處理？」

依照劇本，銀行應該要表明接受債權放棄案。乃原當然也如此期待，才會連箕部和白井都邀請出席，準備上演一場「政治秀」。

然而此刻董事長卻靜靜地坐在扶手椅上，以彷彿在探測紀本內心深處的眼神看著他。

「本行會拒絕放棄債權，就跟之前的決定一樣。」

預期之外的回答令紀本感到驚愕。

他無法想像此刻半澤和乃原在進行什麼樣的對話。不，他根本不敢想像。

「可是不要緊嗎？我聽說有很多記者前往會場，要是發生讓白井大臣不愉快的事情——」

「帝國航空業務的承辦人是半澤。」中野渡打斷紀本的話。「這件事已經交給他，讓他來處理就好了。話說回來，我請你到這裡，是覺得必須要討論一下今後的事情。」

中野渡徐徐地改變話題，然後把一份文件放在桌上，滑到紀本面前。

紀本在無言的催促之下拿起那份文件，接著立刻受到衝擊而瞪大眼睛。這份清單記載了紀本等人長久以來隱瞞的種種問題融資。

面對啞口無言的紀本，中野渡緩緩開口。

「舊東京第一銀行和舊產業中央銀行在十年前決定合併。當時兩家銀行董事長向對方提出的對等合併條件只有一個，就是要處理不良債權。也就是說，雙方約定要洗去舊銀行的汙穢，變乾淨之後再合併。舊產業中央銀行也的確依照這項約定，進行一千億日圓規模的損失處理，掃清行內長久累積的弊害，一舉推行體制的健全化。舊東京第一銀行也處理了巨額的不良債權，很遺憾地出現高達兩千億日圓的虧損，憑一家銀行無論如何都不可能經營下去，使得合併本身意外地帶有救援的意味。」

「我並不這麼認為。」紀本心中雖然縈繞著不安，但拋不下的自尊仍舊浮現一角。「我們當時也有自己的計畫。即使是巨額的不良債權，只要花幾年來處理，一定能夠度過難關。這一點希望您能夠正確理解。」

「也許你說得對。」中野渡說。「對於舊東京第一銀行的業績展望，可以有各種看法。有人說是完全對等，也有人說實質上等同於救援。不論如何，雙方克服彼此之間的種種障礙，讓這家東京中央銀行誕生，對此我感到純粹的驕傲與喜悅。這家新巨型銀行的誕生，能夠在國際化潮流中戰勝嚴苛的國際競爭。就這個層面來看，我們得到了單憑舊產業一家銀行終究無法達到的地位與存在感。我當時擔任常務，至今仍舊能夠清晰回想起合併簽字的場景，就好像昨天發生的事一樣。」

中野渡似乎回想起當時的情景，以遙望遠方的眼神，俯瞰董事長室窗外大手町一帶的景象。

「老實說，我當時相信這一來東京中央銀行就會所向無敵，成為國內頂尖的銀行。然而——一旦將視線轉向銀行內部，迎接我們的是難以稱作頂尖銀行的意外難關，那就是出身銀行之間的派系意識與不信任。這種舊派系意識產生的導火線，我想應該是合併銀行起航後不久發現的舊東京時期浮濫融資事件。」

一聽到這個指摘，紀本全身僵硬，緊閉嘴唇。對於舊東京第一銀行出身的人來說，這是非常難堪的醜聞。

為了舊東京第一時期的融資引發的事件，當時的東京中央銀行董事長——舊產業中央銀行出身的岸本真治——在記者會中鞠躬道歉。在這個瞬間，標榜對等合併的東京中央銀行內部平衡崩潰，大幅傾向舊產業中央銀行。

中野渡說：「你應該也記得當時的議論。舊東京第一銀行出身的董事都說，他們並不知道這件融資案，一再宣稱自己也是被騙的一方，堅持這只是不幸的意外。但是真是如此嗎？如果真的是被自己相信的融資對象欺騙，那麼當時的牧野副董事長為什麼必須自我了斷？如果他擁有身為舊東京第一銀行董事長的自尊與責任感，應該有別的事情該做才對。」

「牧野副董事長是個有道德潔癖的人。」紀本辯解。「他一定是無法承受那件醜聞為新銀行帶來困擾。」

「也許你說得沒錯，可是我現在要老實說，我並不認為如此。」中野渡正面直視紀本。「當時行內陷入大混亂。如果有浮濫融資的情況，為什麼不在合併之前處理——像這樣理所當然的批判聲浪興起，甚至開始懷疑舊東京第一銀行是不是隱瞞了問題融資沒有公布，造成難以解除的彼此不信任。唯一能夠徹底否定這類傳言的，就只有舊東京前董事長牧野先生。當時的岸本董事長、還有身為董事之一處在漩渦中的我，當然都期待牧野先生出面，也以為他一定會這麼做。但是牧野先生卻沒有這麼做，既沒有肯定也沒有否定，只留下對家人與銀行的感謝之詞就自殺了。」

中野渡似乎想到牧野的冤屈，垂下視線停止說話。董事長室悄然無聲，彷彿是在為死去的牧野追悼。都會的喧囂鑽入室內，宛若灰塵般飄下。

「當時的我不知道該如何理解他的死。」中野渡打破沉寂，再度開口。「他是不是如你說的，因為造成新銀行的困擾而自殺？或者是因為有其他不得不死的理由才自殺？然而我們沒有時間深入探討他的死亡，就得為了挽回失去的社會信用而奔波，同時面對該如何團結人心分裂的銀行這樣的難題。」

中野渡述說的內容，正是東京中央銀行掙扎的歷史。

「當時的我一有機會就告訴下屬，要恢復社會信用是多麼困難的一件事。信用沒辦法一天累積，但卻能在轉眼間就失去。我告訴他們銀行的招牌是多麼重要，而我也相信只要能夠恢復信用，曾經摔跤的東京中央銀行就會順利成長。不過我的想法似乎有些太天真了。」

在胸前雙手交握、淡淡述說的中野渡此時深深嘆息，彷彿是把潛藏在心底的思念也吐出來一般。

「我坐上董事長的職位已經七年。身為董事長，我最在意的就是內部融合。銀行業績順利成長，在社會上的信用也漸漸恢復，但行員之間的舊派系意識卻仍舊根深柢固，一再發生無意義的衝突。雙方以舊東京與舊產業這樣的稱呼互相揶揄，營造彼此批評的基礎，為了擴張舊出身銀行的勢力，不知浪費了多少勞力。該怎麼做才能讓行員敞開胸襟，擺脫這樣的摩擦與互相猜忌？我認真思考這個問題，直到此時才首度發覺到新銀行的錯誤。那就是當牧野先生過世的時候，我們是不是弄錯了問題？」

聽到中野渡的指摘，紀本暗自屏住氣息，眼睛一眨都不眨。「當時曝光的浮濫融資的確是很大的事件，但是對我們來說，真正的問題是對舊東京第一銀行的融資失去了根本的信賴。其結果就是，舊產業的人主張舊東京仍舊隱藏著問題放款，舊東京則為了應付舊產業而繃緊神經，隨時在警戒對方是不是要奪走銀行。不是嗎？」

對紀本提出的問題只是有感而發，並不期待紀本的回答。中野渡不用問也知道這是正確答案。

「當時我們應該徹底檢驗彼此的融資內容，找出真相，並且在這樣的基礎之上討論牧野先生之死。然而當時我們只是很膚淺地處理浮出表面的單一事件，無暇去思考深處的核心。我內心一直為這件事而反省，並且下定決心，要好好善用這項教訓。這個決心就是——」

中野渡直視紀本。「我要以自己的方式，再度探究牧野先生之死的意義。他為什麼會死？他為什麼必須選擇死亡？我要查明真相，讓這家新銀行實現真正的內部融合。這就是我的決心。」

中野渡毅然宣言，然後把視線朝向仍舊在紀本手中的文件，繼續說：「為此我所做的，就是調查舊銀行的問題放款。我心想，在這個情況下不能公開調查，應該暗地裡進行。如果什麼問題都沒有，牧野先生就如你說的，是在清白的狀態下選擇了過度乾脆的死亡。但如果不是，那麼他的死究竟代表什麼意義？」

紀本想到中野渡就這樣找到了「真相」，拿著文件的手指不禁用力握成拳頭。

「不用說明了吧？很遺憾，舊東京第一銀行仍舊隱瞞許多沒有解決的問題放款。調查出來的是這位檢查部的富岡。透過他的報告，我得知這些融資是如何產生、問題在哪裡、誰是負責人，以及目前變成什麼樣的狀況；我也了解到如果這些資料曝光，會對銀行的信用造成多大的損傷、害銀行遭受多少輿論批判。也就是說，我對狀況的認知總算追上了你的程度。透過這樣的認知，現在的我總算與當時的牧野先生擁有相同的危機意識，並且確信自己終於了解他為什麼會選擇自殺。」

中野渡好像要挑釁般抬起身體，以剛直而毫無虛假的視線看著紀本。

「牧野副董事長是為了隱瞞事實而死的。」

沉重道出來的這句話，讓紀本彷彿受到震懾般往後仰而無法動彈。

「他為了自己的名譽，以及你們舊東京第一銀行行員的未來，選擇了隱瞞事實。我要明白地說，牧野副董事長那樣的選擇是錯誤的。他不應該選擇死亡，而應該活著公布真相，並且負起責任。」

中野渡在說話時，意識彷彿已經不在現場，而是徘徊在過去。

「老實說，我在合併之前就熟知牧野治這位銀行員。我認為他是優秀而具有國際觀的傑出銀行員。他一路奔馳在毫無陰影的菁英道路上，或許也因此不能容許自己被種種累贅絆住、無法自拔。不論如何，他最後下的決定是錯誤的。藉由死亡來躲避責任是愚蠢而自私自利的行為。不過議論這件事等於是對死者鞭屍，所以我今後不會再提及他犯的過錯。只有此時此刻、只有對你，我才說出自己的真心話。」

紀本原本眼睛一眨也不眨地聽中野渡說話，此時看到他眼中閃著淚光，不禁屏住氣。

「牧野先生是個好人。」

不久之後，中野渡原本嚴肅的臉變得溫和，然後說出彷彿在懷念般的一句話。

「他真的是好人。如果他還活著、可以一起討論銀行此刻面對的問題，不知道有多好。真的……」

中野渡一時語塞，眼淚滑落臉頰。他緊閉嘴巴，沒有擦拭淚水，繼續說：

「你或許認為內部融合只是虛幻的夢想，但是沒有這回事。只要我們不做錯，一定能夠團結在一起。為了這個目標，絕對不能逃避，不能把責任轉移給他人，必須要開誠布公，並且負起責任。為了年輕行員的將來、為了這家銀行的未來，這才是我們經營者應該秉持的態度。我想聽聽你的意見。」

中野渡說話的時候，紀本心中浮現種種想法與片斷的記憶。

對於舊產業的反感、合併前夕銀行內部針對問題放款的對談、聽到牧野自殺時的衝擊、在喪禮蜂擁而至的媒體……

然而此刻——不知為何，這些感覺好像都是很久以前的事了。新銀行誕生之後，雖然已經過了將近十年的歲月，但回顧過往卻覺得光陰似箭，彷彿一瞬間就過去了。把這些歲月奉獻給舊東京第一銀行尊嚴的自己，到底做了什麼？不知為何，紀本此刻面對中野渡，甚至連這是否值得賭上銀行員生命守護的東西都不確定了。

如果說死亡是從生存鬥爭的解放，那麼紀本眼前的現實正足以匹敵這樣的死亡。

紀本承受中野渡沉重的視線，此刻深深地吸了一口氣。

在紀本的內心景象當中，將窗外染成橘色的初夏黃昏天空，以及丸之內的大廈群都失去色彩，彷彿產生化學變化，成為無機質的空間。

不久之後，他擠出沙啞的聲音：

「我沒什麼好說的。關於這些問題放款的處理方式，我打算和法遵室討論。」

中野渡只是默默地注視著說這句話的紀本。他的眼中無疑縈繞著種種思慮，但沒有再說出話來。

富岡起身打了一通內線電話，不久之後一名駝背的高個子男人進入董事長室。他就是法遵室長高橋。

他想必已經事先得知情況。

高橋以嚴肅的表情進入室內，蒼白的臉上浮現痘疤，俯視著紀本。

紀本此時想到，從以前他就覺得這傢伙很像「死神」，嘴角不禁浮現不符場合的笑容。

6

「妳知道這是很嚴重的問題嗎？」

的場首相這麼說，冷冷地注視著隔著桌子坐在對面座位的白井。

「箕部先生發生那種事，進政黨清廉的形象也受損了。對於誓言結束政治與金錢醜聞的本黨來說，這是很大的打擊。不只是這樣，現在的輿論對於妳擔任國土交通大臣的能力，也產生很大的質疑。這一切都是因為妳譁眾取寵的行為招致的結果。希望妳能深切反省。」

白井挺直背脊，不甘心地咬著嘴脣。她無法按捺不服輸的個性，開口反駁：

「總理，雖然這麼說，但是成立專案小組這件事，您應該也同意了。」

的場白皙而接近正方形的臉皺了起來，變成平行四邊形。

「我當然也只能同意了。」沒有耐性的的場以焦躁的語氣說。「事前沒有好好討論，竟然就說要私設專案小組。我不知道是誰替妳出的主意，可是如果否定在記者會上發豪語的內容，就會被懷疑政府內部的溝通出問題，團結一致的形象也會受損。我是因為箕部先生規勸，才以政府的立場予以追認。」

「很抱歉。」白井受到的場訓斥，只好道歉。「可是如果照原案進行，帝國航空的重建就會變得好像是憲民黨的成果——」

「我知道妳想說什麼。逢憲民黨必反，這點沒問題，但是妳的成果在哪裡？」

的場提出諷刺的問題，眼中搖曳著青白色的怒火。

「妳大肆宣揚要成立專案小組，投入一百名專家，而且聽說費用還要帝國航空來出。既然是私設諮詢機關，妳應該也要付一些錢吧？妳出了一千萬、還是一億？」

對於的場的譏諷，白井只是低頭不語。「該不會一毛都沒出吧？妳出的只有嘴巴嗎？」

白井辯解：「我沒有時間通過救援帝國航空的法案。我是以國土交通大臣的身分、想要維護航空施政而做的，總理。」

「在我看來，妳只是急功近利而已。」的場毫不接受白井勉強擠出來的反駁。「在討論沒有法案所以只能私設的問題之前，妳身為政府的一員，為什麼沒有先跟我說一聲？沒有法案的話，只要去立法就行了。時間不是問題，這才是正確程序。難道妳以為憑那種騙小孩的做秀，可以輕易重建帝國航空嗎？妳以為我會因此而舉雙手歡呼嗎？」

的場銳利的舌鋒，讓試圖伺機反駁的白井徒勞無功。

「我不否認，白井亞希子的存在對於進政黨的形象有一定的幫助。對於這一點，我也樂觀其成，考慮到國民人氣，拔擢妳為國土交通大臣。但是看樣子，這個擔子對妳來說太重了。」

「沒這回事，總理。」

對於白井毅然挺直背脊展現的自信，的場皺起鼻子表示嫌惡。

「召集記者舉辦的那場無聊表演也是妳的點子嗎？政治不是做秀。而且到最後還被東京中央銀行拒絕放棄債權，連箕部先生的政治獻金問題都曝光，真是大出洋相。」

「總理，當時原本應該是中野渡董事長要出席。」白井解釋。「都是因為中野渡董事長推翻承諾——」

「不是有號稱董事長代理的行員到場嗎？妳在說什麼？難道妳以為交涉對象是董事長，事情就會順利進行？」

的場聽了白井空洞的發言不禁失笑，接著立刻以銳利的眼神瞪著她。

「輿論一面倒認為那個行員說得更有道理。箕部、白井，還有乃原這樣的辯論家，在眾目睽睽之下被一名銀行員辯倒——這種事沒辦法找藉口。妳很清楚地輸了，而且是在妳熟悉的電視攝影機前。」

白井被指著鼻子批判，因為屈辱而滿臉通紅；然而的場說的都是事實，她也無從反駁。

「我也有任命的責任。」的場沉重地說。「如果妳身為國土交通大臣的資質與言行不適當，那麼我就必須將妳免職，任用更合適的人才。不過要是妳能在那之前主動辭職，又另當別論。」

白井錯愕地僵住了表情，瞪大眼睛看著的場。

「這是在勸我辭職嗎？」

好勝的白井提出銳利的問題，的場便平靜地告訴她：

「不久前，箕部先生提出退黨通知。」

白井屏住氣，說不出話來。

「我聽到傳言，箕部先生的部分政治獻金也有流到妳那裡。」的場繼續說，「我不打算在這裡問妳傳言真假。不管是為了金錢醜聞，或是因為航空施政紊亂而引咎辭職，妳現在必須做的，是身為政治人物應有的決斷。」

這時彷彿是在探測談話進度般，有人敲門。探頭進來的是下一個準備面談的官房長官，看到白井的身影立刻說了聲「啊，抱歉」就想要退出去。

「不用在意。」的場一改先前凶狠的表情，以從容的態度叫住官房長官。「我跟白井已經談完了。」

白井在的場催促之下，表情呆滯地走出門，但的場完全沒有再看她一眼。

7

「辛苦了，半澤。先來乾杯吧！」

渡真利說完，高高舉起斟滿的啤酒杯，碰撞在一起乾杯。

「不過也沒有全身而退。」

近藤邊說邊用手背擦拭嘴上沾到的泡沫。

半澤到專案小組和乃原會談是在半個月前左右。在那之後，箕部啟治的「金錢問題」一口氣浮出檯面，到現在仍舊在媒體上喧騰。

另一方面，東京中央銀行向金融廳報告舊東京第一銀行時代的問題放款，召開記者會公布共十三件、高達一千五百億日圓的融資「有法遵上的問題」。這場記者會在昨天召開，中野渡董事長在會上謝罪，並發誓將來會防止再度發生、落實法遵、徹底進行道德教育。

「紀本先生最後也放棄抵抗，協助銀行調查所有問題放款。」

渡真利似乎以為他會反抗到底，因此口氣顯得很意外。

紀本平八辭職已經是無可避免的既定路線。法人部的灰谷等曾參與問題放款的行員，近期內也會接到人事調動命令。

「話說回來，最大的受害者大概是帝國航空吧。他們被當成政治工具搞得團團轉，最後專案小組卻空中分解了。」

白井亞希子在昨天閃電辭去國土交通大臣的職位。這個新聞可以說是晴天霹靂，讓獲得壓倒性勝利的進政黨政權剛起步就摔了一個大跤。

「資金調度是不能等的。」

就連渡真利的表情都突然變得沉重。他問半澤：「帝國航空會怎麼樣？」

半澤回答：「聽說目前在檯面下運作，要讓『企業再生支援機構』進行救援。」

「你聽誰說的？」渡真利驚訝地問。

此刻浮現在半澤心中的，是昨天在金融廳召開的記者會上一幕。

由於東京中央銀行的問題放款和箕部啟治的政治獻金問題密切相關，一百五十個座位的記者會場座無虛席。

半澤坐在會場最後一列，看著問題放款全貌的報告，以及中野渡等銀行高層對記者提問的回答，忽然感受到視線而回頭。

「唉呀，你也來了。」

得意洋洋對他說話的，是金融廳的金檢官黑崎。

「很抱歉造成這麼多困擾。」半澤小聲致意並低頭。

「真是的，不論到哪裡，貴行都腐敗到了極點。」黑崎照例以惹人厭的口吻回應。

「我可以問一個問題嗎？」半澤詢問黑崎。「舞橋不動產的事件，你是不是早就知道箕部啟治扮演的角色了？」

「我才不知道。」黑崎在面前揮手。「為什麼我要知道那種事？」

「你到各家銀行稽查，應該也會聽到一些不能曝光的事實。」半澤一邊觀察黑崎的表情一邊說。「譬如政治相關的醜聞。我調查過了，你曾經到已經破產的舞橋銀行稽查過。」

黑崎沒有反應。半澤盯著他的眼睛。「對於金融廳來說，被國土交通大臣和她的私設專案小組提出意見，等於是侵犯到自己的領域。以霞關不成文規定來看，這是無視於彼此管轄領域的干涉行為。我猜想你會刻意掀起波瀾，應該不算是想太多吧？」

「沒想到你的想像力還滿豐富的。」

黑崎泛起嘲諷的笑容，似乎對半澤指摘的內容毫不關心。「誰叫他們囂張地說要擺脫官僚體系，才會遇到這種事。」他這句話透露出對於進政黨的敵意。

「都是因為他們，害得帝國航空的重建工作懸而未決。」半澤說。「被分類為危險債權之後，即使要提供融資也很困難了。」

「這是自作自受。不管是帝國航空或貴行都一樣。」黑崎交叉雙臂，輕蔑地斷言。「不過我可以告訴你一件事。進政黨內似乎有人主張，讓『企業再生支援機構』來救援他們。」

半澤瞪大眼睛看著黑崎。

「他們有基金，或許可以幫上帝國航空，只是不知道救援條件會怎麼樣。看情況，你們可能也得要有心理準備。總之，加油吧。」

黑崎噘起嘴脣，說完這些話之後，就匆匆走出背後的門。

「真的假的？」渡真利張大眼睛。「可是那原本是針對中小企業的基金吧？他們會以帝國航空為對象嗎？」

「聽說這是的場總理不得已之下的方案。」

「不過即使找來新的資金來救援，只要關鍵的帝國航空沒有改變，就等於是把錢丟到水溝裡。」渡真利持否定態度。

「沒有這回事。」半澤彷彿在禱告般注視杯子。「退休員工的企業年金問題似乎也有望解決，員工和經營層的觀念也開始改變。帝國航空應該有辦法改變。」

渡邊問：「在你看來，他們有可能自力重建嗎？」

半澤思索片刻。

「我不知道他們會如何重建，不過不論透過什麼樣的形式，帝國航空一定都會再度飛翔於日本的天空。即使會花上很長的時間，我也相信國家航空公司一定會回來。」

「希望如此。」

渡真利以半信半疑的態度檢視菜單，開始挑選下一杯酒。

8

又過了一個月左右，一連串的騷動接近尾聲的某天下午，半澤被中野渡找去。

帝國航空重建專案小組隨著白井辭職而直接解散，乃原和三國接下來的動向完全不為人知。

帝國航空的重建工作就如黑崎的情報，移轉到企業再生支援機構，正在等候新的重建案擬定出來。

半澤進入辦公室時，中野渡背對著他站在窗邊，俯視大手町一帶的景色。

「這次的事辛苦你了。」

董事長回頭看進入室內的半澤，保持站姿慰勞他。「謝謝你解決了各種麻煩。我想要當面跟你道謝。」

半澤稍稍低頭作為回應。

「這幾天金融廳似乎就要發表處分了。大概又會收到業務改善命令。」

聽到中野渡的話，半澤緊張地抬起頭。中野渡繼續說：「本行是合併銀行。即使是舊東京第一銀行的醜聞，也沒辦法當作過去的事就算了。而且必須要有人負起責任。」

中野渡停止說話。他以身經百戰、曾度過各種難關的銀行員銳利的眼光看著半澤。

「對於盡心盡力的你，我應該說出自己對這個局勢的想法。」中野渡說。「我在當上董事長之後，長期標榜內部融合，希望大家不要被出身銀行侷限，能夠努力成為一家銀行。你也知道，紀本會引咎辭職，不過事情不能到此結束。想到這次的事，我就只能惋惜自己領導無方。我想我本身也必須做出決斷。我——」中野渡停止說話，以剛正不阿的眼神注視半澤。「——我想要辭去董事長的職位。」

半澤感受到心中好像有某樣東西崩壞般的衝擊，不知該如何是好。

他說不出話來，雖然試圖思考中野渡的決斷是否正確，但思緒紊亂而無法成形。

「事物的是非對錯，不是在做出決斷的時候決定的。」中野渡說。「評價總是到事後才穩定下來。或許這麼做是錯誤的，不過正因如此，才必須選擇自己相信是正確的事。這是為了不讓自己後悔。」

沉重的一番話之後，隨之而來的是暫時的沉默。

中野渡這顆巨星即將從表面舞臺消失。

半澤只能勉強接受這項事實。

時代在前進，人們被急速的時間之流翻攪。對於生存在世上的人與公司來說，雖然是無法避免的現象，但直接面對變化時的驚訝、失望與感慨，又如何能夠避免？

「辛苦了——我應該這麼說嗎？」

半澤勉強擠出話，中野渡則露出老練銀行員得意的笑容。

「的確很辛苦。不過即使不再當董事長，我應該也會繼續當銀行員。既然是銀行員，就得隨時和某個對象戰鬥。我們沒有休息的時間。」

中野渡的話直接刺中半澤的心。

過去七年以來，中野渡謙率領著東京中央銀行，既是個清濁並包的戰略家，也是個經營者，更是一名超級一流的銀行家。

他勇猛果敢地投入處理不良債權與穩定金融系統，並煞費苦心地促進內部融合。在任期間，中野渡凌厲的奮鬥姿態深深刻印在半澤記憶中，絕對不會褪色或被遺忘。中野渡憑著自身的行動，教導半澤身為銀行員的自尊與理想，以及戰鬥方式。

「謝謝你。」

半澤緩緩地退後一步，彎下腰深深鞠躬。

「辛苦了。」

回應他的是與平常無異的一句話。

半澤關上門的時候，看到中野渡再次站在窗邊、望著戶外的身影。這就是他在東京中央銀行董事長室看到的中野渡謙最後的英姿。

9

「多虧你幫了我這麼多忙。」富岡忽然轉向半澤，雙手放在膝上鞠躬。「謝謝你。」

半澤面對他突如其來的舉動，一時說不出話來。

「怎麼突然這麼客氣？」半澤問他。

「我也終於得到徵召了。」富岡給了意外的回答。他們此刻照例在Corridor街的壽司店。

半澤瞪大眼睛問：「該不會是外調吧？調到哪裡？」

「東京中央信用公司的審查部長。工作很無聊，而且職場還是在同一棟大樓裡，一點變化都沒有。」

半澤「哦」了一聲，有點想要調侃他，便假裝驚訝地說：「那真是太好了。原來你沒有被人事部忘記。」

「你這傢伙真是愛耍嘴皮。」富岡嘟起嘴巴，然後說：「今天你請客，慶祝我外調。知道了嗎？」

「好的。大前輩要離開了，當然不能不請客。」

半澤說完，舉起栗燒酒的杯子，忽然以認真的表情說：

「長久以來，承蒙你照顧了。」

「你真的覺得受過我的照顧嗎？」

富岡故意用挑釁的口吻說話，不過眼睛也有些濕潤。接著他以認真的表情重新面對半澤，說：

「我才承蒙你照顧了。最後能夠在一起工作——真的很有趣，半澤。」他拍了一下半澤的肩膀。「這段銀行員生涯滿有趣的。我工作得很愉快。」

「我也希望能在最後的時刻這麼說。」

半澤很認真地回答，富岡只是對他笑了笑。

富岡並不像中野渡那樣，在照得到陽光的地方盛開，但他也無疑是正統的一流銀行員。即使不為世人所知、即將悄悄地離開銀行，這個男人走過的路也極其尊貴而綻放光芒。半澤知道這一點。

就這樣，又一名勇者離去，留下傳說。

繼承他們，就是自己的使命。

此刻半澤在內心明確地如此發誓。

逆思流

半澤直樹4 銀翼的伊卡洛斯

（原名：銀翼のイカロス）

作者／池井戶潤
譯者／黃涓芳
發行人／黃鎮隆
副總經理／陳君平
副理／洪琇菁
國際版權／黃令歡
執行編輯／呂尚燁
美術主編／李政儀
企劃宣傳／邱小祐
發行／英屬蓋曼群島商家庭傳媒股份有限公司城邦分公司　尖端出版
台北市中山區民生東路二段一四一號十樓
電話：（〇二）二五〇〇—七六〇〇（代表號）
傳真：（〇二）二五〇〇—一九七九
中彰投以北經銷（含宜花東）／楨彥有限公司
電話：（〇二）八九一九—三三六九
傳真：（〇二）八九一四—五五二四
雲嘉經銷／威信圖書有限公司　嘉義公司
電話：（〇五）二三三—三八五二
傳真：（〇五）二三三—三八六三
客服專線：〇八〇〇—〇二八—〇二八
南部經銷／威信圖書有限公司　高雄公司
電話：（〇七）三七三—〇〇七九
傳真：（〇七）三七三—〇〇八七
香港總經銷／城邦（香港）出版集團有限公司
香港灣仔駱克道193號東超商業中心1樓
電話：（八五二）二五〇八—六二三一
傳真：（八五二）二五七八—九三三七
E-mail：hkcite@biznetvigator.com
馬新經銷／城邦（馬新）出版集團　Cite(M)Sdn.Bhd.
E-mail：Cite@cite.com.my
法律顧問／王子文律師　元禾法律事務所
台北市羅斯福路三段三十七號十五樓
二〇二〇年四月一版一刷

■中文版■

郵購注意事項：
1. 填妥劃撥單資料：帳號：50003021戶名：英屬蓋曼群島商家庭傳媒（股）公司城邦分公司。2. 通信欄內註明訂購書名與冊數。3. 劃撥金額低於500元，請加附掛號郵資50元。如劃撥日起 10～14日，仍未收到書時，請洽劃撥組。劃撥專線TEL：(03) 312-4212 ・ FAX：(03) 322-4621。E-mail：marketing@spp.com.tw

國家圖書館出版品預行編目資料

銀翼的伊卡洛斯 / 池井戶潤著 ;
黃涓芳 譯. --1版. --臺北市：尖端出版, 2020.04
面 ; 公分. --(逆思流)
譯自:銀翼のイカロス
ISBN 978-957-10-8826-6(平裝)

861.57　　109000797